LE DERNIER AMOUR D'ARAMIS

DU MÊME AUTEUR

Aux Éditions Bernard Grasset

LA VIE EST UN JEU D'ENFANT

MÉMOIRES D'UN HOMME AMOUREUX

Aux Éditions Flammarion

LA PROCHAINE POLAIRE

JE DANSE POUR LES CANNIBALES

SUPPLIQUE AU ROI DE NORVÈGE

JEAN-PIERRE DUFREIGNE

LE DERNIER AMOUR D'ARAMIS

ou les vrais Mémoires du chevalier
René d'Herblay,
qui devint évêque de Vannes, duc d'Alameda,
Grand d'Espagne,
ambassadeur de Sa Majesté Très Catholique,
Préposé général des Jésuites,
et fut mousquetaire du Roi de France
dans la compagnie de M. de Tréville
sous le nom d'Aramis.

roman

BERNARD GRASSET
PARIS

« Des quatre vaillants hommes dont nous avons raconté l'histoire, il ne restait plus qu'un seul corps : Dieu avait repris les âmes. »

ALEXANDRE DUMAS,
dernières lignes du
Vicomte de Bragelonne

« Et ainsi, par les chemins, disparaître sans gloire. »

RACINE,
Andromaque

In memoriam

Je ne sus écrire que sermons pieux, secrets d'État et billets galants. Si je mémorialise c'est surtout pour vaincre la ténèbre qui m'enveloppe. Et faire revivre un carré d'amitié qui fut un rare bonheur de ma vie. Ils ont nom Athos, Porthos, d'Artagnan, et aussi Nicolas Fouquet. Les trois premiers étaient amitié de jeunesse. Le dernier, attachement d'âge adulte. J'aimais cet homme élégant, gracieux comme une femme et preux comme un paladin. Mais je l'ai perdu et suis cause de son emprisonnement infâme. L'amitié n'est, comme l'amour, qu'une trahison indéfiniment retardée, les moralistes nommant ce retard fidélité. J'aurais donné ma vie et joué mon honneur pour Nicolas Fouquet et c'est la sienne et le sien que j'ai risqués pour atteindre un but où j'échouai. Honte à jamais sur René d'Herblay, qui fut évêque de Vannes, duc d'Alameda, ambassadeur du roi d'Espagne, général des Jésuites et plus connu sous le nom de mousquetaire d'Aramis. De mes péchés Dieu ne manquera pas de me punir si la triple amitié de mes camarades dans la compagnie de

M. de Tréville, qui siègent désormais à Son côté, ne plaidait pour moi. Je sais qu'ils m'exauceront et qu'ils m'attendent. Car après la mort il n'est plus de trahison ni de mensonge. Je suis trop proche maintenant de cette heure sainte pour ne le point savoir.

Porthos fut écrasé en sauvant ma fuite. Athos avait disparu de la terre pendant une nuit de désespoir. Fouquet pourrissait au cachot. Il me restait d'Artagnan, le seul être avec Athos qui sût quelque chose de moi, mais il était aussi l'homme qui avait arrêté Nicolas Fouquet car la malédiction de mes péchés avait voulu que mon grand ami de l'âge adulte fût arrêté par mon complice de jeunesse.

La scène reste à jamais gravée au fond de mes yeux morts et je la verrai chaque nuit – il fait toujours nuit pour moi – jusqu'à ma mise au tombeau. C'était à la fin de juin 1673. J'étais encore conseiller et ambassadeur extraordinaire du roi d'Espagne. L'après-midi, un secrétaire entra dans mon cabinet, tenant un pli à la main.

« Qu'est cela? lui dis-je.

– Un courrier de France, monseigneur », répondit le drôle.

Une lettre signée du RP d'Oliva, préposé général des Jésuites par intérim, mon successeur provisoire. Je la fis résumer par le secrétaire car je savais d'Oliva porté sur la longue période et les effets.

« Monseigneur, les Français ont pris Maastricht.

– Les Français! Le père d'Oliva veut dire le

comte d'Artagnan, capitaine général des mousquetaires.

– Votre Seigneurie m'excusera de le reprendre, mais le père d'Oliva dit le maréchal comte d'Artagnan.

– Voilà qui est bien. Que ce bâton tant espéré et trop mérité soutienne son grand âge.

– Hélas, monseigneur. Le maréchal comte d'Artagnan est mort sous Maastricht à l'heure où le lis royal flottait sur les remparts. »

J'éloignai le messager. Je restai seul des heures dans ce cabinet puis m'enfermai dans ma chapelle.

Ambassadeur, j'avais négocié la neutralité de l'Espagne quand la France menaçait de guerre les Provinces-Unies. Mais le génie et le courage de mon défunt ami avait trop fait, son sang gascon était trop bouillant pour ces plates et froides étendues de polders. Le roi de France se montrait trop puissant et Sa Majesté Catholique espagnole allait biffer sa neutralité d'un trait. Et ce serait moi qui taillerais cette plume, qui puiserais l'encre et fournirais le papier. Faire la guerre à la France, à son Roi, je pouvais m'y résoudre, mais combattre l'ombre de d'Artagnan, voilà qui était impossible. On peut avoir un différend avec un ami et lui demander raison dans l'honneur. Ainsi peut-on aller jusqu'à le tuer selon les règles. Mais on ne peut trahir un ami mort et défaire ce pour quoi il a péri. Dieu, à Qui je croyais ne plus croire, me regardait et dans Sa lumière Il était accompagné de Porthos, à la voix de titan :

« Aramis, je suis mort pour toi. J'eusse fait de même pour d'Artagnan. »

Nulle menace dans ces mots, nul reproche mais nul sourire non plus, seulement la sensation du poids de sa main immense sur mon épaule. Mes yeux s'embuaient et me voilaient la Divine Face. Une larme roula et je pleurai une dernière fois pour un homme. Je ne parle pas des femmes : pour elles, ce ne sont pas les mêmes larmes.

Aller contre la France était trahir d'Artagnan, le combattre sans qu'il pût se défendre, le poignarder dans le dos. Ne pas le faire était trahir le roi d'Espagne, qui avait ma foi, et perdre également l'honneur. Le seul recours était en Dieu. J'implorai Porthos d'intercéder pour moi auprès de Lui. Je souhaitai à d'Artagnan un éternel repos en Gloire et lui jurai fidélité. Athos sourit, peut-être, dans sa discrétion. Je commandai trois messes, une pour chacun de mes amis. Elles étonnèrent tout Madrid. Dieu entendit mes prières et m'accorda sa Grâce : le lendemain, je m'éveillais aveugle.

Cette infirmité m'interdisait de servir le Roi plus longtemps. La guerre avec la France, si elle éclatait, se ferait sans mon concours. Je partis pour cet ermitage de l'aride Saragosse attendre le trépas, sans hâte, car j'aime la vie, mais avec le secret espoir qu'à la fin de ce long purgatoire, durant lequel j'allais apprendre la mort de ceux et de celles qui me furent chers, trois mains droites se tendraient vers moi quand brillerait la Seule

Vraie Lumière et que trois sourires sur trois visages transfigurés me montreraient que j'étais enfin réconcilié avec Dieu, avec mes seuls amis et avec moi-même.

Dédicace pour une vicomtesse

Ces Mémoires qui ne se termineront qu'à mon dernier souffle sont dédiés à Louise Charlotte de N*. Ils seront alors cousus d'un cordonnet de soie noire, hommage au luisant profond de sa chevelure et à la nuit de son regard dû à des yeux nés au bord de la Loire. Ces cahiers lui seront remis après mon départ définitif. Qu'elle ne s'inquiète en rien de leur curieux aspect. Les lignes y sont soulignées de trous d'épingle, parfois, arrivée au bord extrême de la feuille, la plume s'engagera dans un mot qu'elle terminera hors papier. Certaines lignes onduleront, montant au hasard d'une lettre puis chutant comme si l'auteur s'apercevait que son texte déraillait et que sa plume menait sa pensée nouvelle à l'encontre de la pensée précédente. Non, je n'écris pas ivre, madame ma dédicataire, simplement suis-je maladroit à ce nouveau jeu que j'ai imaginé pour proser malgré l'impossibilité de voir. Je fais perforer mon papier à l'aide d'épingle pour mieux guider ma plume, tenue entre index et majeur, bien calée par le pouce, au simple toucher de l'auriculaire qui avance en estafette sur la feuille. Elle voudra bien pardonner également le changement d'écriture qui pourrait la surprendre ou l'inquiéter encore quant à la véracité de ce qui s'y trouverait conté. Aucun mot n'y sera de seconde main. Simplement, parfois, ferai-je appel à un secrétaire pour gagner du temps sur le temps qui me reste, tant écrire à l'aveugle est un labour de bœuf quand ma pensée se veut encore un cheval piaffant. Ce n'est pas là forfanterie.

Je souris, mon enfant, à votre seule pensée. C'est que les relations de nos familles furent tumultueuses avant que je devinsse, à votre naissance, votre parrain, que vous n'avez jamais vu mais que la tendresse de votre âge vous pousse à imaginer, un peu trop à ma gloire, s'il m'est permis de vous gronder. Vous aviez quinze ans quand vous adressâtes votre première lettre à Mgr le duc d'Alameda. Votre père revenait de guerre. Nous étions en rangs adverses. L'Histoire est mutine. Nous étions toujours amis. Je reçus votre portrait en médaillon. Si je ne puis le revoir, il me suffit encore de le toucher pour me rappeler chacun de vos traits. Le peintre ne manquait pas de talent. Le modèle, il est vrai, l'y aidait. Vous avais-je, alors, oubliée? Je ne me souvenais que d'un bébé assez braillard et engoncé de dentelles que je serrai contre mon pourpoint dans une église de Blois. Le lendemain, j'étais à cheval. Voyez comme vous me rendez ma jeunesse : le lendemain, en carrosse, je prenais la route de l'Espagne, escorté par une compagnie de dragons prêtée par Sa Majesté.

Cette route même que vous me dîtes prendre dans une dépêche arrivée hier.

Quelqu'un à Paris vous a annoncé ma mort. Un ancien ami, sans doute. Démentie me confiez-vous, dès le surlendemain, par notre ambassadeur. Ce qui vous coûta, j'en suis navré, deux jours de larmes. Vous venez vérifier jusque dans mon ermitage l'état de ce parrain inconnu dont votre père vous parla au soir d'une bataille alors qu'il servait sur le Rhin à la tête d'une compagnie dans la cavalerie de Mélac.

Nous nous étions salués, lui et moi, pendant la charge. A nos âges, était-il encore raisonnable de se tenir si près de la mort? Le lendemain, votre père reçut une balle dans la cuisse. Je la suppose tirée par un des mousquets de mon régiment espagnol. Je lui expédiai, sous drapeau blanc, mon chirurgien, mon compliment et quinze bouteilles de vin de Moselle. Il m'envoya, par retour, la balle fautive, un tonnelet de vin de Chinon et le fameux médaillon de ma filleule, vous. Un peu de fraîcheur dans l'odeur de poudre et de suint des chevaux. Je passai une nuit à contempler vos traits pour les graver en mon esprit. Vous aviez les yeux de votre mère. Si mon souvenir est bon, elle était de souche italienne. Le mélange avec un comte blaisois vous donnait une fragilité brune et un air de noblesse ensoleillée. Je vous imaginai en Toscane, courtisée parmi les cyprès, alanguie dans l'ombre chaude, ou riant sous une nuit d'étoiles. Aujourd'hui, alors que vous avez cru à la mienne, c'est la mort de votre père, survenue tout abrupte, qui vous adresse à moi. Tristesse de perdre un gentilhomme, bonheur de trouver une enfant.

Dieu bon, mais vous devez avoir vingt-deux ans!

Voilà qui mérite, madame, qu'on aille vous quérir à Bayonne pour vous mener en Espagne. J'ordonne mon carrosse.

Soyons joyeux, madame. Puisque je vous espère et que vous courrez la poste pour me rejoindre, de votre volonté. Que ne suis-je encore mousquetaire? A tout vous dire, et je vous dirai tout puisque ces Mémoires vous reviendront ainsi que tous mes biens quand je serai mort, à vrai dire, ai-je jamais cessé d'être mousquetaire? Je m'en ressens. J'ai blessé votre grand-père à l'épaule, il m'a percé une main, mon oncle épousa une de vos cousines, nos terres étaient voisines, votre mère était liée avec les miens, par mon oncle cardinal. C'est ainsi que je fus votre parrain. La marraine était charmante et duchesse de Longueville. Son mari était ennuyeux et gouverneur de Normandie. Le Roi fut parrain de son fils dont certains disent qu'il est aussi le mien.

Que votre arrivée me rajeunit! Elle rameute les folies, fausses ou vraies qu'importe? Il m'arriva de mentir, tout au moins de dissimuler. Irai-je à cheval à Bayonne? On me le reprocherait. L'étiquette se porte rêche en ce royaume. Madrid vous plaira peu. Je vous montrerai Séville. Vous me redirez ses blancs, ses soleils, ses rocs, ses places et ses fontaines. Je les écouterai par votre voix et les verrai encore mieux avec vos yeux. Si je m'égare prenez ma main. Vous vous amuserez peu en Espagne. Je vous conduirai à Sienne. J'y ai un lieu. Rien ne vaut, pour un deuil, le ciel italien. Celui d'Espagne est de droguet, là-bas, il est un lin. En connaissez-vous la douceur du soir sur les épaules des dames quand le vent siffle ses sérénades dans les ruelles fraîches ? On en frissonne d'aise.

Pardonnez mon enjouement à vous voir, quand vous êtes dans la douleur. Il faudra l'estomper. La vie, madame, la vie. Elle vous appartient toute. Malgré ce que je lui ai pris, elle a la générosité de vous envoyer vers moi ; c'est un élan du cœur que son dernier cadeau.

Le carrosse est prêt, nous partons dans deux heures. Il me faut encore houspiller quelques gens. Je le ferai sans hargne, rien de rugueux ne doit écharder le moelleux que je veux pour notre rencontre.

À notre rencontre, madame

Je l'ai su en prenant votre main. Vous aussi, je crois, du moins l'avez-vous dit plus tard. Tout fut d'abord silence. Que faisions-nous là? Nous ne devions pas passer par ce château. Mes gens s'étaient égarés, mais les vôtres? J'ai frôlé votre main. J'ai su que vous étiez brune. Comme j'ai su que cette main serait la dernière qui toucherait le vieux cuir de la mienne au jour de ma mort. Vous me dites morbide. Un mot nouveau et qui, dit-on, plaît en province. En italien il sonne comme tendre, en parlant de la viande d'agneau. En français il sonne comme mort.

Que faites-vous là, madame? « Eh, je dîne, mon parrain. » Charmante et moqueuse. Vous dîniez en effet chez ce baron d'Épenousse que je ne connaissais pas et qui me reçut en gentilhomme. Un baron se doit d'être pauvre en Gascogne. Avec une cave riche en vins d'Espagne. En bûmes-nous trop? Je sus que je vous aimais. Vous étiez mon amour et ma mort. Ils s'épousent souvent en justes noces.

Ce n'est guère une pensée triste que celle de

s'éteindre dans le long collier de vos bras dorés. Je me sens avare de cet or, celui des anges dans nos églises baroques. La soie a la douceur d'une nuit tiède. Vos cheveux sont une nuit, je les entends, tout de souplesse, comme un corps chaud qui dort et se tourne entre les draps. Quand on vit dans la nuit, il n'est pas interdit de rêver. J'imagine, parfois. Un peu de bonheur et de douleur douce. Un simple battement de vos cils pendant ce dîner chez un baron bavard. J'entendais les battements de vos cils. Vous me regardiez, j'en suis sûr, une brise passait sur mon visage. Je crois qu'il m'est arrivé de vous sourire et que vous me rendîtes ce bienfait. Après un sourire muet, la voix change et s'enchante.

Vous étiez très secrète. Vous l'êtes encore. C'est sur la route de Saragosse, la route menant à mon ermitage, que j'appris par bribes quelques détails de votre voyage. Si mes gens avaient dévoyé mon carrosse par erreur vers le château du baron, grâces soient rendues à leur bêtise, vous aviez, vous, pertinemment changé votre itinéraire. Non pour m'éviter comme ma crainte me le fit d'abord penser, car vous me rendez craintif, mais parce qu'à deux jours de vous, un cavalier brûlait la poste pour vous rattraper. A cette nouvelle, ma main droite chercha la garde de mon épée, sur la hanche gauche. Vous avez compris mon geste puisqu'au lieu de ferraille, ma main rencontra la vôtre venue à son aide pour lui éviter le ridicule de ne trouver qu'un peu de passementerie.

Vous gardâtes cette main désarmée en me

disant : « Elle suffit à me rassurer et me protéger. » Nous restâmes ainsi pendant deux lieues au moins et je n'osai vous questionner plus avant. Vous parlerez à votre heure. Vous ferez, madame, tout à votre heure, désormais, et sans autre obligation que de vivre heureuse. Mon pauvre talent tentera de vous aider en cette aimable tâche, bien que le goût du bonheur ne fût pas une de mes qualités premières. Mais vous m'aviez déjà transformé. Quelle alchimiste vous faites ! Et si l'homme qui vous poursuit vous importune, je le provoquerai, au pistolet, dans une salle obscure. Nous y serons à égalité. J'ai déjà cassé deux épaules et une tête à ce jeu. Et je faillis y perdre une oreille.

Comment m'aviez-vous reconnu chez l'aimable baron ? Je n'avais pas donné mon titre. Ni mes noms, j'en ai tant eus. Quand, pour vous, pour vous, Louise Charlotte, je voudrais redevenir et n'être que ce rêve que j'aurais été, m'a-t-on dit, pour d'autres : un mousquetaire caché sous le nom sinueux d'Aramis. Une épée qu'on sort du fourreau. Comme Louise est une épée qu'on y glisse à duel fini. Un peu de soie qu'on froisse ? Une anguille dans un ruisseau clair ? Pardonnez-moi : je me rêve comme vous me rêvez. Car c'est d'Aramis, madame, que vous rêvez. Il vous lègue déjà tout le bien du duc d'Alameda pour ce cadeau inespéré : l'arc de vos cils et le collier de vos bras. Pourquoi pas son passé en prime ? Du moins les vestiges qui persistent dans sa mémoire ?

La nuit s'annonce longue. C'est mon privilège

d'être insomniaque et, madame, cela aussi, je vous le dédie. Combien de jours gagnés pour penser à vous et combien de minutes volées à la mort.

Il n'est pas une heure. Nous avons encore le temps de soliloquer à votre seule intention. Qu'on me laisse seul avec mes feuilles trouées, mes plumes et un muid d'encre couleur de nuit.

Je vous menais, madame, sur la route de Saragosse. Le ciel était un four mais votre voix était fraîche. Je m'enchantais de vos souvenirs; votre enfance avait été heureuse. Mais elle s'assombrissait, avec des éclats rauques quand approchait l'adolescence; elle se tut à l'aube de vos seize ans. Je respectai votre silence. Vous reprendriez bien un jour, à votre convenance ou à votre nécessité.

Je cherchai votre main et la trouvai. Je la voulus baiser mais ce sont vos lèvres qui touchèrent le bout de mes doigts. Il y avait en vous plus de noblesse que dans l'assemblée des Grands et plus qu'en contint jamais l'ordre de la Toison d'Or. Je n'osai vous le dire. Nous aurions l'occasion de mieux parler de vous et, peut-être, de nous, plus tard. Mais l'évidence était là, devant moi, dans mon présent obscur. J'ai vu, madame, des duchesses camouflées en lingères, des princes francs lâches, des rois assassins, et je me suis comporté du temps de mes années bretteuses plus comme un ruffian qu'en apprenti théologien. On n'en devient pas pour autant incapable de reconnaître la vraie et silencieuse noblesse. Elle est tout en vous et vous êtes à vous seule toute elle. Tant pis si cela doit vous donner quelque gêne.

Oui, sur la route aride de Saragosse, j'ai pris de vous une leçon de noblesse et la première journée passée dans mon ermitage, dont vous dîtes apprécier la fraîcheur, ne fit que parfaire mon éducation. Il ne m'était plus possible de vous parler d'amour, et dire les mots qui m'incendiaient la bouche. Pourquoi ne pas les écrire, alors? Ils se tiendront mieux et pourront disparaître d'un trait de plume si je les devine importuns. Je passe sur mon ridicule né du gouffre de nos âges, car vous y trouveriez matière à me gronder. Votre jeunesse est à l'aise en toute occasion et je sais qu'elle contemple ma décrépitude sans chagrin.

Ce matin, vous étiez à votre toilette. J'avais demandé à être reçu par vous. Vous m'avez aussitôt accueilli. Vous bavardiez, tout occupée d'un étourneau qui picorait on ne sait quoi sur le bord d'une fenêtre de votre chambre. J'écoutais vos mots qui glissaient sur un autre fond sonore, celui des soies de votre brosse sur la soie longue et souple de vos cheveux. Je pouvais en suivre les vagues comme la nuit en bord de mer on distingue le ressac. Il n'est pas besoin d'yeux pour ces merveilles naturelles. Il suffit d'oreilles et, vous me pardonnerez, d'un peu de nez. Je sentais vos cheveux comme si chaque coup de brosse était brise sur un verger en fleurs. L'effluve me parvenait. Vous me parliez de querelles de moineaux, et de moi. J'ai si longtemps désiré devenir un aigle, quand, aujourd'hui, vous me préférez passereau.

C'est vous-même qui m'avez avancé un siège, vous aviez chassé votre femme de chambre, que je suppute charmante à son pas. Charmante et brune? Voilà tout retourné le mousquetaire qui préférait les duchesses blondes. Je me permets cette privauté car vous me questionnez sans cesse sur mes conquêtes antiques. Moi, je m'inquiète de ce cavalier lancé à vos trousses et dont vous ne dîtes mot. A peine si vous haussez une épaule en plissant un peu de satin. Parfois il me semble entendre le sabot de son cheval sur mes pavés. On trouve vite Saragosse en venant de France. Vous m'avez pelé une orange. Elle venait de mon jardin.

La lune, cette nuit, me rappelle ce fruit entre vos doigts, seules parties de votre corps que je connaisse à perfection. C'est pleine lune, je sais par cœur mon calendrier. La fenêtre est ouverte. L'ombre s'emplit de bruits. Aucun ne vient de vous. Je ne me sens point seul pour autant. Vous ignorez certainement ce qu'est une solitude. Elle règne en gouvernante ici et risque, bientôt, de vous peser. Voilà un sujet d'inquiétude qui me mènera bien jusqu'au matin. J'aime être inquiet de vous. Il se glisse toujours une part de tristesse dans le plaisir. Vous ne l'ignorez pas, je vous crois savante, et je décèle, dans votre souffle, un soupçon de ce poison délicieux, la mélancolie d'une jolie femme. Tout cela va bercer ma nuit. Mais il ne faut point que je m'y arrête trop. Les idées noires surgissent sans invite de l'encre d'un aveugle. Je vais donc rêver et ne plus écrire. En marchant dans mon verger. Il y règne des parfums de citronnelle et de camomille. Depuis ce matin, ils sont liés à vous. Un peu de brise tiède dans les feuillages peut aimablement figurer le souvenir d'une brosse dans vos cheveux de nuit. Où pourrais-je mieux tenter de me perdre pendant votre sommeil?

Demain j'investirai mon passé. Le siège en risque d'être long.

L'enfant invisible

Ma famille était tranquille et guerrière. Riche puis appauvrie par le goût des équipages et des chasses. Et, plus curieusement, par le mariage. Depuis mon aïeul mort à Pavie, on s'est marié par amour chez nous. Ceux qui ne commirent pas cette incongruité furent d'Église. Or ceux-là jouaient. Le brelan coûta plus à deux grands-oncles évêques que toutes les guerres de religion. Banales balivernes. Chaque famille en est pleine. La guerre m'ôta mon père pour mes trois ans. Ma mère était brune et fragile. Dois-je conter cela? L'amour que je lui vouais et qui griffe encore mon vieux cuir m'y porte. Et puis, madame, c'est aussi parler d'amour que d'évoquer celui d'un bambin pour sa mère. Et qu'est-ce que la vie, Louise Charlotte, sinon un peu d'amour, quelques vraies souffrances et des duels?

J'ai trop aimé l'épée. Elle éloignait la mort en risquant la vie. A laquelle je ne tenais guère, seul son bruit m'intéressait. Et quel bruit plus évocateur que le froissement des fers entre personnes qui ne se détestent même pas? L'épée est un de ces dangereux prolongements de notre personne, auquel nous avons droit par naissance, donc par hasard, et qui, tout à coup, vers seize ans, nous semble plus important que l'existence. Une clarté dans une âme sombre. Ne riez pas, madame, votre père était de cette eau-là. Il nous en coûta quelques gouttes de sang, d'où naquit une belle, franche, bonne amitié. L'objet de la dispute? Un mot, certainement. En trop ou en manque. Mais qui valait qu'on dégainât. Nous ferraillâmes. Avant de dîner ensemble. Je lui coupai ses viandes vu l'empêchement de son bras gauche. Et je le reconduisis à son hôtel pour baiser la main de votre mère avec présentation de mes excuses. Elle voulut bien les accepter. C'était en d'autres temps, direz-vous, Louise Charlotte. Des temps aventureux.

L'amour, l'épée et la théologie. On bâtit des mondes avec cela. Aimer Dieu en le bravant. Vous aimer en sachant que je meurs à petit feu. Dans ma vie tout se tient. Ne jamais trahir sinon ses amis et en pleurant. Tout donner et tout vouloir. Vous désirer quand on est presque cadavre et ne pas orner de fard mes joues de cire car vous, madame, on ne vous trahit pas.

Nous étions donc pauvres ma mère et moi. Pauvres à deux, ce qui est supportable. Mais aidés par mon oncle cardinal, ce qui l'est moins. Il songeait à devenir pape. Ou bien ministre. Et décida pour moi, qui n'y comprenais goutte, une carrière dans les ordres. On s'y enrichissait à condition de ne pas secouer les dés ou battre les cartes.

Nous étions furieusement catholiques : deux grands-pères ligueurs, sous Henri III, et mon père, comme le vôtre, rallié de justesse au roi Henri IV, après son abjuration. Le mien en obtint un régiment avec brevet transmissible à ses hoirs. A trois ans, j'étais donc colonel. Le temps des obsèques de mon père, devant les cinq compagnies assemblées pour la revue à laquelle j'assistai, brassard de deuil au bras et écharpe blanche de commandement en travers de la poitrine. Deux mois après, sur les conseils, l'ordre, de notre cardinal, nous revendions la charge au comte de V* pour son fils, et nous mangeâmes pendant quelque temps autre chose que notre soupe de paysans. L'écharpe fut remisée dans une armoire, mais je la tiens toujours dans mes malles, car j'ai longtemps pleuré dedans. Elle a jauni. Comme ma peau. Mes larmes n'y sont pour rien, ce n'est qu'un effet du temps passé. Je décidai que ma mère me verrait maréchal de France. Je ne pleurai plus, j'espérais. Ma mère sourit et me fit tailler un petit bâton par notre menuisier. Elle le recouvrit de velours bleu qu'elle broda de lis d'or. A cet âge, elle m'aimait.

Ce n'est qu'à cinq ans que je compris que je lui pesais. J'abandonnai mon rêve de maréchalat et décidai de mourir. Je choisis une dague offerte au soir de Marignan par le roi François au grand-père de ma mère, amputé à vif à la suite d'une arquebusade dans le genou. Au moment même où j'appuyais sur mon torse nu et à l'endroit supposé du cœur la pointe de cette lame bellement ouvragée, un rayon de soleil s'y refléta et m'éblouit. J'en déduisis que Dieu interdisait ma mort. Je décidai d'être d'Église comme mon oncle cardinal et de l'emporter sur lui à la course à la papauté. Je sombrais, sans le savoir, dans la vanité. Elle ne me quittera pas jusqu'à mon premier duel où elle ne sera touchée qu'au premier sang, c'est-à-dire à peine égratignée. Il me suffira de la panser quelques minutes pour la retrouver intacte et m'en servir et m'en réjouir jusqu'à la Fronde, et au-delà, m'attachant à elle comme à une douce amie tant je la voyais agacer mon prochain. Autant vous avouer, madame, qu'aujourd'hui encore, il arrive à cette vieille complice de réapparaître dans ma vie. Elle aurait la faiblesse charmante de vous amuser, à ce qu'on me rapporte.

J'esquive une douleur. C'est une parade que vous pratiquez, si je ne me trompe et vous ne me détromperez pas, car vous êtes pudique mais honnête. Oui, je m'aperçus trop tôt que ma mère ne m'aimait pas. On reste très enfant à cinq ans.

Je ne pensais pas dire ces choses un jour. Mais nous y sommes, et ce n'est plus vanité mais orgueil; sentiment rigoureux que vous connaissez puisque chez nous, comme chez vous, madame, on ne recule pas. On feinte parfois. La vie tient du duel. J'en aimerai toujours le bruit. Le fer était mal engagé. Je n'avais pas dans ce jeune âge ni la force ni l'agilité du poignet. Et mon cœur pesait. Je décidai de ne jamais afficher ce qui le griffait. Je devins un bambin sombre et réfléchi. Courtois jusqu'au gel, avide de livres qu'une agréable Normande me débitait avec un essoufflement que je trouvais délicieux mais qui l'emportera à vingt-trois ans. Elle en comptait dix-neuf et m'offrait la lecture, avec, en sus, un baiser sur le front au coucher, une tape sur la joue accompagnée d'un sourire et de son odeur quand elle se penchait pour me souhaiter la bonne nuit. Que me lisait-elle? Mon souvenir est qu'elle était blonde et blanche et affectionnait le vert. Elle m'apprit le latin, ses rudiments. Et l'anglais qu'elle tenait d'un de ses parents. Elle était huguenote, cela m'éblouit aujourd'hui. Que me lisait-elle donc?

Des contes de chevalerie, je n'en doute pas. Les Évangiles, c'est sûr. Et les légendes du Vexin dont j'appris que toutes les comtesses furent ravissantes depuis Henri II Plantagenêt. Elle en venait. Je ne sais si l'on est amoureux à cet âge, mais je crois que je l'aimais. Je fermais les yeux pour mieux goûter sa voix et le hoquet de son souffle à la césure de phrases un peu longues. Parfois, elle toussait et sa peau blanche se marbrait d'écarlate. Ce qui justifiait une occasion de pleurer. Mes larmes alors étaient bues par ses lèvres et l'on me pressait sur un sein blanc et doux. J'en garderai à jamais le goût. Je pleurais, vous l'avez compris, sur moi-même quand on croyait que je m'inquiétais de la toux d'une femme. Je dissimulais sans le vouloir. J'en garderai aussi le goût.

Mon enfance eut donc des baisers de gouvernante. Ils en valent d'autres. Elle m'apprit qu'on avait tué le roi Henri. Je trouvais l'acte odieux mais magnifique. Être tueur de roi! L'ombre noire d'une papauté! Il y avait de quoi hésiter. Mon confesseur ne connaîtra jamais si honteuse pensée. Pendant des mois, j'en déduisis que je serais damné.

Je ne voyais guère ma mère. Elle songeait à se remarier et me tenait dans l'ignorance du projet. Il se réalisera après la mort de ma gouvernante et j'aurais neuf ans. L'élu sera le comte de V*, veuf, qui m'avait enlevé mon régiment. Je le détestais; grande injustice car ce gentilhomme fut pour ma mère un mari exquis et, pour moi, un maître convenable et affectueux malgré les années d'indifférence que j'affichais à son égard, jusqu'à la première leçon d'escrime qu'il me donna.

Un précepteur un peu prêtre avait remplacé ma douce huguenote. Il puait mais savait à merveille son latin et la géographie. Je m'en servis. J'avais, par mon beau-père, touché au fleuret. Et je me pris à l'admirer en sournois. Je sais que j'expédie, mais je rejette cette enfance. Je vais tenter, pour vous, de me forcer à suivre avec plus de nonchalance mes lignes de Petit Poucet.

J'en étais à l'escrime et au latin. Je progressai vite dans les deux matières. Je n'avais que cela à faire, étudier et ferrailler. Le reste du temps je m'ennuyais, ou bien je rêvais à tous mes avenirs impossibles, ce qui me permettait de larmoyer en cachette pour des raisons autres mais que je me refusais à m'avouer. Mon beau-père me promit une lieutenance dans mon ancien régiment, devenu le sien, à mon premier assaut vainqueur. Nous avions le même prévôt d'armes, qui ne tarissait pas d'éloges sur mon talent. Le comte de V* m'en félicitait en m'ébouriffant les cheveux d'un tour de main assez brusque. C'était là sa manière de me montrer une pudique affection, mais ce geste m'agaçait.

Trois contre de quarte dégagés m'offrirent un matin la victoire. Mon beau-père salua, me tendit une main sans gant : « Bravo, monsieur le lieutenant. » Et il alla quérir dans un petit meuble rond italien qui appartenait à ma mère, dans un tiroir fermé à clef, un brevet dûment signé du colonel, frappé de son sceau et auquel il suffit d'ajouter la date. J'avais douze ans. « Progressez encore, monsieur, et je vous offrirai une compagnie. » Je demandai les mousquetaires, que le roi Henri avait mués de fantassins en cavaliers. Il s'en amusa et me précisa que ce corps n'appartenait qu'au Roi et qu'on n'y pouvait entrer qu'au mérite. Je me promis d'en être pour mes quinze ans. La réponse lui plut. Il me tut cependant qu'il me faudrait sans doute attendre plus longtemps. Il donnera une fête lorsque j'enfilerai la casaque bleue à croix d'argent inventée par le roi Louis pour mes dix-neuf ans. Et ma mère, ce jour-là, m'embrassera.

Me voilà qui brûle encore les étapes, comme si j'avais hâte de sauter le demi-siècle qui de cet âge me mena aux alentours de Bayonne, à votre quête. Du calme Aramis, donnez un peu de temps au duc d'Alameda. Il n'a plus ni ses jambes, ni le poignet de son adolescence, même s'il veut en afficher encore le cœur.

C'est du cœur que je subis le plus dur apprentissage. Les seules personnes qui m'adressaient quelques paroles étaient donc mon précepteur, mon prévôt d'armes et mon beau-père. Les trois me donnaient du monsieur, avec des intonations différentes. Je perdis jusqu'au souvenir de mon prénom, prononcé pour la dernière fois par la bouche phtisique de ma huguenote. Ma mère ne semblait pas se rappeler que j'aie pu être un jour baptisé. Savait-elle encore que j'existais ? Elle ne me fréquenta plus dès que l'argent du comte de V* entra dans sa vie et nous sauva de la misère. Son amour pour moi dura donc le temps de notre pauvreté commune. Redevenue riche par son mariage, fait inhabituel chez nous, elle négligea le fruit de ses premières noces. Elle passa de l'hostilité à l'indifférence, agréable progression. Je sais aujourd'hui que de cette indifférence je me suis forgé une cuirasse qui m'a servi pour survivre aux quatre amis que me donna chichement mais généreusement la vie. Je m'habituais à la perte d'un prénom assez terne, sauf en Provence, et, quand j'entrerai enfin au corps des mousquetaires gris de M. de Tréville, je signerai mon engagement du sobriquet d'Aramis volé dans un libelle du temps où, sous des noms antiques, giclait quelque éclaboussure sur le cordon bleu de Saint-Louis barrant une royale poitrine.

Tenez-vous vraiment à connaître cette enfance sans charme et lessivée de pleurnicheries ? Il paraît que les femmes en raffolent et s'en émeuvent. Je n'en suis pas si sûr en ce qui vous concerne. Et puis l'essentiel est dit. Aramis se dessinait en filigrane, gravé par trois contre de quarte dégagés et un brevet de lieutenance. A douze ans. L'année de mes quinze ans, le roi Louis fit assassiner Concini. Pour se venger de sa mère. La sanction me plut et me donna des idées. L'exemple venait de haut. La dague qui avait menacé mon torse devait-elle plonger dans le cœur du comte de V* ? N'était-ce pas pour lui que ma mère m'avait abandonné ? Un doute s'installa ; on menait chez elle, je n'aurais osé penser chez nous, une cour bien galante avec les nobliaux du voisinage. Ne rêvait-elle pas plutôt de la cour de Paris, du Louvre, de ducs et de princes ? Au moins avait-elle une petite consolation. M. de V* méritait-il la mort ou ma pitié ricanante pour son infortune supposée ? Ma mère était-elle une coquette ? L'idée m'amusa et m'inquiéta. J'étais moi-même amoureux.

Depuis le départ de ma huguenote, l'enfant oublié se muait en petite ombre qui parcourait sans hâte, et en se dissimulant, les immenses corridors froids de la maison du comte de V*. Le jeu consistait à faire le tour de chaque pièce, de chaque vestibule, de pénétrer partout sans que quiconque s'aperçût de ma présence. J'y découvris des aspects cachés de la vie. L'intrigue d'abord, chez les domestiques, et chez les maîtres et leur cour. Les soupirants de ma mère, les rires de ses belles amies, les papotages sous le canevas et la broderie. Les billets secrets que l'on se passe sous les manchettes pendant une leçon de musique. L'épinette devenait un cabinet secret pour petits mots pliés en douze. Les histoires de revenus et d'héritage. Il me sembla que le monde adulte avait deux pôles : l'amour et l'or. On y parlait aussi de politique, qui permet d'atteindre à l'un et à l'autre. Ainsi, j'appris que le Roi avait commandé l'assassinat du ministre Concini. On déblatérait fort sur la reine mère. J'étais tout oreilles et le reste du monde paraissait aveugle à mon égard. J'étais invisible. J'étais seul. Personne, ici, n'avait mon âge. Je m'étiolais dans les vents coulis des couloirs. Je fus malade. Je recouvrai ainsi un peu d'intérêt auprès de ceux qui vivaient sous ce toit. Je grandis, malingre et souffreteux. Mon beau-père me proposa la chasse. Je refusai. De lui, je refusais tout. Malgré cette lieutenance arrachée ou peut-être accordée, à la pointe d'un fleuret. D'ailleurs j'ignorais où campait ce régiment.

Ma solitude explosa sous le coup d'une passion, combat auquel aucun prévôt d'armes ne prépare. Ma naïveté et mon innocence me permirent d'inventer, de me tromper, de souffrir, de me former à la haine aussi. Et de prendre goût à l'extrême violence.

Je fuyais la maison dans de sauvages chevauchées. Je partais droit devant, au galop, négligeant routes, pistes et chemins, trouant les halliers, les buissons, revenant crotté et déchiré, le visage fouetté par les branches basses, les ronces et les épines. Je m'imaginais Gengis Khan chargeant à la tête de sa Horde d'or. J'étais une brute folle dont les paysans se gaussaient. Des gamins me lançaient des pierres. Ma jument alezane renâclait à de telles folies, le ventre en sang sous mes éperons. Elle réussit par trois fois à me jeter à terre quand je la forçais à s'engager dans un marais, à foncer à corps perdu vers un gué dangereux ou au travers d'un taillis trop touffu pour un lapin même.

Un jour, ma tête heurta un silex affleurant l'herbe sèche d'une prairie. Un soleil m'explosa dans le cerveau. Je perdis connaissance. Quand je rouvris les yeux, les cils collés par du sang caillé, je vis à peine une ombre à l'odeur inconnue. Pour moi, la femme fleurait le benjoin ou le jasmin. Pour la première fois, je sentis la sueur, la peau et toutes ses exsudations. Une atroce douleur me vrillait les yeux et les oreilles. Je ne distinguais qu'une forme vague et n'entendais que bruissement de mots incompréhensibles. Par-dessus cela, l'aigre petite odeur de fille me ranima ; j'en devins fou.

Il y eut le crissement d'un tissu qu'on déchire. La fraîcheur de l'eau sur mon visage, le goût salé du sang et celui, âcre, de la charpie douteuse d'un jupon trempé dans la rivière toute proche. La fille était pieds nus. Je la distinguais maintenant, agenouillée près de moi, sur le fond de nuages qui couraient dans le ciel de manière aussi folle que ma jument. Il devait faire grand vent. La migraine subsistait et je clignais des yeux. Elle sourit. Un sourire sans gentillesse, méprisant pour ce cavalier déchu et qu'une paysanne ranimait. Elle me demanda de l'argent pour les soins et pour l'eau.

Je tâtais la poche de mon pourpoint, y trouvais ma bourse et lui tendis un écu. « C'est trop », dit-elle en riant. C'est que je ne disposais pas de pièces de cuivre.

Il est faux de penser que les enfants de cet âge ne songent qu'à la vie et l'avenir. La mort les hantent. Mes folles chevauchées n'étaient que tentations que je lui offrais pour son souper. Alors que je regardais cette ombre féminine au-dessus de moi, des papillons noirs, des oiseaux de deuil passaient au fond de mes yeux. Le choc avait été rude. Je n'osais trop bouger. Ne gisais-je pas brisé, roué comme un criminel en place de Grève? N'étais-je pas un criminel, d'ailleurs, moi qui machinais de tuer mon bienfaiteur et qui galopais ainsi pour fuir cette idée jusque dans la folie? Ma jument qui avait voulu me punir montrait plus de morale. En me désarçonnant ne m'avait-elle pas condamné? D'où venait cette fille qui me voulait sauver? Sorcière des forêts et des rivières? J'étais sot, mais non apeuré. Ma dernière heure? J'avais toujours su qu'elle arriverait. J'avais juré de lui faire bonne figure. C'est ainsi que mon père m'aurait élevé : gentilhomme et officier.

J'étais surtout un niais. Dont une paysanne riait en s'amusant du miroitement d'un écu dans le soleil. Elle s'assit, jambes repliées sous sa jupe étalée et entreprit de tirer mes bottes. Me frotta les pieds avec des poignées d'herbes comme on bouchonne un cheval. Délaça mon pourpoint et ma chemise. Vit mon torse maigre de lévrier. Son ongle suivit mes côtes. Elle me demanda une autre pièce. Je la lui donnais et cette fois sans la lancer. Alors elle prit mes mains, les plaça de chaque côté de son corsage et me saisissant aux poignets tira violemment. Le tissu se déchira, ses seins jaillirent près de mon visage. Leur odeur hésitait entre le suint et le foin. Elle eut un rire grinçant. « Es-tu puceau, monseigneur ? » Je l'étais comme le pape. Mais pas question de l'avouer. « Donne-moi une pièce d'or et tu feras tout ce que je te dirai. » L'étrangeté du marché s'éclaira dès ses premiers ordres, que je n'osais exécuter : la traiter comme ma jument !

On m'annonce votre réveil. Je vais aller vous saluer à votre lever. Il fait grand soleil, il me brûlait et je n'en avais nulle conscience. Nous reprendrons plus tard, après la promenade. Je connais un endroit qu'il vous faut visiter.

Intermède au verger

Le premier bonheur du jour fut donc l'annonce de votre éveil et sa conséquence, votre lever. C'est là qu'on peut regretter ses yeux. Cette pensée a traversé ma nuit personnelle. Accompagnée d'une autre moins recommandable. Certains amants veulent le noir absolu pour leurs ébats. Pour se découvrir autrement que sous leur aspect habituel, imposé tyranniquement par la vision. L'obscurité devient liberté et découverte, quasi une virginité. Essor des audaces. Qu'y a-t-il de plus audacieux qu'une vierge? Qui parle ainsi de la virginité? gronde une voix venue d'autres temps. Et quelque ricanement de puceau lui répond.

Comme ces bruits sont lointains! De quelle enfance oubliée proviennent-ils donc? Bien coupables pensées, en effet, madame, pour assister à votre lever. Mais que serait l'amour sans le désir et le désir sans ses séides cruels et tendres et audacieux? Une occupation vaine et stérile. Un contraire de passion, un vide, un creux. Quand vous êtes une boule chaude enfouie en moi. Vous accepterez que je définisse l'amour comme une rude affaire. Qui tient du duel et du sensuel. Où le corps ne s'exhibe guère plus brûlant que l'âme et l'âme moins timide encore que le corps. Je logeais dans ma nuit et vous étiez nue. C'était être déjà amants. Par philosophie, par esthétique, par anticipation.

Nous en avons parlé, fort librement. Et votre rire, qui résonne encore à mon oreille, ne fut point un démenti. « Vous conterez toutes vos amours, et par le détail, m'avez-vous dit. Et ne craignez pas que j'en rougisse. Vous ne passerez jamais, mon parrain, pour un libertin. » J'ai cru entrevoir dans ce propos comme une ombre de reproche.

Vous me rappelez parfois Mme de Chevreuse, cette chère frondeuse. Comme vous, elle croyait à l'amour, mais uniquement à ses si diverses manifestations ou à ses plaisirs. Elle leur préférait la politique et la révolte. Que leur préférez-vous donc ? Une vie qui n'appartienne qu'à vous, une inépuisable liberté, une Amérique encore inconnue de sentiments, de provocation, d'existence sans dû et de total don. Je le soupçonne, bien que ce verbe puisse laisser entendre que cette préférence fût un crime. Mais faites attention. Ainsi, de la politique de mon amie Chevreuse, un exil s'ensuivit. Le grand cardinal avait la vengeance facile et brutale et Mme de Chevreuse avait écrit une épître rieuse sur la mort annoncée de Richelieu. Dans sa fuite, la belle connut quelques heures des plaisirs d'amour avec mon ami le comte de La Fère, et il en naîtra ce pauvre Bragelonne, qui, n'étant pas constitué ainsi que moi et mes compagnons d'un esprit bronzé sous les campagnes de Louis le Treizième, s'ira faire tuer sous Alger au bénéfice passionné d'une boiteuse que Louis le Quatorzième fera trébucher, lui, dans son lit. Ce qui démontrerait que la duchesse et vous, ma filleule, avez raison quant aux activités sentimentales. Mais, la vie se ternit sans quelque passion.

Vous êtes ici, n'est-ce pas? Vous êtes entrée sans qu'on vous annonce. « Je l'ai interdit, en effet. » Qu'arrive-t-il Louise Charlotte? « Vous le savez. Vous me plaisez. Je ne me moque pas, je ne me joue pas. A mon lever, quand on vous a annoncé, ma suivante voulut me vêtir aussitôt. J'ai refusé. Autant vous l'avouer : l'envie est venue, forte, immense, d'être nue en votre présence. Vous me baisiez la main quand tout mon corps était à vous. » Vous étiez vêtue de ma cécité. « Vous n'êtes pas si aveugle à posséder une bouche, un nez, des mains. J'eusse voulu qu'on vous dît ma nudité, que vous la découvrissiez par vos moyens. Par le menu, sans laisser inexplorée la moindre terra incognita. Je suis un peu pédante, mon père m'a élevée en gentilhomme. M'apprenant le latin, toutes les humanités, les mathématiques, la géographie et même le fleuret. » Selon Érasme le latin n'est pas apte à préserver la vertu féminine. « Eh bien, mon manque de vertu m'a vêtue en cavalier, ce qui me permet au moins l'étude sans pécher. » Vous jouez-vous d'un aveugle? Non, c'est bien un pourpoint que je touche. « Ah! peut-être souhaiteriez-vous que je portasse soutane. Je m'en ferai tailler une mais en tissu léger, j'ai remarqué que votre scribe attitré était toujours en sueur. » Ne serait-ce pas, Louise Charlotte, votre simple vision qui le met en cet état ? « Vous questionnez comme un enfant. Laissez votre plume, renvoyez ce maraud à ses études, c'est moi qui vais écrire pour vous. J'aspire à être votre servante. La servante de tous vos caprices. Soyez heureux, je vous veux capricieux. Et puis vous m'épouserez. » Je suis d'Église. « Il est dit que je ne serai jamais duchesse. Que n'êtes-vous huguenot ? » Les huguenots sont plus puritains que les catholiques. « Tant pis, je me contenterai du statut de maîtresse. Que disiez-vous quand je suis entrée ? Que je le relate. Pour mieux écrire, permettez que je m'installe sur vos genoux. » Vous êtes ma mort certaine.

« Racontez-moi votre caracole avec votre amante-jument. » Vous riez et le monde devient perlé. « N'est-il pas curieux, mon parrain, que mon irruption dans votre ermitage vous ait inspiré ce souvenir ? Contez-en plus. Sur les suites de l'aventure, vous êtes trop discret. Est-ce qu'elle me ressemblait ? » J'entends la plume grincer. « J'écris vos dires, messire duc. C'est mon nouvel emploi. Qu'avez-vous ? Je vous sens trembler sous moi. Suis-je trop lourde ? » Je regrette de ne pas être de la religion réformée. « Est-ce mon habit de cavalier qui vous fait un tel effet ? Auquel cas, vous devriez me l'ôter. » Si vous écrivez cela, n'omettez pas vos rires. « J'espère écrire bien pire. »

Mes Mémoires sont fichus! « Ils seront pleins de vie. Croyez-vous avoir arrêté de votre plein gré l'immense développement que Dieu vous octroie encore? Il veut que vous viviez et tant pis si c'est dans le péché. Comme dans votre jeunesse avec la sauvageonne que vous éloignez sournoisement. J'en attends la dictée. » Sans intérêt. « J'y trouverais pourtant matière à imagination, manière de vous complaire, et à vous redonner tous les plaisirs de la chair. J'ai décidé de vous aimer. Laissez-vous faire. Je prendrai sur moi quelque faute que ce soit. Mon corps est friand de vous. Ne glisserez-vous jamais vos mains sous mon pourpoint? » Retournons au verger, il semble que l'air y soit plus frais.

Je reprends la plume pour dire les délices d'une marche à peine guidée par vous dans un verger. Véritable promenade, comme jadis à Paris, près du mail, les jours d'été. Promenade dans l'air tiède, le soleil de Saragosse s'adoucit pour vous, après une enfance chevauchée nuitamment, à rênes folles. J'allais trop vite, je le sais, dans mon écriture nocturne, et pourtant, quelle lenteur elle fut pour moi, qui désirais trop en sortir. La nuit est close, comme mon cahier, et, dans le soleil, je traverse ce verger avec vous. Les fatigues de l'insomnie se sont évaporées comme rosée. D'ailleurs mes insomnies ne me fatiguent pas, seulement me rendent-elles plus léger. Comme le bonheur que l'on ne trouve que dans les fièvres. Elles m'offrent l'impression de marcher sur des nuages ou des tapis nombreux. De ne plus posséder de corps. Il paraît que cela arrive aux saints, ou aux fous, ou à ceux qui jeûnent trop. J'ai longtemps jeûné d'amour avant votre venue.

Le dernier cavalier que j'ai tenu par la main était le baron du Vallon de Bracieux de Pierrefonds. Nous fuyions dans Belle-Isle assiégée par la marine royale et les troupes de d'Artagnan. Il ne s'agissait donc pas d'une promenade d'agrément. L'affaire se conclut par la mort d'un ami, écrasé sous les rocs, comme un Titan sous Pélion entassé sur Ossa. L'image m'en revient souvent la nuit, quand je suis mécontent de moi. Elle meuble de delectatio morosa chacune de mes insomnies. « Pourquoi ne dormez-vous pas? » L'âge, madame, le trop-plein de souvenirs, l'abandon des gloires, le désenchantement, la solitude, l'ennui, l'attente de la mort, la crainte du Jugement, les manquements de conduite; quelques bonheurs fleurissant en buisson au détour d'un sentier de mémoire. Une de ces découvertes imprévues qui déboussolent le géographe ou ravissent le voyageur.

L'existence m'est aride, malaisée et, au repos en un lieu ombragé, mon esprit réinvente la vue immense d'une prairie où j'ai pu rire, banqueter, me battre, aimer, vivre enfin. Mieux vaut se laisser encercler par ce genre de souvenir que s'enfermer dans un bastion solitaire, comme les anciens barons pillards dans leurs burgs. C'est l'image du sommeil : une trop rugueuse fortification. Donc je ne dors pas. Je vis en double.

« Vous dormirez et non en aigle grincheux. Vous dormirez, car dès cette prochaine nuit, je serai votre oreiller. J'ai beaucoup, mon duc, beaucoup aimé notre intermède dans le verger. Enfin vos mains se sont posées sur ma peau, votre bouche sur mes seins. Je vous appartiens, vous le comprenez. Et cessez de radoter avec l'âge et la mort. J'ai besoin de vous en vie comme j'ai envie de vous en moi. Ni duchesse, ni maîtresse, votre très obéissante catin. »

Elle dort. Dans mon lit. J'ai succombé non à la tentation mais à ses désirs, dont chacun fut un des miens. Son corps m'est connu par cœur, car j'y mis du cœur, connu de ma bouche, de mes mains. Extravagante aventure; et je sais qu'elle est pure comme le plaisir que Louise Charlotte prend. Elle réveille en moi des envies de bourrasques et de guerre. Et de mort, mais celles-là je les cèle. Elle est immensément belle. Un océan obéissant, doux, parfumé, amer, violent pour être dompté plus violemment encore. Et cela depuis la promenade au verger sous le soleil rasant, qu'elle m'a dit rouge sang. Où je fus sommé de conter l'affaire de la femme-jument. Sous les citronniers, dans l'odeur acide qu'elle me fit comparer à celle de ses seins et leur pointe aigre de sueur sous l'engoncement du pourpoint.

Elle dort. La nuit est presque froide et la fenêtre ouverte. Je distingue son souffle de celui du vent de la sierra. Je la sais nue et offerte et souhaite qu'elle ait froid. Que la morsure du froid de cette nuit de Saragosse la réveille. Elle m'a rendu ma cruauté, le goût du sang et de la bataille. Avec, en sus, une virilité, dont je n'aurais osé espérer guère qu'un soubresaut.

Il n'est plus de dentelles et de sonnets dans nos amours, de mouchoirs brodés abandonnés, de soupirs qui durent des mois. Elle dit que les temps ont changé en France, et les fêtes galantes auraient d'autres tournures. La cour joue avec les bâtards de la Mortemart et Paris se débauche. On paraît au palais pour les messes que commande la maîtresse du Roi, mais on retourne vite par Boulogne et Auteuil dans les hôtels aux portes dérobées. Est-ce que ma douce filleule les fréquentait ?

Le cavalier noir à sa chasse est son amant, j'en suis sûr. Elle le fuit. Dois-je avouer que j'ai délégué des espions aux frontières ? J'attends les rapports. J'ai fait porter un cadeau au vieux baron d'Épenousse. Par remerciement, certes, mais aussi pour avoir un œil et une oreille dans la place, le temps que mon ambassade se renseigne sur la présence ou non d'un visiteur, qui aurait pu surgir après notre départ. Je le tuerai. Une jeune femme délicieuse, pleine d'esprit, belle comme une nuit de Touraine en été, mue un vieux duc en spadassin. Le sourire me revient. J'en ai les lèvres dégercées des patenôtres et de la politique. Hélas, on voit mes dents, qui ne sont plus celles d'un loup. Vieil ivoire de Chine, fragile, ébréché. Sourions quand même, malgré ma bouche transformée en cabinet des antiques.

Me prend l'envie d'acheter un régiment ou de me faire bandit. Ma filleule et maîtresse sera mes yeux, mon enseigne, mon fanion de ralliement, la folie de mes nuits. Nous pillerons jusqu'à mériter le garrot ou, compte tenu de notre grandesse, la hache du bourreau. Debout, face à Dieu, au Roi et à nos pairs. Tout cela pour elle, qui m'a demandé, à genoux, de la prendre. Et de lui dicter toutes les vérités sur ma vie. Non pas comme au puant séminariste, dont elle a toutefois remarqué la joliesse, mais comme à un témoin de ces temps enfuis et que j'ai peut-être trop chéris, où la mort était d'acier glacé, glissé dans des fourreaux de cuir cloutés d'or ou brodés de soie. Pour un mot de trop, de pas assez, on tuait ou on mourait. Elle est de cet acier-là. Son amour camoufle son tranchant sous un rire qui irise mon verger mieux que la plus douce rosée.

Que le froid déchire sa nudité que j'eus tant d'extase à souiller sous le délire de ses encouragements et la précision de ses demandes et de ses râles. Louise Charlotte de N*, Mme de Chevreuse vous eût applaudie. Elle avait aussi de ces emportements. Et mêlait avec grâce guerre civile et assauts privés.

Allons, Aramis, une autre vie reprend.

Cette nuit est par trop glaciale, il faut que je couvre d'un drap ma tendre ennemie.

Départ pour l'exil

J'étais capitaine, je crois. « Non, monseigneur, lieutenant, désenchanté, puceau et aux prises avec une jument folle. » Je vous l'ai conté. « Nous ne l'avons pas écrit. » On s'en passera. L'aventure chauffait les gorges. Et ma mère ne songeait qu'à m'éloigner. « Et vous aviez pris goût à faire souffrir les femmes. Occupation qui, à cette heure encore, ne vous a pas quitté. » Ce n'est pas faux mais outré. Car il n'y a qu'avec les femmes et dans la guerre que j'ai pu atteindre à ma vérité. Par crainte de devenir ce qu'aujourd'hui, et depuis longtemps, je suis. Croit-elle si plaisant de survivre aveugle, vieux, oublié, inutile? « Et riche et aimé? Vous êtes un amant cruel. » N'était-ce pas sa volonté? « Si. Mais vous m'aviez promis Séville et l'Italie. » Alors j'irai à Madrid demander une flotte. Je n'ai jamais reçu le titre d'amiral ni mérité celui de pirate. « Qu'avez-vous besoin d'aller à Madrid. Je vous lasse déjà, vous me quittez? » Est-elle celle qu'on quitte et non celle qui s'enfuit et qu'on pourchasse? « Poursuivez. Vous n'aurez le droit de partir qu'après m'avoir dicté vingt pages de votre vie. » Qu'elle approche son visage. J'étais sûr d'y trouver cette rosée au coin de l'œil. « Je disais des choses graves et vous ne pensez qu'à chevaucher et naviguer. Reprenez. »

Le roi Louis, dit le Juste, était belliqueux à moins que Richelieu ne le fût pour deux. Indécis donc belliqueux. Espérons, madame, que ces écrits ne tomberont jamais entre des mains françaises. Je connais une voix qui dicte et une douce main qui écrit menacées du bourreau. Mais le feu roi était ainsi. Insoucieux de ses amis, indécis en politique et trop glorieux. Moi, je n'en pouvais plus des frondaisons, des coteaux, des vins clarets, du val de Loire. Je n'en pouvais mais de chez moi. Donc, j'allais côtoyer le Roi. Et le comprendre sinon l'aimer. Je l'ai servi fidèlement, sauf pendant quelques instants. Mes journées seront plus difficiles avec son fils, Louis le Grand. Louis XIII fut comme moi quasi abandonné par sa mère. Je crains qu'il ne l'ait détestée, comme il méprisera sa femme. Nous sommes nés la même année ainsi que Mgr Mazarin dont nous parlerons plus loin. Nous fûmes soumis à des « régences » matriarcales. Et inquiets du sort de nos pères morts. D'où peut-être nos goûts communs pour la guerre. Mais lui était roi. J'étais pauvre et provincial. Je vivais en paysan, il ramassait des bribes de territoire, l'Auvergne ou quelques villes de Lorraine, le tout pris ou volé, comme vous voudrez, aux princes. M. de Luynes était alors son conseiller. Trop catholique, trop « espagnol », mais détestant, comme son maître et pour lui plaire, la reine mère Marie. Moi, je voulais une compagnie. Non dans le régiment vendu à mon beau-père. Ailleurs, n'importe où, chez n'importe qui, mais aux frontières. Ma mère fut mon alliée puisqu'elle pouvait se débarrasser ainsi du fils ennuyeux, gênant, silencieux et depuis peu scandaleux que mon père lui avait laissé en héritage.

Nous ignorions que nous allions triompher près d'Angers, pour nos dix-neuf ans. Dans ce qu'on appela en France « la guerre de la mère et du fils ». C'est là que je commanderai une compagnie de cavalerie et que nous renverserons les troupes rebelles, l'armée des ducs, des Soissons, Mayenne, Vendôme, ralliés à la Médicis. Là, tout près de chez moi, aux Ponts-de-Cé. Quelque mitraille, un peu de canonnade, deux belles charges de cavalerie. A la fin du combat, le Roi me fera mousquetaire. Autant dire son petit frère. Mais nous avons sauté trois années. J'ai si peur d'être ennuyeux. « Non. Vous avez le toupet de vous comparer à un roi. » Un roi enfant. « Soit. Parlons plutôt du scandale. » Trop provincial. « Rien que pour mon plaisir. » Nous verrons.

Nulle n'est plus sévère sur les mœurs d'un fils qu'une pécheresse. L'aphorisme vaut pour ma mère comme pour celle du Roi. Si le Roi n'en aima que peu la reine Anne, moi, au contraire, je me pris à adorer les femmes. Au grand déplaisir de la récente comtesse de V*, ma génitrice. Ma première aventure me chahuta quelque peu la sensibilité, il est vrai. Elle s'en servit en bonne intrigante.

Madame ma maman régnait donc sur une cour de soupirants, hobereaux plus que ducs et pairs. Rien à voir avec les amours d'une reine de France et d'un Premier ministre d'Angleterre, amours que je favoriserai avec mes amis, une demi-douzaine d'années plus tard, n'en disons pas plus. « Si, qui était ce ministre? » Buckingham, madame! Bien, qu'elle fût de province et sans faste, la cour de ma mère entretenait une vraie galanterie. Mon beau-père de comte embrocha maintes épaules et cuisses, et je lui proposai une fois d'être son second, mais il trouva ma proposition déplacée et quasi injurieuse. J'acceptai de m'en excuser mais n'en provoquai pas moins un chevalier à la taille bien tournée et que je surpris fort pressant près d'une comtesse assez troublée pour lui abandonner ses deux mains et tout le blanc d'un bras. De notre rencontre derrière une église romane bordée d'un cimetière fourré de lilas, sa tête conserva un étrange maintien : penchée sur l'épaule droite. Ma lame avait tranché vif quelque tendon. Il porta toujours son chapeau à l'oblique et, bien plus tard, lors de la prise de Cambrai, dut la vie sauve à ce défaut en évitant un coup de pistolet tiré au jugé vers son plumet. Il survécut ainsi grâce à moi aux guerres de Hollande.

Ce coup d'éclat ne me valut guère de remerciements. Ma mère décida de m'envoyer en pénitence dans quelque couvent. Sa cour applaudit au projet, dans l'espoir de se débarrasser d'un tel fâcheux de seize ans. Et puis la rumeur de mes amours avec ma sauvageonne emplissait le comté. Je pillais pour elle toute bourse à ma portée et parfois la cassette à bijoux maternelle. Ma belle sorcière brune refusait les lits, les chambres, et ne se plaisait que dans les taillis et les prés. Principalement au bord des rivières. Nue et brûlée de soleil, elle enroulait colliers et bracelets autour de sa taille ou de ses chevilles, « à l'orientale » (où avait-elle pris cela?), et les jetait à l'eau après l'étreinte. Ce n'était nullement offrande à quelque nymphe ou ondine mais « au bénéfice, disait-elle, des pauvres pêcheurs ». L'esprit de cette donzelle me ravissait. Elle gardait en revanche chaque écu, chaque louis. Non pour se mieux vêtir, mais par générosité envers sa famille qui posséda bientôt une fermette et quatre vaches du Charolais. Un de ses frères en obtiendra une cure, ayant pu apprendre ses rudiments dans un collège puis dans un séminaire où mes amours eurent la complaisance de lui payer l'accès. Le péché au service de Dieu? Ce serait une parabole inédite des Évangiles et un addendum au livre de Job si le prêtre en question n'avait été autant dépravé. Il terminera roué sur la grand-place de Blois pour un crime que j'ai oublié mais où il fut question de simonie et sodomie, deux mots qui me parurent cousins par la phonétique. Il paraît qu'on en avait accusé aussi le dernier des Valois, feu Henri III. J'en conclus que le droit divin n'impliquait pas la grâce de Dieu sur la tête de nos rois. Réflexion qui fortifiait ma mère dans sa direction : expédier sous la bure et derrière les hauts murs d'une

Trappe ce fils fornicateur, voleur, bretteur, quasi libre penseur. Sans le vouloir, elle me montra le chemin, inexploré par moi, de la philosophie. On ne m'enferma pas au couvent grâce, encore, à mon beau-père. On me mit en pension à la garde de mon oncle cardinal. Chez lui, j'appris les bonnes manières, le jeu, la poésie, plus de latin et tout mon grec, la mondanité, l'histoire, la courtoisie, l'esprit critique, l'italien et les langues « ennemies » : espagnol et anglais, des rudiments d'allemand, le goût pour les tableaux de La Tour et pour les beaux vêtements, l'aristotélisme et la plus récente philosophie, celle des libertins de l'école de Padoue, que mon oncle diffusait sous le surplis en feignant de la combattre. Chacun de ses écrits anti-matérialistes n'était que longue citation des héritiers de Giordano Bruno. Je lui servis souvent de scribe car il aimait ma calligraphie. Je crois aussi que je l'amusais. Quel pape il eût été!

Vous m'avez dit aujourd'hui la noblesse française entichée de ces idées. De rares Espagnols s'y risquent. On m'a demandé d'en réduire la multiplication; je l'ai fait, à la manière enseignée par mon oncle, en citant ce que je devais détruire, et je ne suis pas mécontent de ma critique de l'idée des seize contradictions de la Bible que je me suis complu à rappeler in extenso. Je vous sais, jolie scribesse travestie en cavalier – il y a deux siècles, cela vous eût valu le bûcher –, de cette famille de pensée-là, qui croit plus au corps qu'en l'âme. « Je crois en la beauté, au désir, au plaisir des sens. » Avec un barbon aveugle. « Avec un barbon aveugle et pédant. » Vous croyez au plaisir et non à l'amour. « Au plaisir depuis toujours, à l'amour depuis peu. » Avec le même pédant barbon? « Vous êtes beau, mince et souple comme un vieil arbre. Un peuplier. » Qui manque de verdure. « Pas de verdeur. » Cela me va droit au cœur. « Et je l'entends, ailleurs. » Scribe, vous vous oubliez. « N'oubliez pas, vous, mon parrain, que je suis assise sur vos genoux. Et je vous sens... frémir. Je regrette de n'être pas en chemise plutôt qu'en cavalier. » J'aime, j'adore, j'idolâtre votre rire de cascade. Il est tout d'enfance. « Au contraire de mes manières. Excès de cette philosophie dont les mamelles sont dévergondage et libertinage. » Voilà un faux sens, joli scribe si sensible aux frémissements. Les libertins, les vrais, ne confondent pas licence et liberté. Ce sont cousines ennemies. « Retour à la cuistrerie? » L'écolière libertine mérite la fessée. « Oh oui! »

« Je t'aime, tu sais. Connais-tu le plus joli mot français? » Je dirai : Vous si ce n'est toi. « Non, c'est : encore. » Alors le pire est : hélas! « J'adore, j'idolâtre aussi quand vous riez. Cela pour vous citer. Me permettez-vous de reprendre ma place sur vos genoux sans plus me rhabiller. Je ne suis guère habituée aux chausses ni aux bottes. Et puis, écrire sous votre dictée c'est comme obéir quand vous me troussez. » Retournons-nous au voyage? « Vers les doux philosophes de Padoue? Mon amour violent, contez-moi tout. » N'êtes-vous point trop fatiguée? « Je suis trop amoureusement installée. Voudriez-vous poser vos mains sur mes hanches pendant que j'écris? »

Quelques lignes sur la cérémonie des adieux. J'évitai donc le couvent mais non l'exil. On prépara, autant dire expédia, mon départ. Ma mère daigna me tendre une main à baiser. J'effleurai, elle retourna à ses affaires. Mon beau-père m'accorda l'accolade et un « Dieu vous garde, chevalier d'Herblay ». J'avais une bonne épée, ma jument, un cheval de bât, deux serviteurs. Dans les bagages, la dague du roi François, aux arçons deux pistolets. Au premier coude de l'allée, je pris le galop pour que le vent sèche mes yeux. Une belle matinée. Je me souviens d'un soleil froid et d'une odeur de tilleuls humides. Une agonie d'été.

Au sortir du domaine, je remis ma jument au pas. Je ne voulais pas que nos paysans pussent prendre ce départ pour une fuite. Et j'entendais traverser le village où, naguère, d'invisibles garnements me lançaient des cailloux, le poing sur la hanche, les rênes hautes, ma jument à l'amble de parade. Un de mes valets me prévint que le comte avait interdit cette traversée et tenait au détour par les bois et le chemin de rivière, comme l'on disait. Je détestais cet homme qui fut piqueux de mon beau-père avant une chute qui le rendit boiteux mais qui n'en portait pas moins encore le long coutelas de chasse et le fouet de meute. Mon beau-père me l'avait adjoint « pour la sécurité »; il me fit l'effet de geôlier. Le second était maigre alors que le premier était trapu, le visage long un peu rêveur, il jouait avec une badine et guidait le cheval de bât ne semblant s'intéresser à rien. L'ancien piqueux dissimulait un méchant sourire.

J'acceptai l'ordre de mon beau-père, j'étais encore sur ses terres mais me promis qu'une fois quitté son apanage, jamais plus de ma vie, je n'obéirais quand il ne me plairait pas d'obéir. Nous prîmes le chemin des bois. Celui où j'avais tant galopé. D'ailleurs ma jument eut une velléité de vitesse que je réfrénais. Le piqueux se porta en tête. J'étais au milieu et je découvris par cette position que je semblais un prisonnier escorté par deux prévôts. Si tel était le cas, je jurais bien de m'évader au plus tôt. Avec quel plaisir aurais-je poignardé ce dos vêtu de droguet au-dessus d'un pantalon de cuir éraflé par les ronces et les arbrisseaux de décennies de chasse au cerf!

Lorsque le chemin approcha de la rivière, une statue vivante nous attendait, sur les grosses pierres, bien plantée sur ses jambes écartées, une mauvaise robe couleur de châtaigne collée au corps par la brise qui venait de se lever. C'était ma brune sauvageonne, comme vous dites. « Place! Place au chevalier d'Herblay », cria le piqueux avec toutes les moquerie et haine du monde. Il m'annonçait comme le seigneur des lieux, comme un prince. J'en frôlais mon épée. La statue ne bougea pas. Ni gênée par la voix, ni par le soleil qui lui venait de face. « Place chienne, place sorcière! » Le piqueux voulait forcer le passage. Je vis un grand geste. Le fouet de meute claqua, la statue tomba. Dans le même temps j'entendis le coup de feu et vis mon pistolet au bout de mon bras tendu. Je venais de tirer. Le piqueux glissa lentement de cheval. Sa monture s'enfuit, oreilles baissées. Je mis pied à terre et courus vers ma brune effondrée. Une balafre de sang barrait sa joue et son épaule gauche. J'arrachai ma manchette pour l'essuyer. Elle grimaça, puis, le visage figé, ses yeux dans les miens, me demanda : « Est-il mort? » Je l'ignorais. « Alors, tue-le. » Plus tard, je voulais d'abord la soigner. J'appelais le second valet. En vain, il avait disparu. J'allai à la rivière, déchirai mon autre manchette, trempai le tout dans l'eau et revins panser la « sorcière ». Ses yeux brûlaient du double enfer de sa rage et de sa douleur dissimulée. Ce regard et la balafre la rendaient d'une beauté dangereuse. La beauté du Mal. De la souffrance infligée et subie. Je lui jurai de le tuer. « Je sais, monseigneur, tu aimes la mort. » Je pansais le sang qui se figeait déjà comme si cette créature pouvait lui ordonner de ne pas couler. « Laisse, je me soignerai. Tue-le. » Je me relevai. Le second valet était assis dans l'herbe du fossé, à côté du piqueux, une brindille jaune entre les dents. Il tenait la bride de son cheval et de la monture de son compagnon. Il n'avait pas fui, il était allé chercher l'animal effrayé. Il dit simplement : « Il vient de passer. » Et se releva. La fille aussi. Elle choisit quelques herbes, en emplit la charpie qu'elle fit de mes manchettes, mêla le tout de boue jaune et plaça l'emplâtre sur sa joue et son cou. « Ainsi, monseigneur, tu t'en vas. »

Comment dire? La blessure lui allait bien. Les mots sortirent de moi comme fut tiré le coup de pistolet, au-delà de ma volonté ou, plutôt, sans que ma volonté brute fût raffinée par aucune pensée :

« Viens avec moi. » Elle s'approcha du cadavre, tira le long coutelas et trancha la flèche du fouet dont elle se fit un collier serré. Il entrait presque dans sa peau ambrée. « Je t'appartiens. » Elle grimpa d'un coup sur le cheval du piqueux. Le valet nous regarda l'un après l'autre, puis le cadavre. La fille ajusta les étriers à la longueur de ses jambes nues que le valet lorgnait en toute sérénité. Il ôta la brindille de ses dents et montra la rivière : « Un trou à écrevisses. Dans trois jours, il ne restera que bottes et ceinturon. » Je baissai la tête et découvris sur le cou du piqueux deux traces rouges. Comme des pouces enfoncés pour étrangler. Le valet l'avait-il achevé ? Il me tendit la bride de son cheval, je remarquai la longueur et la finesse de ses doigts, mais ils me firent songer aux ressorts d'acier des serrures des portes fortes et il tira le corps dans les fourrés. A son retour, il rapportait le coutelas de chasse qu'il plaça sur le bagage du bât. Et se remit en selle sans un mot. J'avais tué un homme. Mon premier. D'un peu de plomb dans de la chair vive, comme, en duel, j'y enfonçais de l'acier. Comme je souhaitais tuer quand je me battais, même si je cessais au premier sang. En épiant la femme, jambes nues puisque montée en cavalier et non en amazone, le dos droit, les seins pointés sous la ratine, je sus qu'elle avait raison : j'aimais la mort. Mon désir d'elle n'en était que plus sauvage. Je fis signe qu'on parte. Je chevauchais en tête. Jamais, je ne me retournai.

« N'avait-elle pas un nom, votre sorcière ? Vous

ne le prononcez jamais. » A ma courte honte, je l'ai oublié. « Tu n'en connais nulle honte, monseigneur. » Non. C'est ainsi qu'elle me parlait : tutoiement et un titre que je ne méritais pas. « Je sais. Cela me plaît comme cela devait lui plaire. Je suis un peu jalouse, un peu amoureuse de votre première catin. » Ni l'une ni l'autre ne méritez ce titre. « C'est ce que tu crois, monsieur le Grand. »

Il me semble encore sentir l'odeur fade du sang sous les peupliers. « C'est celle de mes cuisses nues qui te rappelle celle de son corps. » Vous êtes vicomtesse et parfumée. Elle était... elle n'était rien. « Je suis vicomtesse de naissance, je suis votre filleule par l'Église et, aujourd'hui, comme elle, je te dis : je t'appartiens. Tu ne peux comprendre ce désir d'être un corps esclave, avec un esprit assez libre pour en jouir, et, depuis toi, un cœur assez fécond pour y moissonner de l'amour ; tu n'as jamais appartenu à personne, ni aux papes, ni aux rois. Ni à aucune femme, je le soupçonne. Cela ne fait rien, admets ce que je suis, traite-moi comme je suis : en putain. » Pourquoi vous haïssez-vous à ce point ? « Et toi ? » Je découvre la peur. « Cela s'appelle l'amour. »

Je voulais que l'étape fût longue, qu'on passât la nuit en un lieu où personne ne nous connût. Je changeai l'itinéraire prévu. La Vienne traversée en bac, j'évitai les ponts trop fréquentés, décidant que nous franchirions la Loire plus loin. Nous nous enfonçâmes dans les terres. Le paysage devint morne, une lande verte et grise, couleur de vipère, avec des soubresauts de rochers qui crevaient le sol comme des furoncles. Nous ne fîmes halte qu'à nuit avancée. Pendant des heures nous nous guidâmes sur de lointaines et frêles lumières. Le valet dut allumer une torche faite avec un rameau et des chiffons et, au vu d'une auberge au large porche, elle était déjà charbonnée. Nous mangeâmes du chapon froid sans le moindre appétit. Nous bûmes trop de vin de Chinon. L'hôtesse marchait encore endormie, nous conduisant aux chambres comme un chien rejoint sa niche sans avoir besoin de penser ni de se repérer. Je craignais le sommeil et les mauvais rêves. Je gardai la chandelle. Ma sorcière examinait les lieux. L'éclat de ses yeux éclairait plus que la flammèche. Je crus à la fièvre et touchai son front. Il était sec et frais. L'emplâtre de sa joue se rosait de son sang. Elle l'arracha. Nous avions une aiguière d'eau tiède et des linges apportés par l'hôtesse. Elle nettoya sa plaie qui se fermait en une boursouflure légère. Je dus paraître surpris d'une telle magie car elle me montra les herbes en souriant. Et se dévêtit pour se laver. Un bassin et un broc pour elle qui ne supportait pour son bain que les rivières. Jeux d'ombres mouvantes sur la souplesse de chairs offertes à mon regard. Elle me déshabilla. Chaque geste était lent, léger, alors qu'elle m'avait habitué à d'autres violences. Elle refusa que je passe une chemise. Je n'avais jamais été aussi nu quand elle enleva de mon cou la chaîne d'or au bout de laquelle pendait une croix. J'osai parler pour lui demander si elle était vraiment sorcière. De sa brève réponse, alors qu'elle m'enlaçait, je ne compris qu'un mot : amour.

« Je lui ressemble, n'est-ce pas ? » Oui. « Comment fut votre nuit ? » Ensorcelante... « C'est-à-dire ? » Blanche et ténébreuse. « Vous n'en direz pas plus ? » Je le crains. « En tiras-tu quelque plaisir ? » De terribles joies. « Tueriez-vous pour moi ? » Je tuerais.

Courte adresse à Dieu

Dieu. En cet instant, votre Présence se manifeste par une bouffée de camomille, si forte qu'on croirait pouvoir toucher les grappes amères de ces fleurs blanc sale, dont le massif est pourtant loin dans le jardin. Seul leur parfum m'atteint, comme seule cette femme, cette enfant, qui se veut ma maîtresse emplit ma vie. J'ai renoncé pour elle au voyage de Madrid. Alors que la guerre menace avec la France et qu'on réclame mon « conseil ». Plus de guerre ni de politique, que les rois jouent sans moi. Louis de France rêve de se voir sacré empereur romain germanique. Ce fut la fièvre de François Premier. Charles V la soigna à Pavie. Les Habsbourg d'Espagne périclitent dans la faiblesse. Leur temps est passé. Assez de l'intrigue, de l'ambassade, encore si je pouvais commander une armée! Me restent votre Présence et la sienne. Et je sais que je ne pourrais renoncer à elle, même sur ordre donné en votre Nom. Vous m'éprouvez bien curieusement à mon crépuscule. Par la plus extrême beauté, par le plus grand plaisir qui soit, par les plus voluptueux péchés. Je Vous confesse que je ne m'en repens pas car ce serait mensonge. Qui verrait dans mes lignes un blasphème serait un sot. Cet « ermitage » est surpeuplé de cette engeance. Et tous ces sots me détestent, comme ils se détestent entre eux, tant mieux. Grâce à Vous, leur vue m'est épargnée. Et je n'ai guère de goût pour les imaginer. Je suis trop occupé à explorer la géographie d'un corps. Dans ce corps flambe une âme d'une beauté au moins égale. Auriez-Vous donné chair à un archange? Plus aucune nuit n'existe dans ce monde, devant un tel brasier. C'est un homme des ténèbres qui Vous le dit. Je me croyais en vraie pénitence dans un refuge, en votre seule Présence avec, hélas, véritable purgatoire pour moi, la compagnie de vos pires serviteurs, et Vous m'assenez ce que je ne pouvais plus espérer. Pardonnez-moi si toute prière que je Vous envoie est si sincère qu'elle finit par sonner comme un défi.

Je ricane. C'est à mon secrétaire que j'aurais dû dicter cette adresse. L'imbécile se serait signé, aurait tremblé en estropiant chaque mot, tout en me considérant comme pire qu'un démon, un hérétique. Lui et ses semblables appartiennent à une race si hypocrite qu'ils n'osent pas souhaiter me voir damné. Ils sont si peu généreux qu'ils ne peuvent haïr vraiment. Ils aspirent à une sainteté vague par la voie d'une tiède impuissance. Je vais leur intimer la lecture de la vie de Marie d'Égypte jusqu'à la syncope. Et je leur écrirai un commentaire sur la prostituée d'Alexandrie devenue sainte au désert. Nous entonnerons ensuite l'étude au mot à mot du Cantique des Cantiques. Je les achèverai par saint Jean de la Croix dont la puanteur immense, en plein Siècle d'or, nous changera de la commune fadeur de leurs soutanes négligées.

Quelle pureté dans l'aigre odeur de camomille qui a surgi lorsque j'ai tracé au jugé ce premier mot : Dieu.

Ceux qui m'entourent ici se croient vos fidèles, ils ne sont que les séides du philistinisme. Ils ânonnent des textes où Vous êtes le Bouleversement, en tremblant que rien ne change, ou, pis, d'y comprendre un mot en un éclair qui les consumerait. Je vis dans ma chair un autre bouleversement. Ces Mémoires, dans leur esprit, souffrent de cette fronde du présent. Commencés en hommage à l'amitié, dédiés ensuite à une filleule qu'on se rappelait jolie, les voilà dictés à une vicomtesse qui est devenue mon amante mais a choisi d'être catin et dont j'use comme telle. En me réjouissant de trouver ces trois femmes dans un même corps et qu'entre « elles » et moi règne la violence superbe et imprévue d'un véritable amour. Ce dernier mot enferme l'impardonnable de l'affaire aux yeux de la racaille d'ici qui se dit assemblée de clercs. Scandale suprême : une femme et un homme s'aiment. Le reste ne serait que mondaine faribole, vétille de nos temps où des bâtards sont princes du sang et où des marquises propagent la vérole. Où rien n'empêche donc une vicomtesse de vingt-deux ans d'être la maîtresse en même temps que la filleule d'un duc de soixante-seize ans qui l'affiche travestie en cavalier. Est-il d'Église ? Il n'en ira que plus vite à confesse. Tout avouer dans une oreille méprisable, recevoir une absolution d'une bouche à l'haleine putride, voir dans l'ombre des confessionnaux de bois noir et rugueux comme l'enfer, au grillage si serré qu'il n'y peut filtrer aucune vérité, une main aux ongles négligés et qui ose bénir, est insoutenable. Que serait l'absolution due à une vermine en affût craintif dans les moisissures ? Mes péchés ne sont pas des excréments, friandises dont ces insectes bousiers terrifiés par leur ombre, car elle présuppose une lumière, sont si goulus. D'où cette adresse nocturne quand dort la beauté, que, n'oubliez pas, j'ai portée dans mes bras au-dessus de la vasque du baptême. Je Vous l'avais offerte, Vous me la rendez. « Vous parlez à Dieu comme vous parlez aux femmes », m'aurait décoché d'Artagnan avec son regard en coin quand il frisait sa moustache. Eh oui, mon ami, pour Lui arracher un sourire. Voilà tout le défi qui Vous est lancé ; il est véniel.

Comment je devins Aramis

1. LA SORCIÈRE

Retournons en cette auberge, où, au matin, je ne fus que douleur dans un corps qui pelait de froid.

Reprenons autrement. L'affaire risque d'être longue, embrouillée et méritera plusieurs étapes. Le vrai titre en serait : Où le duc d'Alameda conte comment il fit l'apprentissage du libertinage, rencontra un saint homme, côtoya le Roi, chargea aux Ponts-de-Cé, vécut un deuil, se risqua à un duel et choisit le sobriquet d'Aramis pour entrer dans les Mousquetaires de la compagnie de M. de Tréville. Souvenirs dictés en ce sixième jour d'avril 1677 à la vicomtesse Louise Charlotte de N*, future duchesse d'Alameda. « Ne vous avancez-vous pas ? » Ma vie ne fut que pari.

Donc, au matin, je n'étais que douleur et mon corps pelait de froid. La fenêtre était grande ouverte sur un ciel morne d'un gris d'ardoise. Pas un arbre, pas un oiseau pour le rayer ou l'animer, seulement ce vide lisse et glacé. Seul signe de vie : un enfer de bruits, de cris, de sabots battant le pavé. J'étais nu comme l'enfant Jésus, mais étendu sur le plancher sans même une botte de paille. Le lit n'était pas défait. La chambre était fort laide avec deux soupçons de beauté. D'abord une faïence de Delft, impensable en ces lieux, sur une table en pin ordinaire et tachée de graisse; ensuite un enroulement de chair dorée sous la lumière d'étain qui tombait du ciel : le corps de ma sorcière en boule, qui m'offrait dos et fesses et sa nuque brunie. Elle dormait encore. Je l'enveloppai d'une courtepointe. Mes os craquaient au moindre mouvement. L'impression pénible d'être défripé par un vent d'hiver et non par ces fers brûlants qui donnaient aux tissus une forte et douce odeur de fil grillé à l'office dans la maison où j'étais né. Nos vêtements étaient épars en archipel sur l'étang plombé du parquet. Deux ou trois souvenirs de la nuit passée me réjouirent, mais l'égoïsme me fit regretter le lit.

D'où venait chez cette folle un tel amour des sols? Entre la tentation des draps et le remuement bruyant de la cour, la curiosité l'emporta. En allant vers la fenêtre je remarquai que le ravissant tas de bronze dormait sa joue blessée nichée dans la paume de sa main, de l'élégance de cet abandon, rare chez qui sommeille, me fut un bon présage pour la journée et, du coup, je ne craignis plus le froid. Bien au contraire, je trouvai quelque joie à me promener nu pour observer le monde. Il recouvrait son calme et la cour se vida, à l'exception de deux ou trois poules qui caquetaient et picoraient entre les pavés. Un cheval s'ébroua dans l'écurie, l'hôtesse gronda une servante. Le calme était aussi subit que le fut le tohu-bohu. Une aile d'oiseau sur ma joue. La sorcière s'était levée sans bruit, une vraie chatte (non, elle aurait mangé l'oiseau), et me donnait un baiser.

Côte à côte et nus comme des anges, nous constatâmes qu'on nous observait depuis une fenêtre au même étage de l'autre bâtiment de l'auberge, à l'équerre du nôtre. Elle me toucha la main alors que j'allais reculer et me chuchota de ne point bouger. « Nous sommes beaux, ne les privons pas », murmura-t-elle dans mon cou. Les? Il s'agissait d'un couple, un simple coup d'œil m'avait suffi. Ma sorcière se coulait contre moi. Sa peau chaude dans le matin vif eut l'effet qu'elle escomptait.

Ma pudeur l'emporta sur le tumulte d'idées confuses ou précises qui tournoyaient en moi sous le regard de mon amante et son sourire estropié par le coup de fouet. Je l'attirai vers l'intérieur de la chambre et conseillai de nous rhabiller. Elle montra sa robe déchirée sur toute la longueur. Comment en étais-je arrivé à une telle extrémité? Elle, elle riait en se drapant savamment de la courtepointe. On eût dit une esclave ou une princesse orientale. J'enfilai chemise, culottes, bas et bottes. Elle tenta plusieurs fois de m'en empêcher. Nous chahutions quand la porte s'ouvrit et que mon grand valet, sans frapper, annonça : « Mme la marquise de La Puisaye. » Je lui promis une sévère correction, mais la femme de la fenêtre ouest était déjà entrée, en chemise sur laquelle fulgurait un long manteau d'intérieur brodé de pivoines écarlates. « Excusez-moi de forcer votre porte. J'étais trop impatiente de vous rencontrer. Je ne pensais pas trouver en ce lieu écarté des gens de qualité. Monsieur... – Chevalier d'Herblay. » Et je saluai. « Et madame... », la marquise possédait de magnifiques dents qui donnaient à son sourire un éclat de danger. Beauté à courtepointe me coupa le sifflet : « Je ne suis qu'une esclave. Mauresque. » Notre visiteuse regarda ma sorcière (j'étais sûr de cet état, la nuit avait été un vrai sabbat). « Esclave qui a licence de parler. Mais se fait fouetter. » Doux bronze baissa la tête, la marquise s'amusait.

« Vendez-la-moi, chevalier. Le prix que vous voudrez. » J'en restai coi. « Combien vous a-t-elle coûté ? – Un coup de pistolet. La mort n'est pas monnayable. Ni la beauté, madame. » Resalut, plus ironique cette fois, car outré. « Même pour simplement la contempler de plus près ? argumenta la marquise. Même si pour cela, je paie un joli prix, qui vous plaira j'espère. – Je suis désolé, madame. – Même si ce prix, c'est moi ? » L'offre me laissa bouche bée. Ma supposée esclave répondit. Sans un mot mais en laissant glisser au sol son faux péplum. « Monsieur, voilà quelqu'un qui vous sert et s'y connaît mieux que vous en affaires. » Elle parcourut la chambre des yeux. « J'ai vu de meilleurs endroits, mais le lit est assez vaste pour trois. Garderons-nous la porte ouverte ? » lança-t-elle en regardant mon valet. Il la ferma. Elle se rouvrit avec fracas. « Oubliez-vous, madame, que je vous ai déjà tué deux amants ? » Elle se retourna vers l'intrus : « Et volé trois maîtresses. Deviendriez-vous aujourd'hui un mari fâcheux, marquis ? Je vous présente le chevalier d'Herblay. Très habile au pistolet, à ce que l'on dit. – Madame, allez vous habiller. » La marquise sortit sans nous saluer. Le marquis ramassa la courtepointe et la tendit à la « Mauresque ».

« Où allez-vous, monsieur, en si bel équipage ? » Je dis que j'allais à Paris, servir le Roi. « Dans le corps des pages ? – Comme mousquetaire. » Il sourit sous sa moustache. « Êtes-vous soldat ? » Je ne pus résister : « A trois ans, je possédais mon régiment. » Il sembla fouiller sa mémoire. « Votre père est... – Était le vidame d'Angers. » Il salua. « Nous nous sommes rencontrés. Mais vous n'êtes guère sur le chemin d'Angers à Paris. » Cet homme croyait que je mentais, je cherchais des yeux mon épée. Encore ce sourire. « Vous ferez un bon mousquetaire... dans quelques années. » Je me raidis. « Je le fus. Excusez ma femme de ne pas m'avoir présenté : marquis de La Puisaye, colonel au régiment de Gâtinais. » Du côté du Roi, contre les ducs et la reine Marie. Mon beau-père tenait à jour ses registres de politique. Cela ne me passionnait guère encore. « Je dois partir pour rejoindre ma cavalerie près de Nevers. Et moi, je ne fais pas fausse route. » Toujours ce sourire. « Nous pardonnerez-vous l'invasion de votre... intimité ? » Il ne cherchait pas à me provoquer, tout juste à me tester. Il sortit. Je regardai mon amie. Elle haussa les épaules, bien que de nature non boudeuse. Qu'avais-je fait ou n'avais-je pas fait de si répréhensible ?

On frappa. L'hôtesse entra. Suivie d'une servante chargée de deux paquets. « A la dame d'Herblay » sur une enveloppe. Le papier disait : « Hélas, on ne peut chevaucher comme lady Godiva dans Coventry. Même une déesse menteuse camouflée en esclave. Voici de quoi la transformer en simple mortelle. Avec le regret de ne pouvoir plus avant adorer la beauté. Marquise de La Puisaye. » Il s'agissait d'une tenue d'amazone, feuille morte avec chapeau et foulard gris de perle. La boudeuse ne se vêtit que du chapeau et se mira en caressant un de ses seins. Elle ramena le foulard sur sa joue blessée. « Tu tuais le mari, nous enlevions la femme et je ne me donnais pas quatre jours pour la rendre esclave de nous. C'est elle que nous aurions vendue à quelques débauchés. Un bon prix pour sa jolie peau et ses yeux d'un grand bleu sombre. » Mais quel méchant sourire! « Toi aussi, monseigneur, tu feras un fâcheux mari. » Je ne me suis jamais marié, sinon avec l'Église, mais voilà comment les « Mauresques » vous enseignent la vie.

Vous riez? « Je sais maintenant que vous m'épouserez. »

Je réussis à négocier auprès de l'hôtesse et de son mari une selle d'amazone, en pénitence depuis trois ans aux écuries. Cirée, frottée, elle fut acceptable. Après un bref déjeuner, les chevaux sellés, nous partîmes. J'oubliais de tancer le valet et je ris quand ce quasi-muet émit un léger sifflement en voyant apparaître la fausse Mauresque dans sa longue vêture de feuille morte, la taille lacée fort serrée dans sa tenue très décolletée qu'elle portait sans linge. Je partageais son émoi éberlué.

A Paris ! Nous redressâmes la boussole au nord-est. Rien de spécial pendant plusieurs jours, à ceci près que, primo, chaque nuit, la marquise m'apparut dans son négligé à pivoines. J'avais bien mes seize ans. Que, secundo, passé Orléans, je me souvins de la chaîne et de la croix disparues de mon cou. L'amazone releva sa jupe. En haut de son bas droit, brillait une fine jarretelle d'or et un crucifix brinquebalait sur sa cuisse. Je proposai qu'on fît étape pour que je m'agenouillasse et baisasse le pieux symbole. Cette sainte pensée me mérita un sourire et une escapade dans les fourrés.

Comment je devins Aramis

2. LE CARDINAL

Mon oncle, le cardinal de B*, était un petit homme vif, sautillant, courtaud, noiraud. Un lutin vêtu de pourpre, un scapin, un farfadet. C'était un prince, un vrai. « On sent déjà que vous l'aimiez. » Je l'aime encore. Quand je prie et cela m'arrive, madame, il y a toujours une pensée pour lui. Quand je le rencontrai, il avait été protonotaire apostolique, connaissait comme son jardin les trois quarts de l'Europe, même la parpaillote. Bien plus tard, il sera vice-légat en Avignon, ville qu'il n'aimera jamais à cause des chaleurs et de l'absence de fontaines, ce pour quoi il achètera un hôtel à Aix et ne se rendra qu'une fois par mois dans le Comtat. Il m'accueillit, pardon, il nous accueillit comme des rois. Frère de ma mère, il adorait mon père. Et m'aimait comme cela, de nature, sans me connaître. Son accueil me reste gravé au cœur. Ce fut de sa part courtois mais chaleureux et, de ma part, emprunté et respectueux. Il m'emmena dans ses appartements et là, m'embrassa, me fit asseoir et me dit : « Mon neveu, vous aurez tout ici : argent, bibliothèque, les meilleurs maîtres de lettres, de philosophie, d'escrime, de danse, de musique, les plus belles femmes, tout. Ma cassette vous est ouverte, ne manquez pas d'y puiser. A la condition que plus jamais vous ne me mentirez et que vous deviendrez ce que vous méritez : duc et pair, pape, maréchal, connétable, saint, peu me chaut. Mais quelqu'un. Topons-nous ? »

Je quémandai son pardon pour le mensonge proféré au sujet de l'amazone, présentée comme espagnole – elle ne me parla pas de trois jours et se refusa pour cette incongruité – expliquant le désert de sa garde-robe par un vol compliqué de malles et de bagages. Je dis toute la vérité. Il alla l'embrasser et la prier d'oublier ma sottise. Il l'en remercia en lui fournissant le nécessaire, le superflu, une dot, un équipage, des suivantes, elle n'avait qu'à parler. Elle était plus fine, plus intelligente que moi. Elle accepta sans gêne alors que je rougissais à chaque bienfait. C'était si généreux, si bien, soulignez bien, s'il vous plaît, si bien donné. Un prince!

Quel homme! Il séduisait et amusait tout le monde, car il était, mais il était vraiment laid comme un pou. Savez-vous que Richelieu en sera jaloux ? Il réussira à le bouter hors de France. A le renvoyer à Rome. Où sous couvert du poste modeste de notaire scriniaire de Sa Sainteté, il sera dans le secret de tous les complots pontificaux. Avant que de mourir d'ennui. On dit qu'à cet instant, il demanda après moi et n'exigera qu'une tombe de terre ocre et une croix de bois noir au cimetière du couvent de Saint-Honorat, une île au large de Cannes. Sa parcelle est la plus proche de la mer et ne donne que sur l'embrun et l'azur. J'y suis allé pleurer mille fois. Excusez-moi. « Mon amour, vous avez en cet instant des larmes de seize ans. Venez dans mes bras et qu'elles coulent sur moi. » Si l'on nous voyait... « On m'envierait, je suis également amoureuse de lui. » Merci.

Sans forfanterie, mais pour lui rendre hommage : mon oncle fit de moi l'égal des grands. J'exhibai la modestie de mon titre. D'abord, il me traita de bourgeois, puis me sermonna : « Les seuls titres qui importent sont : roi, baron et chevalier. Être baron est rester fidèle à son roi, être chevalier est demeurer roi de soi. »

Vous êtes enfant, vous ignorez la sauvagerie de cette époque qui date d'Henri le Grand et de Louis le Juste. Nous n'endossions plus d'armure, à peine des cuirasses dans la guerre, plus pour refléter le soleil et présenter un miroir aux dames venues assister au carnage que pour nous protéger, mais nous gardions tous, dans nos veines, la violence qui jetait nos ancêtres au tournoi, au pillage. A l'aventure des chevaliers errants. Le Louvre avait une cour, aujourd'hui Fontainebleau ou Marly ne sont que volières. Nous ne picorions pas nos pensions comme poulets et paons, nous volions, chassions comme des renards, parfois des loups. Je portais, je porte encore, à peine mais encore, cela en moi. Une vieille force du Moyen Age, la violence qui taille les principautés à coups d'épée. La folie de Dieu qui pousse aux croisades, mais nie Dieu pour les plaisirs dès Byzance entrevue. Par goût ancestral de la rapine, des délices du péché, mêlé d'une vraie vertu. On se battait car il le fallait. La garde de l'épée n'avait plus la forme de la croix de Dieu, elle s'arrondissait déjà en coupole, en sein de femme, il n'empêchait, la lame offrait le même acier. Nous paraissions chez le Roi en bottes, chapeau en tête. Sous le velours perçait la cotte de mailles. Le langage se châtiait, la poésie devenait dentelle, nous restions chacun un barbare et, ensemble, nous formions une horde. Cruelle? oui, au sens du latin cruens, par goût du sang. Nous estoquions la vie. Les femmes étaient semblables. Elles le sont restées, Dieu merci. Seuls les hommes désormais sont dignes du poulailler. Richelieu a commencé ce remuement. Louis XIV terminera l'affaire. Voilà pourquoi, avant votre arrivée, j'ai pu m'ennuyer.

Mon oncle était à la fois de cette trempe et d'un autre temps. Du futur, s'il devient jamais tel que je souhaite qu'il soit. Il n'était pas cardinal de complaisance, pas un Mazarin. Il était plus prince selon Dieu que son titre ne le sacrait prince de l'Église. Il correspondait avec des docteurs musulmans, lisait l'hébreu, était tolérant par curiosité. Il m'enseigna cette qualité. Il intriguait aussi, quand l'époque ne lui plaisait pas. Me présenta à des duchesses de quinze ans ou de soixante, rit si j'entrais dans un lit. « Mais votre amazone? » Il savait qu'elle ne ferait pas ma vie. Il le regrettait, car il admirait la femme, l'être. Il la traitait comme sa nièce. Elle pesait pour lui autant que moi et j'en fus bêtement jaloux. « Qu'est-il arrivé ? » Une honte.

Le chevalier d'Herblay représentait dans le monde moins « moi » que son neveu. Je n'existais que par lui. La sottise m'en appartenait mais je lui en voulais. L'amazone existait par elle-même, pour y avoir été plus habituée. Il m'arrivait de la détester. Je crois qu'elle m'aimait sincèrement. « Et comment ! » Chut ! J'en étais toujours fou. « Voilà bien la différence qui montre votre pire vice. » Allez-vous vous taire ! « Est-ce une nouvelle manière de me parler ? » Pardonnez-moi, je revivais l'invivable. « Pardonner quoi ? J'ai oublié. » La mia contessina è una principessa. « Quoi ? » Rien, un vers estropié d'un ami de Padoue. « Si vous tenez à divaguer, faites-le sans moi. Je vous rends la plume. »

On disait chez mon oncle des choses à faire tomber le tonnerre sur la maison. Il n'admettait pas qu'une idée lancée ne fût disséquée. Il eût détesté nos précieuses, refusé la charade, méprisé les façonniers. Pour lui, tout mot portait une forte gravité. Une idée lancée pour le trait n'était qu' « onanisme de l'esprit ». Que Dieu et l'Humanité (cf. « le Fils de l'Homme ») condamnaient bien plus que le charnel, péché véniel et enfantin. Je dois le reconnaître, madame la fâchée, ce fut souvent un peu pédant, mais toujours brillant. Et les femmes étaient fort belles ou éblouissantes d'esprit. Les hommes du même acabit. S'il comptait chez lui moins de quatre-vingts personnes, il s'interrogeait. « Le roi donnerait-il un bal? » lui dis-je une fois où nous n'étions que soixante-trois. « Mon neveu, j'y serais. » Il aimait danser mais ne pouvait s'en repaître qu'en privé. L'amazone raffolait de lui servir de cavalière. « L'aimes-tu? » La question revenait deux fois dans le mois. Un jour, je demandai : « Et si je ne l'aimais plus? » Il me fit asseoir. « D'abord, vous avoueriez l'avoir aimée. Ce qui ne serait pas mal. Ensuite, vous poseriez au sot, ou à l'ambitieux. Le deuxième postulat vous siérait mieux. Puis, je vous tancerais, ce qui n'est rien. Enfin, j'en ferais ma maîtresse. » Et il rit. Avant de me demander : « Si nous passions au grec. On m'a dit vos progrès. Commençons par Aristote et sa Politique. » J'exposais quelques idées. « Je n'en pense pas un mot, mais dites cela ce soir à dîner. Vous aurez deux maréchaux pour vous, trois ducs vous haïront, toutes les femmes vous regarderont. Vous allez exister. Votre amazone sera jalouse. Je la placerai entre Épernon et... non, c'est une surprise. »

La surprise était le Roi. Mon oncle méprisait Luynes et se défiait de l'évêque de Luçon. « Richelieu? » Ah, vous n'êtes plus fâchée. « Votre oncle l'eût-il été? » Vous avez raison. Je n'aurai qu'un reproche : pourquoi n'étiez-vous pas née à cette époque? « Pour que vous ayez loisir d'apprendre avec votre première brune. Je vous préfère fait. »

Le Roi, il était interdit d'oser penser que ce fût Lui et on l'annonça comte de Provins, Sa Majesté prenant le nom d'une capitainerie royale pour ce genre d'escapade, m'adressa deux fois la parole et daigna sourire quand je répondis sur un détail tenant à la chasse. J'aimais les faucons, je ne vous l'ai pas dit. Le valet qui m'avait escorté était l'ancien fauconnier de mon père. Mais nous n'avions plus d'oiseaux et... ce n'est pas important. Le Roi, disons le Comte, m'entreprit, je dus débattre, être d'un avis contraire. Je préférais la fauconnerie à la louveterie. Je m'échauffais, à cause du bourgogne. La table se gerça. Le Roi rit. La table se dégela. « Que faites-vous, chevalier? » J'étudiais. Je dis quoi. « J'admire votre jeunesse et votre esprit. » Et il se tourna vers sa gauche, où brillait ma paysanne d'amazone, et lui demanda : « Qu'en pensez-vous, madame? » Elle répondit : « Sauf à vous contredire, le plus grand bien, Sire. Le chevalier est mon amant. » Le Roi leva son verre. Mon oncle suait. Mais Louis venait d'admettre qu'on le reconnût. L'époque était sauvage, mais il y régnait un air de liberté. Richelieu ne régnait pas encore sur le royaume et sur Sa Majesté.

Je surpris mon oncle à mentir. Il dit ma sauvageonne native du Portugal, il inventa, brilla, amusa. Je ne le quittai pas des yeux. Il mentait tellement mieux que moi. Le Roi promit de présenter à la Reine une beauté de « sa péninsule » pour son anniversaire. L'amazone sourit en baissant les yeux avec modestie. Mon oncle se reprit à respirer et à se taire. Il bâtissait déjà un curriculum vitae. Le Roi partit avant les desserts, il ne restait qu'une heure hors du Louvre. Mon oncle convoqua ses secrétaires, examina ses biens; un robin dénicha une terre dont la possession valait titre transmissible aux « hoirs femelles ». Mon amazone se retrouverait baronne. « Il me faut trois semaines pour l'enregistrement au Parlement. Vous avez quatre mois pour apprendre l'espagnol. » Deux jours après, le Roi manda mon oncle pour lui parler, aussi, du chevalier.

Le cardinal refusa tout, sous le prétexte que je « n'étais pas prêt » et qu'il entendait ne me « livrer au service » qu'à « preuves accomplies ». Le Roi applaudit une telle modestie.

Je repris les livres, la rage au cœur. Au moins appris-je l'espagnol de conserve avec une future baronne dont on dorait le tortil. Dieu, qu'elle était belle ! Et comme je la haïssais tout en la désirant ! Elle ? Elle s'amusait de tout. Dieu fasse qu'elle en ait été heureuse aussi. « Donc, elle va mourir. » Oui. « Souhaitez-vous que je reprenne la plume ? » S'il vous plaît.

Nous étions à la mode, future baronne, vrai chevalier et le tout mêlé. Elle possédait une rareté : la grâce. Nul ne se serait permis de la questionner. Elle paraissait, on l'admettait, l'accueillait. On nous invitait. Bien sûr ce n'était guère le chevalier d'Herblay et sa maîtresse, quoique son aveu devant le Roi incognito eût fait le tour de Paris et lancé, trois semaines durant, une campagne de « sincérité » dans le petit monde de « ce pays-là », comme on surnommera bientôt l'engeance de la cour ; celui qu'on priait à dîner, à jouer au trou-madame ou au lansquenet, n'était avant tout que le neveu du cardinal de B*. Parfois l'amant déclaré de la Belle Portugaise, née sorcière en

Touraine. Paris fit de sa balafre une folie. Madame de Hautefort s'en fera grimer une pour un bal et le Roi en tombera amoureux. Ma mémoire joue les folles du logis. C'est bien plus tard que Sa Majesté aura quelque sentiment pour la Hautefort. A cette époque, il avait épousé la reine Anne depuis un an ou à peine plus, venait de faire assassiner Concini. La Hautefort naviguait elle aussi dans les eaux de nos âges, à un semestre près. Mais était déjà placée chez la Reine en dame d'atour. Pour terminer cette note intempestive, disons que le Roi ne toucha jamais un pouce de sa peau. Sa Majesté était plus prude que vertueuse. Il tancera vertement un de ses favoris, le très neuf duc de Saint-Simon, son premier écuyer, pour lui avoir proposé son truchement afin d'enlever l'affaire. La rumeur vint que, comme son grand cousin Valois et au contraire de son père le feu roi Henri, Louis le Juste préférait les garçons. On gloussa chez Monsieur et ses mignons.

Si Sa Majesté était destinée aux amours de tête et aux épouses négligées, tel n'était pas mon cas. Ma sorcière était adulée, recherchée, courtisée et terminait ses nuits dans ma chambre. Hors du lit, évidemment. « C'est là qu'on meurt », m'assena-t-elle quand je la pressais pour connaître la raison de cette détestation. Nos journées communes étaient réduites à ces époques d'amour, comme on dit des oiseaux ou du gibier : le matin au réveil et tard dans la nuit. Entre les deux, chacun menait sa vie. La mienne se déroulait dans la pénombre de l'immense bibliothèque et à la salle d'armes.

Elle subissait deux heures d'espagnol, avec quelques dons, sous la férule d'un jésuite bellâtre de quarante ans, messager, secrétaire, factotum et un peu espion du cardinal.

Le Parlement rechignait à enregistrer la baronnie et le Roi n'accordait pas son sceau. Mon oncle s'agitait. Pour la première fois, on lui refusait. « Réfléchissons, ourdissons, triomphons. » Il aurait pu inscrire ces trois impératifs en devise sous le chapeau de son blason. Il leur avait trouvé un surnom, d'après les initiales des verbes : « la théorie du R.o.t. ». D'après deux acceptions : le rôti qui se déguste en tranches et qu'on partage entre amis, et le bruit de bouche, politesse chez les princes musulmans et éloge chez Rabelais, qu'il vénérait pour la verve, la liberté de ton et d'esprit et où il est dit, à peu près, car ma mémoire défaille sur l'important : « Nul bon souper ne va sans rot, qui est l'image d'un ventre heureux comme la pensée délicate est celle d'un esprit rassasié. » Mais avant, mon oncle ajoutait : « D'abord dînons. » Il avait besoin d'oreille pour pouvoir livrer le vrac de ses idées : Luynes est un sot mais un sot fidèle, le Roi s'entoure de nouveaux barbons (Sully, Sillery, Jeannin). Je lui conseillai de s'y glisser; il prit la chose de manière mitigée. « Il nous faut Luynes à dîner. » Ne le méprisait-il pas? « Nous lui présenterons notre belle Portugaise dont le Roi a dû lui parler, il est fou de monarchie catholique, et je lui donnerai quelques aperçus de la politique de Sa Sainteté. Il est ultrapapiste. » Et d'où venaient de tels aperçus? « Un jeune recteur est en Avignon. Un Italien. Un Mazarino ou Mazarini. Habile, paraît-il. » Bref? « Ta sorcière sera baronne, et toi... » Et moi? « Toi, il te faut une guerre. » Alors pourquoi m'enfermer dans une bibliothèque? « La guerre est l'autre versant de la diplomatie. De plus, elle sert la religion. Et la royauté. Les grands sont protestants ou tout comme. Le Béarn se claquemure dans l'hérésie du roi Henri. A Prague, l'Empire connaît troubles et révoltes. Que voulez-vous que je vous achète? Un régiment ou une compagnie? » Je rappelai ses propos au « comte de Provins » : Je n'étais point prêt. « Certes, mais le temps presse. » Je dis mon envie de la casaque des mousquetaires. Il me resservit de blancs de poulet mêlés de jambon : « Mangez et taisez-vous. » Il but deux verres de vin de Saumur. Nous fûmes interrompus. On annonçait que le Roi venait d'exiler la reine mère à Blois.

« Allons, votre impatience a raison : il vous faut la casaque. Vous serez près du Roi. Votre maîtresse près de la Reine. Marie de Médicis ne restera pas à Blois. Elle apprécie peu l'exil. Il y aura combat. Et c'est ainsi que me voilà condamné à supporter Luynes à souper! » Rien ne se fit dans les délais. Le lendemain, la future baronne mourut assassinée.

Comment je devins Aramis

3. LA RUE AUX OURS

Le Roi avait presque cédé. On présenterait bientôt ma sorcière à la Reine, dont la Maison n'était pas entièrement constituée. Le Roi songeait à y créer deux charges nouvelles : dame de lit, dame de la lingerie. Rendre honneur à la reine Anne en agrandissant sa Maison adoucissait la potion : la plus entourer pour la mieux espionner. Le mariage espagnol du Roi, fomenté par Marie de Médicis, cristallisait tous les préjugés de Louis XIII envers sa femme. Pour nous, et pour la belle, la baronnie était en vue, la cire fondait déjà pour le sceau. Mon oncle rayonnait en revenant du Louvre. La belle était chez moi, cet après-midi-là. Nous étions fâchés. Disons dépités. Bref, jaloux. Avec quelques raisons. J'avais abandonné la bibliothèque, elle négligeait l'espagnol de son jésuite. Nous nous querellions.

Elle visitait beaucoup certain hôtel près les remparts jaunes, dans le quartier qu'on appellera le Marais. On y côtoyait les Liancourt, Montmorency et, surtout, Théophile de Viau, notre aîné de dix ans, et libertin qui ne se censurait en rien, ni du blasphème ni de l'obscénité. Cela selon ses ennemis, alors qu'il n'usait que de boutades et de jeu d'esprit. Avec un relent de bûcher qui le conduira dans onze années en un lieu célèbre : la cellule qu'occupa Ravaillac à la Bastille. Pour un livre qu'il n'avait pas commis mais qu'on lui attribua, on ne prête qu'aux riches ou aux célébrités : *le Parnasse satyrique*. Il maniait les vers avec une belle élégance, des vers qu'on disait « doux coulants ». Ma sorcière en fut séduite. Le duc de Candale l'assiégeait, elle lui préféra Viau. Pour elle, il écrivit, pour elle qui se refusait :

Notre destin est assez doux,
Si nous savons jouir de nous.

Ou encore :

Le sot glisse sur les plaisirs,
Mais le sage y demeure ferme
En attendant que ses désirs
Ou ses jours finissent leur terme.

Et quand il eut conquis la dame, il triompha chantant ainsi sa rapine en abeille du matin :

Déjà la diligente avette
Boit la marjolaine et le thym,
Et revient riche en butin
Qu'elle prit sur le mont Hymette.

Cet après-midi-là, le mont Hymette était mien. On m'en livrait le miel et le doux taillis, la ruche tout entière. La belle pratiquait ce que j'étudiais en latin. Certes, elle m'en accordait aussi l'expérience. Et m'en fit l'aveu au nom de « l'honnêteté ». On peut juger jusqu'où le libertinage l'avait entraînée. « Quand vous faites de mauvais mots, c'est que vous êtes triste. » Doux scribe, tu as raison. Le poète était son amant. Je demandais pourquoi, car on le disait plutôt goulu des garçons. On me répondit d'abord :

J'approuve que chacun suive en tout la nature :
Son empire est plaisant et sa loi n'est pas dure.

Puis de me citer trois dames chez qui je fréquentais. L'une d'elles m'avait tout accordé en même temps que sa sœur. Je n'avouai pas, mais fis remarquer que le poète lui avait enseigné le goût du lit puisqu'elle ne méprisait plus mes draps pour leur préférer le plancher. « Je m'habitue au linceul ; c'est assez doux à la peau. Faites-moi un bâtard de vous, que je me perpétue. » Et s'il était de Viau ? Elle sourit d'un air entendu. « Ses pratiques ne le permettent pas. C'est vous que je porterai en moi. » Je baisai son ventre en disant que je l'aimais déjà. « Alors, je vous serai fidèle ; d'ailleurs c'est mon envie. » Pourquoi donc ce poète débauché ? « Le monde, mon ami. Et puis nous jouons à nous apeurer. Vos amantes me terrifient, mon amant vous épouvante. Nous jouons à tenter le danger. Cela nous incendie le corps et nous ruine les nerfs. Par peur de trop nous attacher. Et puis nous sommes si jeunes, peuplés de tant de désirs. Il faut bien les sortir de nos chairs à moins que de préférer les voir surgir en fièvres, furoncles et mauvaises humeurs. » Elle philosophait à rendre fou. « Rhabillez-vous, n'avez-vous pas un dîner ? » Qu'elle m'y accompagne. « Je dois me rendre près des Fossés. » Elle était en robe bordeaux, couleur qui faisait en elle tout resplendir. La dispute reprit. Je hais ce souvenir.

Elle me baisa le front, monta en voiture, à la borne de la rue aux Ours, l'attelage fut arrêté. La porte s'ouvrit. Elle fut poignardée. On dit qu'elle mit une heure à mourir. Elle ne fit que demander « monseigneur le chevalier ». Elle expira en criant « René ». Mon prénom qu'elle ne m'avait jamais donné.

Le service eut lieu à Saint-Gervais. Je songeais à devenir un saint. Mon oncle m'enferma dans son cabinet. « Ne pleurons pas la beauté. Le Roi a renoncé à la charge de dame de lit de la Reine. » Notons que cette charge fut rétablie, sous le roi actuel, pour plaire à M. Le Tellier de Louvois, au bénéfice de Mme du Fresnoy, la femme d'un secrétaire. Elle n'est que politique et ne lui survivra pas. Quant à la charge de dame de la lingerie, il ne se passa pas trois semaines qu'elle fût occupée par une enfant de quinze ans. Une bourgeoise, une orpheline mariée contre son gré à un riche aubergiste, un nommé Bonacieux. Les espions de mon oncle l'informèrent qu'il était du parti de la reine mère et des princes. Et qu'on avait vu dîner chez lui, sous couvert de simple curé, Mgr l'évêque de Luçon. « Encore Richelieu ? » Non, madame, déjà lui. L'ambitieux prélat réussit à glisser la Bonacieux chez la Reine espérant que la lingère lui rendrait compte. Il se trompa, elle fut fidèle à sa maîtresse et cela lui coûtera la vie. Bien plus tard, quand d'Artagnan l'aimera. « Richelieu était un assassin ? » Il était politique. Mon oncle aussi, mais refusait la dague et le poison et n'obtiendra jamais la place qu'il méritait. Revenons à nos deuils.

« Connaissez-vous la patience, mon neveu ? » J'en étais peu pourvu, mais savais obéir. « Il faut qu'on vous oublie. Il faut qu'on vous redécouvre. Nous entrons au désert. Mais dans deux ans, vous serez mousquetaire. Pour l'instant nous ferons semblant de vous préparer à devenir abbé. » La casaque à peine entrevue, déjà, elle disparaissait à bride abattue. Mon oncle écrivit à ma mère au sujet de ma retraite et de mon futur collet. Elle s'en déclara réjouie et le chanta si bien à ses amis que bientôt la nouvelle en revint à Paris. On porta ce retournement au crédit de ma douleur, on trouva cela charmant puis assommant, on ne m'invita plus, on en vint à négliger mon oncle.

« Et elle, vous l'aviez oubliée ? » Jamais, puisque j'en parle encore. « Sans plus savoir son nom ? » Il est inscrit dans un cimetière parisien. « C'est tout ce que cela vous fait. » Bien, allons à confesse. Nous n'aurions pas dû nous séparer. Si elle avait accepté mon dîner... Si je l'avais accompagnée dans le Marais... Si nous avions moins joué de nos jalousies... Si nous avions été moins jeunes, moins séduisants... Si, si... Elle m'avait supplié au dernier moment du dernier baiser : « Ne me quittez plus, sans vous, je sens la mort m'entourer. Je ne suis qu'à vous. Vous êtes ma seule vie. » Je fus méchant par mes mots sur les poètes et la poésie. Méchant donc bête, sot, misérable, criminel. « Ne venez-vous pas de m'aimer? » demanda-t-elle. Non, lui dis-je, de la prendre, de me vider en elle. Exercice d'hygiène comme le latin, qui clarifie l'esprit. Et j'avais à satisfaire encore une duchesse et sa sœur, ma journée n'était point terminée. Et puis M. de Viau saurait me remplacer. Elle partit, silencieuse et fière, commanda son carrosse, resta dans la cour sans un regard vers mes fenêtres, sourit à mon oncle qui rentrait et échangea avec lui deux plaisanteries. On développa le hausse-pied, elle grimpa, disparut à ma vue, la portière claqua. Elle donna l'adresse de la rue aux Ours...

Après sa mort je n'aimais plus personne jusqu'à vous. C'est tout. Devant un tel ennui et pour m'occuper, je suis donc devenu ce que l'on sait. « Aramis, d'abord. » Oui, Aramis. Pour gommer le chevalier d'Herblay. Pour qu'aucune femme ne songe à prononcer mon nom avec amour. Pour le laisser faner comme bouquet à une mourante. Pour qu'il ne se perpétuât jamais.

Comment je devins Aramis

4. LA CHARGE

L'oubli est une forteresse que gouverne le remords. Je ne voulus plus rien entendre de la rue aux Ours, j'évitai le Marais, d'ailleurs je ne sortais pas. On changea ma chambre, vida les portemanteaux. On n'épargna rien qui pût rappeler un amour perdu. Mon valet obtint d'autres tâches. Je me noyais de latin et de mathématiques, d'italien, de théologie, de géographie. Mon logis se transforma en académie, dont furent bannies la politique et la poésie. Mais l'image revint. Dorée, balafrée, exaltée dans le plaisir. Je la tins en moi, omniprésente, sans la partager avec quiconque. Le souvenir, le péché n'appartenaient qu'à moi. J'étais son tombeau, elle n'en aurait souhaité d'autre, elle qui m'avait appelé, pour la première fois, par mon prénom à son dernier râle. Elle était mon chagrin, ce sang des cœurs nobles comme disait un poète anglais. Mon être. Moi.

A tant que nous vouloir tombeau, restons de marbre. Aucun rire, aucun pleur ne plissa mon visage. Aucune émotion n'ébrécha ma muraille. J'étais tout moi avec elle en moi. Elle que j'avais laissée mourir, elle dont nul n'avait découvert l'assassin. Tuée. Tuée pour la dépouiller, elle qui n'avait jamais rien possédé. Habité par une morte pendant deux grandes années. Et si mort au monde moi-même que mon oncle en conclut que j'extravaguais : « Vous n'êtes plus oublié, mon neveu, vous êtes disparu. » Je m'arrangeai pour ne pas le rencontrer, et, en bon écolier des finesses qu'il m'avait lui-même apprises, je ne le voyais plus. Il se déclara choqué de mes dispositions pour l'ensevelissement de la belle sorcière. Elle fut embaumée et parfumée. Et cela dans ma chambre. Je chassai les embaumeurs, leur travail fini, la laissai dans le drap de nos derniers ébats, celui qu'elle avait sacré linceul. Nue à l'exception de ses bas qu'elle ne quittait plus, dont la soie blanche tranchait sur l'airain de sa peau et dont le droit s'ornait de ma chaîne et ma croix. Croix que je baisai dévotement avant de fermer le couvercle du cercueil et commander qu'on le scellât. Elle arriverait au ciel en ange dévergondé, vêtue de bas et d'une jarretière de libertine.

« En souvenir d'elle, désormais, je garderai mes bas. Fûtes-vous chaste pendant ces deux années ? » Mon oncle me fournissait en filles deux fois le mois. Il veillait sur ma santé. « Le saint homme ! Lui au moins n'oubliait pas l'essentiel. Sur lequel, je dois toujours vous questionner. Comment étaient-elles ? Gardiez-vous votre habit de futur abbé ? » Vicomtesse, la damnation vous guette. « Alors, je séduirai le diable. » Vous en seriez capable.

Rien n'allait comme mon oncle le souhaitait. Sous Luynes, le royaume s'étiolait. Et, à l'horizon, on voyait grandir Luçon. « Retour à la politique, à peine frôlé l'érotique. Dommage. » Sait-on jamais. « Dictez, dictez ! » Mon oncle entra un matin sans se faire annoncer. J'étais à mes dévotions. « Assez prié, plus d'abbé, quittez tout ce noir. Votre équipement vous attend. Je vous ai acheté une compagnie dans un régiment et vous le rejoignez. Le Roi a besoin de troupes. La reine mère a fui Blois, les conjurés sont sur la Loire. Il est temps de paraître et de guerroyer. « Vous combattrez dans la cavalerie, au régiment du Gâtinais. »

« Nous y voilà. Votre colonel sera le marquis de La Puisaye, dont l'épouse avait le sein blanc et les yeux indigo. » Exactement. « Et dont vous ne tarderez pas à devenir l'amant. Vous ne couperez pas, cette fois, d'une revue de détail. » Ni d'un scandale. Le régiment faisait marche le long du Cher. Je galopais pour le rejoindre vers Tours. Au relais de Blois, j'appris qu'il n'avait pas passé Saint-Aignan. Je le trouvai à Montrichard. Petit pincement lorsque je franchis la Loire. Notre fleuve, à « elle », à moi. Au camp, je demandai à être présenté au colonel. Il dînait et on n'oserait le déranger. Il attendait un message du Roi pour son ordre de route et ne verrait personne d'autre que ledit courrier. Tels étaient ses ordres. Alors qu'on me menât au moins à ma compagnie. Quelle compagnie ? La dernière vacante et qui venait d'être achetée. « Oh ! » Celui qui me renseignait était un vieux lieutenant monté sur un cheval noir, qui me parut plus fait pour le labour que pour la charge. Il examinait mon équipement, mes harnais, mes bottes, le tout désespérément neuf. « Je crains, monsieur, que votre compagnie ne vous attende pas. Je la fais prévenir pour qu'elle vous soit présentée comme à la revue. » Non pas, je voulais voir mes soldats au naturel, à la veille d'une bataille. « Ils logent à l'écart, à moins d'une demi-lieue. La région est trop vallonnée pour que tout le régiment bivouaque en un seul camp. » Nous tournâmes un coteau boisé sur lequel je distinguai les lumières d'un manoir. Suivant mon regard, le vieil officier me dit : « Je crois qu'on donne une fête. » Sans inviter le colonel et les officiers ? Voilà qui bafouait l'hospitalité. « Le colonel a refusé. Pour lui et pour ses officiers. » Voilà qui pouvait blesser l'invitant. Qui donc donne la fête ? « Mme la marquise de La Puisaye. » Je décelai l'amusement dans la voix de mon guide. Je rougis, mais Dieu merci, la nuit tombait déjà.

Si le camp principal était rangé à la romaine, ma compagnie vivait dans un village de tentes et de huttes désordonné à la gauloise. Je demandai qui commandait en mon absence. « Je suis, monsieur, votre officier en second. » Et le lieutenant salua chapeau bas. Je m'étonnai de l'anarchie de la disposition. « Ne jugez point votre compagnie avant de la voir charger. » Je compris qu'ils feraient de même avec moi. On serait courtois mais on m'attendait au premier affrontement. Je me renseignai sur mes cavaliers. Un tiers de Gascons, deux tiers de Bourbonnais et d'Auvergnats.

Chacun avait l'âge d'être mon père. Comment commander cela? Je m'affermis sur ma selle, bombai le torse, mis le poing droit sur la hanche. Le vieux lieutenant dissimula un sourire. Le coteau contourné, on entendit chanter. « C'est d'usage, à deux jours d'une bataille. » Comment pouvait-il être sûr de la date? « Parce qu'ils chantent. Comme le coq annonce l'aube, ils annoncent le délai avant la tuerie. » N'y eut-il jamais d'erreur à ce calendrier musical? « Une seule. » Et? « Ce fut une défaite et nous comptâmes quarante-sept morts. » A dans deux jours, alors? « Ce serait souhaitable. »

Il me déplaisait mais je ressentais une vraie confiance à son endroit. Il m'obligerait à me dépasser. Aurai-je peur? C'est ce qu'on ne sait jamais. Serai-je brave, comment affronterai-je le feu? Je me répétai : pourquoi survivre? L'amour est morte. J'étais jeune, mon lieutenant était vieux. Si je survivais en évitant le combat, il me le pardonnerait mais je périrais de honte. Si je mourais en me lançant dans la cohue que je soupçonnais d'être une charge de cavalerie, mon père avait succombé ainsi, il regretterait que je fusse occis encore enfant. Je n'avais qu'une issue : foncer. Et ne m'étonner de rien.

Tous étaient soûls comme des veaux. Les ribaudes occupaient le camp. « Messieurs, notre capitaine. » Tout le monde se leva et saisit son chapeau pour mieux saluer. Les plus ivres se tenaient aux piquets des tentes. Certains étaient en haillons. Il me donna le nom de chacun. Ceux des

Gascons me ravirent : ils possédaient entre trois et cinq articulations, un convoi de rimes en *ac*. J'apprenais vite et par cœur et jurai de ne jamais me tromper. Je devais parler. « Messieurs, leur dis-je, c'est honneur que de vous commander. Je ne sais si je le mérite. Vous me le direz dans deux jours. Si monsieur le lieutenant est d'accord, je chargerai le premier et vous me suivrez. Si je tombe, continuez. Pour l'instant et jusqu'à notre mobilisation, faites comme il vous plaira. » Je mis pied à terre. « Puis-je dormir quelque part? » Le lieutenant m'offrit sa tente. « Avant tout, je propose de mettre en perce deux tonnelets de cognac des Charentes qui sont las de voyager en ma compagnie; je souhaite qu'ils plaisent. Est-ce que chacun a son gobelet? »

Mon oncle avait tout prévu, comme s'il avait jamais vécu à l'armée. Le cognac – fort bon – fit le meilleur effet. Au troisième verre, j'étais fin soûl. On me jugea bon compagnon et la troupe m'élut cornette honoris causa. A l'attaque, je porterai le fanion. On m'acclama et on y fit broder par une ribaude tout en œillades l'initiale de mon prénom. L'ordre de marche arriva avant l'aube, aux dernières gouttes du dernier tonnelet. J'étais pâteux, le colonel me demanda. On m'aspergea, me sécha, on rit un peu, le vieux lieutenant m'accompagna.

« On m'a dit votre venue. Excusez-moi, monsieur, de ne pas vous avoir reçu. Nous partons pour Angers. On s'y battra. Si le terrain le permet, et le Roi le croit, la cavalerie, dont votre compagnie, livrera la première charge. J'ai toute confiance en elle. J'aimerais vous garder près de moi. » Je refusai fort poliment. Qu'est-ce qu'une compagnie sans son capitaine? « Elle est formée de combattants. » J'en serai un. « Elle a vécu sans vous. » Je mourrai avec elle. « Dieu nous en gardera. » Merci, colonel.

La marche fut trop longue et il faisait trop chaud. Je remâchais de sombres peurs : d'être ridicule en tombant raide mort au premier assaut; d'être blessé en un endroit malséant; de ne rien remporter et d'arriver dans les limbes où ma baronne sorcière – elle ne fut ni l'une ni l'autre – m'attendrait sans que je pusse lui offrir le moindre trophée.

Ce fut près de chez moi, sur l'autre rive de la Loire, en face d'Angers. Aux Ponts-de-Cé. Nous les avons bousculés. Sans stratégie, du moins ne l'ai-je pas déchiffrée. Je me suis signé, j'ai regardé le lieutenant, il restait botte à botte avec moi. Il m'a souri, cette fois sans ironie. Je lui ai dit : « Je suis cornette, je crois. Où est notre fanion? » Il me l'a donné. « Nous y allons. Commandez, s'il vous plaît, la charge. » Elle fut sonnée. Nous avons basculé la cavalerie de Vendôme dans le fleuve. Je n'ai jamais regardé derrière moi. J'étais en sueur. L'air était alourdi d'odeurs fades ou aigres, musc des corps morts, cuir brûlé, poudre salée. Les fleurs de lys, les nôtres, claquaient dans le vent. Je n'avais rien vu, rien compris et quand on me tapa sur l'épaule, j'allais tuer. C'était le lieutenant : « C'en est terminé, monsieur. Nous avons gagné. Nos tambours battent la chamade. » Combien de morts? « Trois. » Un homme à écharpe blanche s'approcha. « Vous êtes le chevalier d'Herblay? Le Roi vous attend. » Je dis au lieutenant de m'accompagner. Il refusa : « C'est vous seul que le Roi veut. » Je demandai à l'homme à l'écharpe, un colonel, un duc, je ne sais, la permission de visiter d'abord mes cavaliers. Il répondit : « Faites comme il vous plaît. »

Le lieutenant les avait mis en rang en laissant les espaces des trois morts. Je saluai ces vides et me signai. Il dit : « Le Roi appelle le capitaine. Qui est volontaire pour l'escorte de M. d'Herblay? » Les trois rangs s'avancèrent. Il choisit cinq cavaliers. Alors, je m'écroulai. J'avais une cuisse percée, je n'avais rien senti. On m'emmena au camp royal sur une civière. Le colonel marquis de La Puisaye pâlit en me voyant ainsi réduit. Il ôta son écharpe de commandement et m'en fit un garrot. On applaudit à cette courtoisie et on me dépêcha un chirurgien.

Je maîtrisai mon envie de hurler quand on charcuta ma cuisse pour en retirer la pièce de plomb. Je réussis à grogner seulement. On changea mon pansement. M. de Luynes m'aida à me relever avec un bon sourire. Pourquoi donc mon oncle le détestait-il? « Sa Majesté vous prie à souper. » Le marquis s'approcha. Je voulus lui rendre son écharpe. « Gardez-la, monsieur, elle est teinte de votre premier sang. » Et je saluai le Roi, soutenu par un connétable et un courtisan. On connaît de pires entrées dans le monde.

Paraître était la moindre politesse. Je n'avais pu

changer de vêtement, mais ni le connétable, frais et net, ni mon colonel, plus poussiéreux, ne s'en étaient inquiétés. Le Roi conviait des guerriers non des damoiseaux. Il invitait aussi des dames. Dont Mme de La Puisaye. Avec mon inspection intempestive, j'arrivais bon dernier. L'idée qu'un connétable m'aidait à marcher me laissa penser qu'il me voyait, au moins pour quelque temps, plutôt en cour. « Mesdames, dit le Roi, je vous présente le chevalier d'Herblay, en l'agréable compagnie de qui, naguère, il m'est arrivé de souper. » Une rumeur m'enveloppa et qui fut toute d'envie à mon honneur. « Vous avez eu un deuil, je crois. Nous avons, alors, commandé une messe. » Colonel et connétable me laissèrent pour que je resalue. « Peut-on avancer un siège au chevalier? Je le veux près de moi. Monsieur de Tréville, que pensez-vous d'un tel garçon? » Tréville était habile, versé dans la religion, fort galant, très mauvais poète. Il m'accorda un coup d'œil, puis se tourna vers le Roi. « Un capitaine un peu emporté mais bon cavalier. Belle charge et qui plus est heureuse alors qu'elle eût pu être hasardeuse. » Le Roi prit place à la table quand la dernière dame se fut assise. « N'a-t-il pas étrillé mon cousin Vendôme avec une simple compagnie? » Tréville frisa la pointe droite de sa moustache. « La jeunesse a de la fougue et la fougue a de la chance, Sire. » Et j'entendis le Roi répondre : « La chance n'existe pas. Ses synonymes sont talent et courage. » Les dames me sourirent, sauf Mme de La Puisaye qui m'ignorait. Il convenait de répondre : « Sire, j'ai obéi à mon colonel et ai fait toute confiance à mes cavaliers. » M. de La Puisaye dit : « Vous aviez, monsieur, la fureur d'Ajax. A vous seul, vous eussiez pris Troie. » J'avouai, comme l'enfant que j'étais : « J'ai eu très peur. » Le Roi se leva, saisit sa coupe : « Honneur au vrai preux qui vainc sa propre peur. » Et se tournant vers moi, il dit : « Monsieur, je vous rachète votre compagnie et vous prends dans mes gardes. » Je me rembrunis, hésitai, et osai : « Garde, non, Sire, mais mousquetaire oui. » Et je m'écroulai.

J'avais perdu deux pintes de sang pendant qu'on parlait. J'eus chaud aux jambes et puis froid. J'entendais à peine la voix du Roi. Sourires et paroles se brouillèrent. Le noir. Infime pensée : je mourrai en pleine gloire. En imagine-t-on plus à cet âge? J'aurais dû mieux me tenir. Je n'avais rien mangé la veille au soir et j'avais trop bu de cognac et de vin de Loire. Il me semble, mais j'ai pu l'inventer, il me semble avoir entendu le Roi ordonner : « Sauvez-moi cet enfant. » Je lui en ai presque voulu.

Au matin, je n'assistai pas à la reddition. On me la raconta. « Mme de La Puisaye vous la conta. » Comment le savez-vous? « Je suis une femme. » Quel rire inoubliable, inimitable vous avez! « On me l'a dit, en effet. Vous la trouvâtes à votre chevet, vous crûtes qu'elle vous aimait. Elle n'avait qu'envie de vous. » Vous égalez ma sorcière en divination. « La vie m'a beaucoup appris. » Plus tôt qu'à moi. « Vous avez assez péroré au sujet des changements intervenus entre nos époques. » Je t'adore scribe moqueur. « Scribe fidèle. Quelle épouse je ferais ! » Cela ne se discute pas.

Comment je devins Aramis

5. UN DUEL

Ce fut en effet Mme de La Puisaye qui m'éveilla sous la caresse d'un linge mouillé. Elle en avait demandé permission au Roi qui l'avait adressée à son mari qui ne pouvait qu'accepter puisque grâce à ma faveur éphémère, son régiment avait reçu l'honneur de prendre nom de Royal Auvergne en remplacement de cavalerie du Gâtinais. Le marquis avait aussi empoché deux capitaineries de villes royales. Et son régiment suivrait le Roi juste derrière les mousquetaires. Car on continuait la campagne. La marquise me chuchota que Sa Majesté découvrait son goût pour le combat et que la route était tracée vers Béarn et Navarre. Ce qui évitait au Roi de rentrer à Paris auprès de la Reine. Elle en déduisit une préférence pour les beaux guerriers et les odeurs de garnison. Elle n'avait pas votre rire perlé. Le sien était de violon alto lorsque le musicien s'échauffe. Ne risquais-je point un retard à demeurer blessé quand une campagne s'annonçait? Elle me dit qu'on en était encore au Te Deum, aux pourparlers, aux compromis. M. de Tréville était venu deux fois prendre de mes nouvelles. Ainsi que M. de La Puisaye, en « bon colonel ». Je ne perdais plus de sang. On m'ordonna de lever la jambe droite. « N'ayez crainte, sauvage, vous pourrez chevaucher avec l'armée. » Grands yeux indigo jouant à se mouiller de pleurs. Puis un baiser léger comme un oiseau becquetant mes lèvres.

« Quel âge avait-elle ? » Au moins vingt-trois ans. « Vous êtes odieux. » J'en avais dix-sept. « Bel âge pour un mignon de roi. » Vengeance basse? « Jalousie, mon parrain. » Vous m'aimez à ce point? « La belle découverte ! » Et moi, que devrais-je... « Dictez vos amours avec cette Puisaye. »

D'abord, la marquise rameuta mon valet, le muet, l'indifférent, le nonchalant. « L'intelligent? » Si vous voulez. Elle lui annonça que la place était bonne. J'étais un favori, le Roi se préoccupait de moi, et cætera. Il s'avéra que le valet me trouvait à son goût. Il me fit mille grâces à sa manière, c'est-à-dire m'adressa six mots. Je les sentis venus du cœur. Moi aussi, je l'appréciais. Long et maigre comme un Arlequin, malin comme Scapin. Il se nommait Bazin. « Mme de La Puisaye ? » On y revient. Un scribe doit-il être impatient? « Votre future épouse ne peut que l'être. » Je conçois, vu mon âge, qu'elle se montrât pressée. « C'est méchant et bête. » Pardonnez. « C'est fait. La marquise ? » La marquise me soignait. On m'avait installé au manoir. Le Roi préférait vivre sous la tente, il prenait son amusement à la vie de camp. Tout l'état-major se trouva donc condamné à prolonger le bivouac. Le colonel de La Puisaye aussi, bon gré, mal gré. Je me souvenais de la scène de l'auberge où il avait rappelé à sa femme la mort de deux soupirants. Je me méfiais de mon hôtesse si démariée et qui jouait les pimpants médecins.

« Où l'on apprend enfin qu'elle était pimpante du haut de ses vingt-trois ans. Et fort délurée? » Elle était surtout omniprésente et me couvait. Elle me tenait comme gibier au garde-manger. Elle attendait que je faisande pour me consommer. Ma cuisse guérissait et, il faut l'avouer, ses soins accéléraient cette guérison. Je pus marcher sans douleur mais en boitillant, ce qu'on jugea charmant. On me promenait sous les tilleuls et les chênes, on m'apportait des fruits à grignoter, des vins légers. « On vous séduisait. Joli gibier à inscrire très haut dans un tableau de chasseresse. Je vous imagine à dix-sept ans. J'en serais tombée par terre. » Scribe, vous vous échauffez. On me traitait en petit frère tout en me donnant du monsieur ou du chevalier. « Je suis jalouse. » Encore? « Je hais la Puisaye. » Elle est morte de méchantes fièvres et couverte de furoncles. Douze ans après. « C'est tout ce que cela vous fait! »

J'avais envie de marcher. Et de marcher seul, sans aide, sans soutien. De quitter ce manoir et rejoindre le camp, redevenir soldat, ne plus demeurer animal de compagnie, jouet pour dame qui s'ennuie. Et puis elle était blonde! Comme plus tard milady de Winter. Mais c'est une autre histoire, qui fit souffrir un grand ami. Le plus noble que j'eus, le plus plein d'esprit. Suicidé de douleur paternelle, de désespoir et de gamay de Touraine. « La blonde ! » Sa blondeur cachait une dureté de roc. La pâleur d'une peau de lait une âme de granite. Une cruauté contre ce qui menaçait d'ébrécher sa volonté ou son désir. Elle malmenait son colonel marquis de mari comme s'il eût été palefrenier. Elle ne choisissait pas des amants mais des esclaves. Elle était riche. Sa dot avait payé le régiment et son père, un robin du Nord, anobli sous la régence de la reine Marie et qui finira fermier général en Picardie, lui versait une pension personnelle sur laquelle son mari n'avait pas la main. Elle gérait sa cassette comme son lit : avec du goût pour l'accumulation.

L'envie me taraudait de fuir ce manoir, de nuit, sans bruit. La courtoisie m'imposait l'affrontement des adieux. Avec le doute d'en sortir sinon vivant du moins entier. On dénombre mille manières de poignarder et je soupçonnais Mme de La Puisaye de savoir la mille et unième. Je m'habillai de pied en cap comme pour un duel. Je songeais à user mes bottes, écorner mes crispins, jaunir mes dentelles. J'étais trop flambant neuf, trop gamin. Bienheureuse était la déchirure du velours sur ma cuisse, qui dénonçait son combattant et m'octroyait un passé de vaillant. « N'étiez-vous pas vaniteux ? » J'en avais grand besoin.

Dans la chambre, on s'activait autour d'elle. Ma mémoire me montre au moins trois femmes et deux hommes, dont un coiffeur. Étendue, alanguie sur une méridienne, elle me tendit un pied nu à baiser. Il était long, soigné. Les orteils nacrés, roses, blancs, finement veinés de bleu, la plante, on la soupçonnait chatouilleuse, le talon doux comme si on ne marchait jamais. « Ce sont mes pieds que vous décrivez, vil menteur ! » Autant chanter la pire beauté connue quand la mémoire défaille. « Vous nous mêlez elle et moi dans vos amours. Est-ce convenable ? » Je n'y mêle que vos pieds. « Dont vous ne sauriez connaître ni rose ni blanc ni nacre ni veinule bleue, monseigneur l'aveugle. » N'avons-nous pas parlé de mémoire défaillante suppléée par l'imagination ? « Bref, elle offrait un joli pied que vous vous complûtes à baiser. » Comme vous connaissez les hommes ! « J'ai deux pieds. Et, donc, " accumulé " quelques amants. » C'est moi qui suis jaloux. « Je ne vous pardonnerais pas de ne point l'être. Fin d'incidente, dictez la Puisaye, son pied et le reste. » Je la désirai, elle s'offrait et pourtant je m'en allai. Elle se moqua et me maudit devant la société. On ricana.

Je parus devant mon colonel sans avoir été l'amant de sa femme. L'esprit affûté, le corps torturé, le regret intense, la rage au ventre. Et prêt à tuer quiconque oserait la moindre allusion sur un péché dont j'étais innocent. Le marquis le crut patent. Mme de La Puisaye avait sa réputation. Il osa. Ce fut l'affaire d'un contre de quarte dégagé derrière un boqueteau. Je lui trouai le poumon. Il mourut en six jours, en maudissant les femmes et les chevaliers. M. de Luynes admit qu'on m'avait provoqué. Le Roi me gronda de si vite m'emporter et me reprocha la perte d'un bon officier. Il restait tant à faire dans les provinces du Sud. Ordre me fut intimé de présenter mes condoléances à la veuve et gagner son pardon. Sinon, on m'exilerait. Ou pis.

Mme de La Puisaye me fit lanterner trois heures. On m'apporta des orangeades, du vin de Bourgueil, des confitures. Un peu de pain. Elle entra. « Vous avez tué mon mari. » Querelle de gentilshommes, je suis navré d'avoir vaincu. « Que puis-je faire sinon réclamer votre tête? » Sa Majesté l'accordera. Elle me regarda. Quels yeux! du plus profond des bleus : « Je vous veux d'abord aux obsèques. » J'y serai. Elle était blonde et veuve. Voilée de noir vaporeux, trop léger. J'avais baisé son pied, elle m'avait soigné. Et guéri. Elle était encore plus belle depuis que j'avais tué son mari. J'eus tout à coup, ne riez pas quoique votre rire soit au-delà du bonheur, j'eus, c'est vrai, un immense désir de la conquérir. Que disait donc ma sauvageonne? Qu'en trois jours la marquise serait devenue notre esclave? Je lui touchai à peine la main, mes lèvres ne la frôlèrent même pas. Elle me dit que j'étais un fou, un assassin. Je lui répondis qu'il fallait tuer pour l'aimer. Je la pris dans mes bras. Mes mains parcouraient son corps trop brûlant sous le deuil. Elle me cravacha. Mme de La Puisaye avait du sentiment. Et de la noblesse : elle commanda qu'on soignât la balafre de ma joue, hommage ignoré à ma jeunesse et ses amours sorcières et, la nuit suivante, Mme de La Puisaye prit le connétable de Luynes pour amant.

La sanction tomba. On me retira ma compagnie, pour deux mille pistoles, et M. de Tréville m'acquit aux mousquetaires, mais à ma charge de fournir les montures en fourrage. Petit frère du Roi mais valet des chevaux. Belle justice, vive Louis le Juste!

Le régiment défila devant la dépouille de son colonel. On assista à la messe. On reprit la vie de camp. Mme de La Puisaye m'exigea au manoir, le lendemain matin. Elle était en son lit, calée sur ses oreillers et grignotait des framboises et des fraises. Les fenêtres de sa chambre étaient ouvertes sur les gris de la Loire. Le fleuve rafraîchissait la brise. Elle écarta ses servantes et me dit d'approcher. Je mis genou en terre au pied du lit. « Vous avez fait belle figure, monsieur, pendant la cérémonie. Je suis désolée de vous voir perdre votre compagnie. » La casaque me consolait et comblait mes vœux. « Aidez-moi à me lever. » Elle retourna les draps, glissa ses pieds hors du lit. Je lui cherchai ses mules. Elle était en chemise de linon fin. On devinait ses longues jambes, ses cuisses, le moussu du ventre et une épaule presque dénudée par l'encolure qui glissait. Elle s'amusait du désir qui naissait chez le meurtrier de son mari. J'étais encore à genoux. Elle pencha sa tête vers moi, ses cheveux s'écroulèrent sur son épaule, un sein se dévoila et elle posa ses lèvres sur ma bouche.

Hier le fouet, aujourd'hui un baiser? « C'est que désormais, votre vie est entre mes mains. Les obsèques sont finies, une nuit est passée, le soleil luit encore, le fleuve coule, vous êtes jeune et encore vivant. Et je suis une femme ardente devant un chevalier agenouillé en hommage et en soumission. Un chevalier que j'ai soigné et qui m'a fuie. Qui a tenté de me forcer. Que j'ai chassé. Que j'ai requis. » Elle sentait les fruits dont elle venait de déjeuner, le corps chaud de la nuit, le linon froissé, le lit. « Levez-vous et venez près de moi. Oubliez-vous que vous m'appartenez ? Votre tête, bien sûr, mais aussi la cuisse que j'ai sauvée de la scie du chirurgien, et toute votre personne ? Que j'ai droit d'en user à ma guise ? » Soit, j'obéirai.

Elle me délaça justaucorps et chemise. « Aux temps courtois, les chevaliers dormaient nus auprès de leur dame avouée, tout aussi dévêtue, une épée entre eux. Mais vous n'avez point d'épée. » J'avais laissé arme et baudrier dans l'antichambre, craignant de rappeler trop vivement son usage et le résultat de celui-ci. « Aussi j'ordonne à vos mains de me déshabiller. » Je pris temps et douceur pour agacer nos désirs.

« Pourquoi as-tu fui quand tu pouvais être mon amant ? Une gifle et voilà le farouche soldat qui bat en retraite ! » J'avouai ma peur de sa dureté. Elle rit. Un rire de houx. « Parce que j'aime trop les hommes ? Et que je les consomme ? J'aime aussi qu'ils assaillent et emportent la citadelle. Je veux que tu m'épuises et que tu t'exténues. Qu'à nos cris, ma maison sache que madame a trouvé son égal aux activités amoureuses. » Encore ce rire si épineux. « Sur la brèche, mousquetaire, enlève-moi comme un bastion. » Elle cria. Ma jeune vanité compta jusqu'à quatre fois.

« Je vous afficherai comme amant. » Après un connétable? « Il ne vous vaut pas. » Il n'en sera que plus dangereux pour moi. « Votre balafre rappellera le grand Guise. Vous serez craint. Ah! vous ignorez trop nos usages. Mon corps vous rapprochera et de Luynes et du Roi. On les dit amis, complices et au-delà. Vous connaissez ce qu'on chansonne sur des airs de bergerie. » Pas du tout.

Henri le Troisième portait mignon.
Le Quatrième, vaillant barbon,
Préférait la donzelle.
Chez d'Estrées et les sœurs d'icelle,
Il entrait loup au pâturage.
Les animaux étaient mal en cage.
Louis, son fils, y fit remède.
Il prit Luynes comme Palamède.
Le connétable se voulut Athys.
Le Roi le voyait Phylis.
Sa Majesté, curieux berger,
Bélier et brebis confondrait.
Et quand il prend Chlois,
Le Roi rêverait d'Aramis.

Non, joli scribe, cette rime à la grecque ne me frappa pas et quand je choisirai mon sobriquet, mon nom de guerre, j'aurai oublié la chansonnette. Son souvenir m'en reviendra plus tard. J'en rirai plus que n'en rougirai. « Vous étiez au lit. Revenons aux ébats avec l'épuisante Puisaye. » Que puis-je dire d'autre? J'apprenais un peu plus de vie. Quand je sortis de son lit, j'étais réconcilié avec mon état de fourrager. Il convenait pour moi de revêtir la casaque et de paraître à l'appel. Nous partions vers le Béarn et la Navarre, redonner à l'Église ce que Mme d'Albret avait saisi au profit de la religion prétendument réformée. Moi, je m'occupais sans mot dire à nourrir notre cavalerie. Je rêvais parfois de la marquise. Elle eut la grâce de longer nos équipages jusqu'à Limoges. Je ne m'ennuyais donc pas trop entre les crépuscules. Et, parfois, le Roi demandait : « Où est donc notre bretteur chargé du foin? » M. de Tréville répondait : « Il parle aux chevaux, estropie un mari ou console une veuve. » Le Roi s'en amusait. « Combien de temps le punirez-vous aux fourrages, monsieur le capitaine général? – Le temps qu'il plaira à Sa Majesté », rétorquait Tréville, chapeau bas. « Nous le gracierons bientôt, je vais avoir besoin de son oncle cardinal. » M. de Luynes se méfiait de ce genre de mots. Hélas, le connétable et le Roi se trompaient d'Éminence. C'est Luçon qui sera appelé. Il s'ensuivra bientôt quelques aventures pour moi et deux ou trois de mes amis. Il en résultera encore des veuves, que je ne consolerai pas.

« Mais entre Angers et Limoges? » Nuits agitées. « Plaisantes? » Au-delà. « N'est-il pas l'heure d'une sieste? Je me suis épuisée à imaginer ce que vous ne dictez pas. Seriez-vous d'humeur à me revigorer en mimant ce que vous avez caché? » Je n'ai plus dix-sept ans. « Essayons. Après vous aurez le loisir de chevaucher et de narrer vos campagnes puisqu'il n'y a que cela qui vous chante. »

Comment je devins Aramis

6. LES DEUX MOUSQUETAIRES

L'incipit du dernier épisode de mon baptême de mousquetaire prendra la forme d'une brève supplique à Satan. Il le mérite, lui, le maître des plus délicieux péchés. Et je ne crains pas d'être interrompu, puisque mon scribe est assoupi.

Cher Satan. Vous avez octroyé à la jeunesse le pouvoir de dormir à volonté et de jouer à ressusciter le plaisir chez les antiques hommes d'Église. Dois-je vous en remercier? Il se pourrait. Une enfant m'a poussé à revivre ma jeunesse. Sa beauté a su choisir les arguments. Je soupçonne que vous l'ayez aidée. Non que vous cherchiez, comme la coutume vous l'attribue, à vous approprier une âme, ce que je ne supporterais pas quand il s'agit de la sienne, que je ne puis échanger contre la mienne car je ne vous intéresse pas. Si vous n'avez pu inventer et le sexe et la mort, et le plaisir et l'amour, vous réussissez, en revanche, à les utiliser pour votre bénéfice. Vous n'êtes pas si mauvais, vous n'êtes qu'un chenapan qui fronde dans les douves asséchées de nos vies. Voilà pourquoi Dieu vous tolère et qu'il a besoin de vous. Il a créé le sommeil, pour le repos des corps et vous avez inventé la sieste pour leur exultation. Les épreuves que vous nous infligez ne sont pas d'un sot, puisque votre meilleure arme est la beauté. Cette beauté qui somnole quand j'écris à l'aveugle dans le plus pur soleil d'Espagne. Sa chaleur et sa lumière tombent sur moi, à l'oblique, du plus haut du ciel, comme si l'astre me visait. Il fait mouche à tout coup. Je ne sens aucun nuage pour filtrer ses traits. Les fenêtres sont ouvertes et il entre ici, accueilli comme un brigand bien-aimé. Mais est-ce moi qu'il vise, moi le desséché qui peux sentir sa brûlure mais non sa lumière, le jeu des ombres secrètes et du nacré, du doré ? Ne serait-ce pas plutôt, cible de splendeur, ce cul que je sais nu, hors du drap. Offert au-dessus du miel d'un dos où j'ai laissé deux griffures, ce qui n'est pas délicat. Elle s'en est plainte en réclamant : « Encore. »

C'est à toi, bon diable, que je dois de la satisfaire. Tu joues à ce que je revive. Elle croit que je vais vivre. Dieu, ce nom t'exaspère mais il faut bien le prononcer, Dieu, donc, au fil des ans, et bien plus tôt que tu ne penses, m'a enseigné l'art d'admettre ma mort. Ce renoncement est un art puisqu'il transforme les jours gagnés en les irisant de nouvelles teintes, plus vraies. Pour gommer mes péchés, Dieu, ton fabuleux ennemi, ton maître, m'envoya ma filleule afin que je la protège, l'aime et lui fasse don de tout ce que j'ai pu récolter d'une existence qu'Il se complut à allonger au-delà de la norme sinon du raisonnable. Tu t'es chargé du reste; en bon alchimiste tu transmutas mon ennui devant la litanie des années en désir d'elle et sa fraîche affection devint par tes soins un désir dénaturé et scandaleux chez un homme d'un autre âge.

Alors, laisse-moi encore un peu de temps si l'aventure t'amuse. Quand tu seras mécontent de moi, provoque-moi, tu n'as à craindre aucun de mes contre de quarte dégagés. Mais ne la touche pas. Promis? Ou je me trompe ou Satan a le rire de Mme de La Puisaye. Mais il n'est guère mauvais bougre quand il s'esbaudit. Fin de l'adresse, car on bouge, là-bas dans les draps. Repartons en campagne.

Je ne fourrageais que le temps de la route d'Angers au Béarn. Sa Majesté rêvait d'un royaume catholique agrandi de la Navarre. Il nous fallut passer quelques ports dans les Pyrénées, subir des accrochages, échanger des coups d'épée. Il y en eut moins que de traits de plumes au bas des propositions, controverses et moratoires des négociateurs. L'affaire s'arrangea puisque la Navarre était le berceau du père du Roi. Les princes protestants renâclèrent, le Pape fut satisfait, Sa Majesté affirmée, M. de Luynes amoindri. Ce n'était pas une guerre tout de bon, bien qu'on comptât des morts, il s'agissait d'héritage et de réunion des biens d'une famille. De politique. M. de Tréville y excellait, les mousquetaires furent partout, le Roi rayonnait. Les réformés se soumirent, la Navarre rejoignit le royaume de France. J'admirais ses paysages. Il y faisait chaud. Je souhaitais rentrer à Paris. Cette guerre n'était que partie de chasse. D'ailleurs le Roi s'enquérait à chaque halte de la qualité des gibiers de la région. Il tira même un ours et un héron. J'ai bien tué deux hommes dans tout ce fatras.

Nous remontions vers le nord, en jouant aux dés et au lansquenet. Les mousquetaires traitaient leur jeune fourrager en mascotte balafrée. On se moquait sans méchanceté de mon odeur de fenaison et de ma joue meurtrie au précipice d'un lit, pour que le temps passe en riant, jusqu'à ce qu'une voix éraillée déclame : « Si vous cessiez, messieurs, d'ennuyer le chevalier. » On lui rétorqua : « Athos, aujourd'hui, vous avez le vin mauvais. » La même voix, une bouche d'ombre dans le coin le plus ténébreux d'une masure d'étape, précisa : « Ce vin vient d'Espagne et échauffe, il est vrai. Je vous conseille, mon ami, de n'en pas rajouter. Le chevalier a tué son colonel, je peux égorger un compagnon. » Le mousquetaire rompit en murmurant : « Athos est bougon. » L'ombre m'appela. Je m'approchai. « Je suis le comte de La Fère, vous êtes le chevalier d'Herblay. » Rien de plus vrai. Pourquoi ce surnom d'Athos ? Il me tendit un verre : « Le faro est un peu amer, il a le goût de la vie. Athos ? Ah, oui, une montagne où s'éparpillent des jacinthes et des moines. Il paraît que nul ne s'y aventure et qu'on y connaît le silence sinon la paix. Il me fallait cela pour m'enterrer. »

Chaque mousquetaire a-t-il un surnom ? « Les

meilleurs. Je veux dire les discrets. Porthos, venez! » Un géant s'approcha. Il grogna qu'il mourait de faim. Je dis que le Roi avait tué un ours et un héron. Athos précisa que nous étions vendredi et que Porthos devrait faire maigre et manger du poisson. Je dis qu'en ma province on servait de la carpe farcie d'oseille et d'épinards. Le titan jugea mon pays civilisé, mais s'enquit si ce poisson de bonne noblesse puisque souvent centenaire n'avait point trop, chez moi, le goût de vase. Discussion. Le faro était assez amer pour plaire à nos caractères du moment. « Nous sommes tristes, Athos, qu'avons-nous? » demanda le géant. « Nous n'avons pas un liard. Nous avons tout bu. Impossible de banqueter. » Je me levai. « J'ai le prix de ma compagnie, messieurs, je serais flatté que vous acceptiez de le partager. » On disputa. « Ce serait déshonnête de prendre ce qui vous appartient. Jouons aux dés. » Athos gagna un peu, Porthos beaucoup et mélangea les gains et repartagea. « Cela est plus juste. Allons dîner, messieurs, et soyez mes invités. »

Athos me prit par le bras et me chuchota : « Il ne faut pas que je trébuche, on se moquerait, je me battrais, vous seriez de l'affaire tous les deux, on risquerait de perdre l'un d'entre nous. Ce serait inélégant pour les survivants. » J'étais éperdu d'être ainsi traité. « Joli duel, monsieur, renchérit Porthos. On ne tue pas chaque matin un colonel. Je sais gré au Roi de vous avoir affecté à notre compagnie. » Athos rit : « Mon ami est galant, mais il dit vrai. Quel âge avez-vous, mon enfant? »

Si peu moins que lui. « Mais beaucoup plus de pistoles. Allons les dépenser ensemble et en toute amitié. » Je m'en déclarai flatté. « Vous a-t-on souhaité la bienvenue aux mousquetaires ? » On n'avait pas eu le temps. « Porthos, si le chevalier était notre invité ? » Le géant dit : « Beau duel, belle jeunesse, belle charge. Il vous faudra trouver un nom, on ne va pas vous donner du chevalier pendant mille ans. Excusez-moi, Athos, mais je vous prie de me laisser payer. J'ai trop gagné. » Athos rit et me chuchota : « Il a encore triché. Ayez toujours l'affection de ne pas vous en apercevoir. » Je jurai.

Nous croisâmes M. de Tréville qui inspectait. « Où allez-vous, messieurs ? » Athos répondit : « Boire. » Jamais une voix ne m'avait paru plus profonde, lointaine, surgie d'on ne sait quels abîmes.

Nous tombions en amitié. Sans qu'ils me connaissent, sans que je sache rien d'eux. Sauf une ivresse commune. Je me pris à pleurer : j'étais heureux. Mes compagnons ne se moquèrent pas. Ils emplissaient mon verre sitôt vidé. Porthos m'embrassa. Athos me dit : « Dieu me donne un fils et qu'il vous ressemble. »

Je demandai, d'une voix hachée par les libations : « C'est donc ainsi la vie de mousquetaire ? » Porthos fit un signe au comte de La Fère : « Athos, je répondrai, vous seriez trop morbide. La vie de mousquetaire est de suivre le Roi, de s'ennuyer, de se battre, de trouver de l'argent et nous n'en avons jamais, d'oublier pourquoi on nous a engagés et, parfois, de mourir. J'oubliais : et de jouer. » Athos nous resservit et conclut : « Porthos, vous êtes le seul philosophe supportable depuis Aristote. » Je vis que le géant ignorait le grec. Je risquai : « Être mousquetaire revient donc à se suicider. » Athos rit : « En prenant son temps. Porthos vous êtes Aristote, mais le chevalier est Socrate. » Échauffé, je rétorquai : « Et vous, comte ? » Il me regarda, me sourit : « Moi, mon enfant, je suis Empédocle. Si je meurs, on n'héritera que d'une sandale. Et il faudra un volcan pour me consumer. » Je commandai trois bouteilles de vin, une par philosophe.

Je me débondai, parlai de mon oncle. « Voilà bien le seul homme d'Église à qui j'accepterais de me confesser », marmonna Athos. Le compliment était galant et je rougis encore. « Lui dit-on, Porthos ? Pour son bien. Un mousquetaire ne montre aucun sentiment. Mais se doit d'en connaître. Ne t'inquiète pas, chevalier, à ta droite, à ta gauche, tu nous trouveras toujours et si on te manque, nous serons trois. S'il s'agit d'une femme, nous aviserons ; j'en connais une qui est un pur démon. » Ces derniers mots à voix plus basse pour que Porthos n'entendît pas. Il se concentrait trop d'ailleurs à servir le vin. Porthos le jugea bon et m'écrasa une épaule. « Enseignez-moi votre contre de quarte dégagé. Je n'en ai vu nul pareil. » Athos me murmura que lorsque Porthos avait une idée, elle lui tenait la journée et qu'il me rebattrait les oreilles avec mon duel jusqu'au coucher. Voyez-vous l'époque, Louise Charlotte que je soupçonne éveillée? « Je la découvre, je la revis avec vous. » Voilà aussi qui est galant. « Oh non, monseigneur mon amant, c'est envieux. »

On décida de me baptiser. Je me déclarai Aramis. Pour le son. Un vague souvenir. J'avais oublié la chanson, le libelle sur le Roi, ses mœurs présumées. Et puis nous avions traversé un bourg annoncé comme Aramitz, je l'avais grécisé. Athos fut le parrain. On me versa deux gouttes de faro sur le front, me toucha le nez avec un gras de poulet, me mit un grain de sel sur la langue, pour me rendre « la sagesse de la soif ». On croisa les épées et nous jurâmes fidélité. Une patrouille nous informa qu'il serait temps de regagner le camp. L'appel allait y être sonné. « Tenez-vous encore debout, messieurs? » demanda le lieutenant. Athos répondit que nos chevaux nous soutiendraient. Ils se montraient serviables. Le lieutenant m'aida à grimper en selle et me conseilla de rester près de lui jusqu'à l'alignement. Sa Majesté affectait une humeur sombre, avait prévenu M. de Tréville. Le galop me secoua fort et je me jurai de ne plus jamais boire. Je réussis à faire figure jusqu'à la mise en marche de la compagnie autour du carrosse du Roi. Il me requit à sa portière. Il avait offert une place à Mme de La Puisaye, en noir de grand deuil, et elle m'avait réclamé, pour que je la servisse, en punition. Moi qui espérais somnoler.

Être de portière n'est pas une sinécure. On ne cesse de galoper, portant ordres et messages aux commandants des compagnies, allant chercher un encas, des fruits, des confitures auprès des vivandiers. Je profitais de chaque ordre pour vider une gourde d'eau afin de diluer le plus possible de faro. Parfois je m'endormis en selle, me réveillai en sursaut, croyant qu'on m'appelait. La halte tardait à mon goût. L'ivresse maintient droit, rigide plutôt, comme un mannequin de cire collé à son cheval et posant pour un statuaire équestre. Je remarquai les œillades de La Puisaye dans ma direction, ses papotages avec le Roi, à qui il arriva trois fois de sourire et de m'accorder un regard. Que mijotait la marquise? Et me revint la chansonnette sur Phylis, Athys, et Aramis. Cela me dessoûla plus que le vent du galop, la fraîcheur de l'aube et les muids d'eau ingurgitée. Qu'avais-je inventé par beuverie, de quels tréfonds tortueux de l'esprit le sobriquet avait-il surgi? A la première moquerie, je tuerai au risque de devenir un décimeur de régiment? Pourquoi riez-vous? « J'imagine la Puisaye, sémillante veuve, vous vendant au Roi contre quelque charge ou bienfaits et vous partageant avec Sa Majesté. Je pense l'idée assez tournée pour lui plaire. » Je ne sais. J'augurais un danger. Mais au fur et à mesure que la colère, l'anxiété et la honte s'enfonçaient en moi, l'ivresse fuyait et laissait la place neuve.

Me manquait le conseil d'Athos. Athos seul. « Ah, c'est de lui que vous étiez amoureux! » Voyons, ma douce amie. « Y a-t-il péché à s'aimer entre amis? » L'amitié est un amour vierge. Et mes pensées roulaient loin du mode florentin. Qu'attendait-on pour faire étape? Le Roi était-il si pressé de revoir une reine qu'il ignorait ou une mère qu'il exécrait? Louis se méfiait de l'une comme de l'autre. Malgré les espions dont il les entourait, il craignait les méfaits de l'Espagnole et de l'Italienne. Et, à cause de cette triple détestation, un jeune mousquetaire, à peine vieilli par la colère d'une garce, souffrit la malemort à chevaucher à étapes forcées à la portière du Roi. Et s'engloutit pour des années dans l'anonymat d'un sobriquet qui ne lui convenait plus.

La sœur de la Reine

Mme de La Puisaye se lassa dès Paris retrouvé. J'en souffris comme j'en avais joui, par seule vanité. Je ne me mis point en quête d'une nouvelle maîtresse, même si mon regard suivait quelque beauté croisée sur le mail ou près des Fossés jaunes, où j'ai mon deuil, et où il était de mode, pour les cavaliers d'aller à la promenade, que l'on qualifiait d'« à l'espagnole ». A cette époque, l'Espagne n'était pas engoncée comme aujourd'hui. On y dansait beaucoup et bien. On y peignait, versifiait, jouait, on sorcelait un peu. Nulle grande dame sans son « magicien ». J'aurai l'occasion, plus tard, de lire les comptes rendus d'Inquisition, de procès de sorcellerie, en Navarre, en Biscaye. Les grandes dames entretenaient des rapports serrés avec leurs mages particuliers. Serrés et précis. La mienne grande dame, non espagnole quoiqu'il coulât du sang ibère dans les veines de mainte Flamande, m'avait donc traité comme son propre « magicien ». Parfois, rôdait une question : qui biberonnait désormais à sa peau de lait avant que de mériter le fouet ? Porthos et Athos respectaient mes silences rêveurs qu'ils jugeaient trop sombres pour mon âge. Ils m'emmenaient à la paume et au cabaret. Et puis, il y avait le service. Pesant par la présence obligée, quasi constante aux guichets du Louvre où nous doublions les gardes de M. des Essarts. J'avais obtenu ce que je voulais, la casaque à croix d'argent potencée sur champ d'azur. Le beau résultat de ce succès fut que je m'étiolais d'inaction. Cela dura des années.

La casaque était seyante, mes chapeaux bien choisis, mes bottes enviées même par Athos qui ne connaissait plus l'envie. Sinon la pépie. Une vie de soie et velours, brocart et planches mal équarries, coups d'épée, coups de dés donnés, lancés sans passion, sauf pour l'honneur d'une reine fautive. Pour la guerre d'un roi qu'on n'admirait pas. Pour le service, quoi. Une vie de jours répétés, de mouchoirs volés ou abandonnés. De duchesses frôlées, de bourgeoises forcées. Nous étions, je l'ai dit, des ruffians. Et encore des enfants. Athos excepté.

Un seigneur. Un grand d'Espagne. Un prince burgonde. Un Barbare. Tamerlan ou Gengis Khan. Avec, dans le ventre, des outres de vin de Loire. Cet homme était un vrai malheur. Il nous regardait mais ne nous jugeait jamais. Nous? Porthos, ce vieux petit garçon qui mourra enfant titan. D'Artagnan, bientôt, et moi tout le temps, nous qui allions à confesse près d'Athos. Il nous pardonnait. Absolution qu'il s'interdisait pour lui. Voilà tout l'intérêt de l'affaire : des amis, rares, qui n'auraient pas dû l'être, des coups d'épée trop nombreux, la vie jouée pour un déjeuner, par forfanterie, au siège de La Rochelle, la haine de Luçon, que vous appelez, depuis, Richelieu, l'ingratitude d'une reine, la fronde contre le Roi suivant. De la vie au jour le jour. Nous croyions, quand nous la risquions, refléter le destin des héros antiques. Nous n'étions que des soldats, quand nous touchions notre solde, celle d'un corps privilégié. Nous étions mousquetaires et détestions la lourdeur et l'odeur du mousquet. Le goût de la graisse de porc rance de nos cartouches, à déchirer avec les dents.

Je n'en oubliais pas pour autant mon oncle le cardinal. Il m'abreuvait de courrier, de livres, de conseils, de résumés sur la politique et les monarchies, sur le Saint-Siège, sur les usages en Comtat Venaissin, les musiques en Provence, les dernières audaces des peintres ou libertins italiens. Accompagnés de lettres de change pour un banquier lombard de la rue des Fossés-Saint-Bernard. Je répondais peu à ses missives, épîtres et dissertations mais je les apprenais par cœur, les commentais en marge, à mon seul usage. Je cachais le tout dès qu'un de mes amis forçait la porte de ma chambre. On eût dit un espion colligeant ses messages secrets. Ce pauvre mystère m'amusait un peu. Athos, à qui rien n'échappait, jugeait qu'il s'agissait de poulets. Les légendes sont ainsi faites. La bonne fortune d'une marquise m'attribuait des séductions que je n'avais pas. J'en conclus que l'homme préfère la légende à l'histoire et que lorsqu'elles sont contradictoires, l'historien le plus fin n'hésite pas : il publie la légende. Je m'en ouvris dans une de mes rares lettres à mon oncle, qui me répondit : « Eh bien, mon neveu, soyez une légende. Une grande part de ma vie fut bâtie sur cette fondation, je n'ai pas à m'en plaindre. Paraissons ce qu'on veut qu'on soit, nous préserverons ce que nous sommes. L'apparence devient fortin. Quand l'ennemi nous bombarde, il ne mitraille qu'un mirage. » Évidemment, sa réponse tint en mille mots avec arguments et plaisanteries que ces pauvres lignes ne sauraient reproduire, mais telle est la réduction qu'on peut en livrer, de mémoire, si longtemps après.

Je ne me pris jamais pour une légende. Je me voyais plutôt sous les traits d'un benêt. Puis, je reconnus une aigre odeur de mon enfance, comme l'ancien nourrisson que nous demeurons reconnaît entre mille l'aigreur du petit-lait et ne la juge point nauséeuse. Si les souvenirs attachés à elle ne me réjouissaient en rien, ils avaient forgé un peu de mon âme et beaucoup de mon être : odeur de poudre de riz, de fard gras, de sucreries mêlées au parfum des boudoirs, de cheveux brûlés sous le fer quand ma mère se regradillait les boucles, d'encre des billets dissimulés sous le couvercle d'une épinette; de poison. Une odeur de chuchotis, car le chuchotis sent l'haleine puisqu'il parle de près à l'oreille complice et que l'haleine se camoufle sous le clou de girofle ou sous le fruit de ces confitures dont ma mère s'empiffrait; les odeurs de l'intrigue. Les couloirs du Louvre les fleuraient. Le temps venait que je m'en imprégnasse, ma légende en serait blasonnée. Car l'intrigue ameutait les duchesses. Dont la plus délicieuse : Chevreuse.

La duchesse de Chevreuse était rieuse, galante et toute dévouée à la Reine ; elle méprisait le Roi et lui préférait Gaston, son frère, que l'on nommait Monsieur. Courtisée de ce dernier, elle comptait parmi ses soupirants trois princes du sang et deux Rohan. Les dames de la suite ne se cachaient rien sur leurs fortunes amoureuses et mise à part la Reine tenue par l'étiquette et le protocole, elles ne se montraient guère sévères pour les gentilshommes. Ainsi, Sa Majesté Anne d'Autriche, reine de France, vivait des dévergondages par procuration, se contentant d'amours de tête, d'émois du cœur avec Buckingham au pis, mais rejetait les bijoux de la passion. La passion, ses jolies suivantes en accumulaient des boisseaux sans souvent les rendre. Elles les confiaient à leur souveraine, lui contaient leurs plaisirs et leurs conquêtes jusqu'à la faire rougir. Et toutes savaient tout de chacune. Ainsi Mme de Chevreuse, née Montbazon, apprit-elle l'aventure de Mme de La Puisaye, devenue dame d'atour de par le Roi pour adoucir son veuvage, avec un jeune chevalier. Quand on lui dit que ledit chevalier qui avait si proprement occis le marquis colonel portait la casaque et doublait la garde aux guichets et dans les antichambres du Louvre, elle demanda à sa parente, car elles cousinaient de loin par alliance, de lui montrer le jeune preux si apte à vous débarrasser d'un encombrant mari. Celui de Mme de Chevreuse ne l'encombrait guère, pendu qu'il était, tous les jours sauf le dimanche où il s'enfermait avec son directeur de conscience, aux basques de M. de Luxembourg. Il en tirera profit plus tard. Mme de Chevreuse usait de l'occupation éternelle de son époux pour galanter. Ses yeux verts et rieurs séduisaient à coup sûr. Mme de La Puisaye s'amusa de l'aventure qu'elle sentait sourdre. Et pensa en tirer son miel : Mme de Chevreuse était puissante car elle amusait la Reine. Pourquoi ne pas lui fournir un fringant amant? Surtout que ledit prétendant, dans l'ignorance de l'intrigue, s'ennuyait ferme à rayer de sa rapière les parquets du palais.

L'affaire naquit un jour de soleil. La Reine et Chevreuse jouaient comme des enfants. Dans les longues galeries, dans les appartements, dans les jardins près des Tuileries, où elles rêvaient de vies plus aventureuses. Et, en cette année 1623, la Reine avait besoin de se confier : le Roi, enfin, l'avait engrossée. Elle en offrit, intacte, la révélation à sa douce amie. Les autres dames ne l'apprendraient que le lendemain. Aussi entraînait-elle, cet après-midi-là, sa favorite dans les jardins des Tuileries, vers un des fossés devenu plus pièce d'eau destinée à la retraite de vieilles carpes qu'élément de fortification. Ce pourquoi on y plaçait mousquetaires et membres de la compagnie des Gardes. En ce jour d'un mois d'avril bien frais, bien sec, bien ensoleillé, au rôle du service s'inscrivait le nom d'Aramis.

Mme de Chevreuse comptait vingt-trois ans, mais en paraissait seize. La Reine en avouait vingt-deux mais en montrait dix-huit. Je les vis avancer dans ce clair soleil comme deux jeunes filles marchant dans les champs de mes bords de Loire. J'en ressentis une nostalgie. La brune reine de France ressemblait par sa silhouette à une jeune sauvageonne qui aurait pu, à cet instant, l'accompagner. Les autres dames suivaient à quarante pas. Ce qui signifiait que la Reine livrait un secret à celle qu'elle nommait « ma sœur » dans le privé. La brune et la blonde folâtraient en ravissantes bergères avec leurs robes de matinée sans trop d'atours et leurs talons plats. Je frisai ma moustache, rectifiai la position, pestant contre l'horrible et pesant mousquet qui m'arrachait l'épaule et froissait mes passementeries, la garde se montait en effet en grand appareil.

Les deux jeunes femmes, passant à moins de dix pas, sourirent au factionnaire. Le factionnaire salua chapeau bas. On s'en éloigna un peu, pour continuer un bavardage mais on ne put, sous les cheveux blonds, s'empêcher de se retourner à peine, le temps d'un visage rose et d'immenses yeux verts.

La suite s'était arrêtée plus loin dans le jardin. La Puisaye me regardait, mais étant face au soleil, devait se demander s'il s'agissait bien de qui elle croyait. La distance imposée par la Reine l'empêchait de s'approcher pour le vérifier. Rien en moi ne fit mine de la reconnaître. Mais à vingt-trois ans, les sangs sont chauds, la mémoire vive et précise, les désirs intacts : je saluai. Elle comprit, m'offrit par dérision une esquisse de révérence réservée aux grands. Du coup et au risque de passer pour un charretier, je me mouchai en trompettant dans une batiste marquée du monogramme LP et qui demeurait dans mon fourniment depuis certaines nuits limousines. Il tomba à terre. Je ne l'y ramassai. Marie et Anne se retournèrent au bruit de mon inconvenance nasale ; Marie suivit mon geste, mon regard, reconnut La Puisaye, déduisit qui j'étais. Et se plaça pour que la Reine me tournât le dos tandis qu'elle pourrait m'examiner. Ma faction se perpétua sous les éclairs verts et rieurs des yeux de Marie, duchesse de Chevreuse, à qui la Reine conta un bonheur puisqu'elles s'embrassèrent.

Devant la scène de tendre amitié entre une reine et une duchesse, je ne perdis pas pour autant mon esprit d'observation et guignai du côté des suivantes. Mon oncle cardinal m'avait entraîné à ne jamais oublier un visage, une silhouette ni le nom qui s'y rapportait, et aussi à scruter le moindre frémissement des traits d'une face, qui traduit plus que les mots. La Puisaye était de marbre. Mme de Montbazon, cousine de Marie, souriait au soleil, Mme de Lannoye fixait le couple d'amies comme une amante en proie à la plus violente jalousie, Mme de Vernet semblait curieuse à la fois de la Reine et de Mme de Chevreuse, mais surveillait l'attitude de ses compagnes. Imitée en cela par un personnage vêtu de noir avec un plumet feuille morte au chapeau : M. La Porte, valet de chambre de la Reine. Un homme à fréquenter. De ces personnages, deux seront exilés, un embastillé et une, la Lannoye, trahira sa maîtresse pour l'or offert par Richelieu. Le tout dans les deux ans. A cette époque, Richelieu visait plus haut que le chapeau tout neuf qui remplaçait avantageusement la mitre et le grandissait, car lui qu'on imagine géant n'était au physique qu'un nain étiré. Il obtint cette coiffe, dès 1622, grâce à la reine mère, la grande vaincue des Ponts-de-Cé, et pour son prêche sur la chrétienne charité et l'amour filial et maternel. Sermons que, bien sûr, on claironna dans l'oreille du Roi. Moi aussi j'écoutai la rumeur de la cour. Sans en rien laisser paraître. Un mousquetaire de faction n'est que plante en pot.

Revenons aux deux groupes inégaux. Dans l'un je comptais une ancienne amante nuisible ou débonnaire selon son intérêt. Dans l'autre, une favorite qui me montrait au moins une curiosité. Il me fallait choisir sur-le-champ ma première cible. Je me décidai pour la proximité et la blondeur de la duchesse de Chevreuse, qui gaminait avec une souveraine.

En quelques minutes, dans un éclat de rire, le drame se noua. Marie inventait des jeux pour Anne lasse des vieux cache-tampon, main-chaude et colin-maillard qui sentaient trop leurs conventines. Des jeux de tête à tête, dignes d'une favorite affectueusement jalouse de ses prérogatives. Ce fossé en bordure du jardin était campagnard : lentilles d'eau, ajoncs, poissons, et canards à col brun.

Quelques rochers posés avec artifice y figuraient, çà et là, un gué. Marie de Chevreuse sautilla d'une pierre sur l'autre rythmant ses bonds d'une chanson sur un clair ruisseau dont j'ai, hélas, oublié l'air. Ma suffisance en déduisit qu'elle tenait à ce que mes oreilles profitassent de sa voix, mes yeux de la souplesse de son corps, de la finesse de sa taille et de son adresse d'acrobate de charme. La Reine s'amusa du jeu. Et sur invite de sa « sœur » l'imita. Au deuxième vers, son pied glissa sur la pierre moussue. La Reine chut. Sa robe fut trempée tel un nénuphar rosé, mais son ventre tomba sur le roc. Je lâchai mon mousquet, pataugeai dans l'eau, saisis délicatement l'épouse de mon roi comme on relève un camarade blessé, et la portai sur la berge. Le rire de Mme de Chevreuse se muait en hurlement. Les suivantes accouraient, La Porte se précipitait. Mme de Chevreuse franchit l'eau sans se préoccuper du gué ni de ses robes et chaussures souillées de vase. La Reine était blanche de douleur. Je l'éventai de mon chapeau, lui glissai sous la nuque ma casaque en guise d'oreiller. « Merci monsieur », dit-elle, et s'évanouit. « Votre nom, monsieur ? » poursuivit la duchesse de Chevreuse. – Aramis, madame, répondis-je. – On ne vous oubliera pas. » Mais déjà on arrivait, on transporta. Je n'avais pas fini ma faction. Je demeurai.

La Reine garda la chambre trois semaines. Et l'on sut. Le trône de France perdit un héritier logé dans l'auguste ventre si malencontreusement maltraité. On dit que c'est de ce jour d'avril que

Louis XIII prit Mme de Chevreuse en aversion. Je n'en crois rien. Il eut d'autres raisons.

Pendant des mois, la compagnie des dames perdit sa gaieté. La Reine se remettait mal. Une ride entre les sourcils apparut. Premier stigmate des chagrins qu'elle aura à affronter. La détestation de Louis XIII pour Mme de Chevreuse poussa la Reine à l'afficher plus que jamais comme amie et « sœur ». Souvent, elle ne supportait que sa vue et se réfugiait sur son épaule pour y pleurer dans le secret. Le Roi les entoura d'espionnes. La Lannoye déjà en place, La Puisaye, agent double, flairant comme personne d'où venait le vent, puis la d'Harcourt, seule femme dont on surprit Sa Majesté à s'enticher.

Tout allait mal dans le royaume. Après nos campagnes en Navarre et Béarn, après la réduction des provinces protestantes, Poitou, Saintonge, Guyenne et Languedoc, qui furent plus riches d'ennui que de gloire, mises à part trois ou quatre belles charges où je fis mon devoir mais sans plus : la prise de Saint-Jean-d'Angély et l'échec de Montauban. M. de Luynes était mort, dix jours avant la Noël de 1621. Régnait depuis la faiblesse. Les nouvelles campagnes, semi-victoires ou vraies défaites, se terminèrent par une négociation avec les Rohan. Et le Roi découvrit les intrigues où le plongeaient ses proches : Condé, les ministres Sillery et son fils Puisieux, La Vieuville et la reine Anne. On rapporta un mot : le Roi eût dit à la Reine que son ventre n'était qu'un cimetière. Cruauté inutile, exemple d'une faiblesse désorientée depuis la mort de Luynes. Anne d'Autriche était passée au-delà du pardon, car c'était elle et elle seule qui avait souffert de la fausse couche où succomba l'héritier présumé. D'abord, ses malheurs lui tinrent lieu de vertu, puis elle devint imprudente, voire inconséquente. Je me ruai dans ce jeu dangereux.

On m'y invita par un billet délivré par La Porte. « Monsieur, on veut vous remercier. Soyez demain à vingt heures au 25 de la rue de Vaugirard. » Comment savait-on que ce jour-là, j'avais mon congé, accordé d'office par mon capitaine, M. de Tréville ? La réponse en eût été simple à plus intrigant que moi : c'est lui-même qui en avait informé la personne qui m'invitait, ou, plutôt, me convoquait ; ou bien, « on » lui avait intimé de me fournir cet exceptionnel congé. Pour la première fois, je mentis à mes amis. Porthos avait gagné aux dés. Donc triché et tenait à faire bombance en bonne compagnie. Il avait déjà mobilisé Athos, dont le service se terminait en soirée. J'arguai d'une controverse en latin à soutenir devant le doyen de Saint-Méry. Porthos pesta contre la théologie. Athos sourit et dit que le salut de mon âme passait avant la satisfaction de mon ventre. Je réussissais à m'esquiver quand il me retint par la manche : « Méfiez-vous des querelles de l'esprit lorsque Dieu ou l'honneur sont en cause. Méfiez-vous de la nuit et des séductions du Malin. A part cela, amusez-vous bien. »

J'avais changé de chapeau, de bottes et de pourpoint. De linge aussi. Je grattai à peine la porte de la rue de Vaugirard qu'elle s'ouvrit. Une jeune femme me fit entrer. Madame m'attendait. Nous traversâmes deux salles avant de sortir en un jardin. Au bout de l'allée, un petit hôtel où trois fenêtres étaient éclairées. Nous montâmes à l'étage. La pièce était damassée de fleurs roses sur un fond bleu clair. Deux chandeliers brûlaient sur une cheminée surmontée d'un vaste miroir qui multipliait les flammes. Une femme était étendue sur une chaise longue, ses cheveux blonds éployés sur la tapisserie. Sur une tablette à portée de sa main, un drageoir, un confiturier d'argent et un livre ouvert, aux pages en éventail comme si on n'avait cure de retrouver celle à laquelle « on » s'était arrêté. Devais-je ou non reconnaître qui m'avait invité? On me montra un tabouret alors que les yeux verts me souriaient.

Un négligé fleuri couvrait une robe d'intérieur crème ceinturée de blanc à la taille afin d'en souligner encore l'étroitesse. On me tendit une main sans bagues que je frôlai de mes lèvres sèches. Dans le mouvement gracieux qu'elle eut pour se redresser sur le coussin où s'étalaient ses cheveux, le bas de sa robe dégagea ses chevilles. Mme de Chevreuse était pieds nus. Mme de La Puisaye avait détaillé les appétits de l'ancien chevalier d'Herblay, et la favorite d'une reine de France, cette duchesse fille de prince, n'avait rien négligé pour séduire un mousquetaire désemparé.

« Malgré les mois passés depuis certain jour près du fossé des Tuileries, vous voyez, monsieur, qu'on ne vous a pas oublié. » J'étais assis le dos bien droit, une jambe en avant, très soldat. « Oubliez un peu votre casaque, vous n'êtes point de garde, monsieur Aramis, et redevenez chevalier. » La langue filait une moquerie, le sourire en tissait du velours. « C'est d'un chevalier que nous avons besoin. D'un Lancelot, d'un Perceval. » Elle s'interrompit, réfléchit avec une moue adorable et reprit : « Plutôt d'un Lancelot. Perceval a la vertu trop ennuyeuse. Et nous vous avons élu pour paladin. » Je jurai que dès le lendemain je porterais les couleurs de Mme de Chevreuse et celles de l'autre partie du « nous » si mystérieux. « Ce " nous " compte une autre personne. Ma sœur. » La princesse de Montbazon? « Disons ma sœur d'élection. » Je leur obéirais comme à deux reines. Elle poussa le drageoir vers moi. « Elles vous aimeront comme deux Guenièvre. » Mon regard laissa entendre qu'une seule, la plus présente céans, me suffirait. On ne se méprit point. Qu'on ordonne, j'exécuterai en chevalier, paladin, serviteur et esclave. « Alors respectons l'antique rituel. Approchez-vous, monsieur. » Elle leva la tête et posa sa bouche sur la mienne. « Les rois adoubent les chevaliers en leur frappant l'épaule du plat de l'épée, les dames ont une manière plus douce de les accepter pour tels. » Son souffle parfumé de confiseries m'effleurait le visage. Ses lèvres restaient à deux pouces des miennes. Je chuchotai qu'il me manquait l'adoubement de la « sœur d'élection ». « J'ai pouvoir d'ambassadrice », répondit-elle à mi-voix. Et, de nouveau, elle m'effleura les lèvres.

J'étais pauvre, astreint au service, et la plus séduisante femme du royaume, celle dont les plus grands seigneurs étaient amoureux, me baisait la bouche, son sein gonflait la robe légère, son parfum m'enivrait, elle me regardait de ses immenses yeux verts, je n'en pouvais mais. Je me moquai bien qu'elle exigeât de moi de trahir mon roi. D'ailleurs elle n'exigeait rien de tel. Pas encore. Et puis je m'en préoccupai peu. J'avais la tête ailleurs. L'ambassadrice était la meneuse dans l'intrigue. Et j'ignorai encore l'épreuve, pour rester dans le domaine de la chevalerie courtoise, qu'on songeait à m'imposer. Je lui dis être prêt à m'humilier pour elle, comme Lancelot montant dans la charrette d'infamie. Tout cela nos visages proches l'un de l'autre. « Vous me plaisez, Aramis. » C'était à l'homme qu'elle s'adressait tout à coup. Un homme fou d'elle. Ses yeux brillaient presque violemment. Elle était ma seule reine. « Non Aramis, votre maîtresse, qui est un joli mot. » Elle était debout maintenant, et s'approcha encore plus de moi, toujours agenouillé. « Voilà qui est plaisamment soumis, dit-elle en me relevant le menton. Vous avez eu ma main et mes lèvres, êtes-vous prêt à obéir ? » Je baisai la part de robe à un ongle de ma bouche. Sous le fin tissu, son ventre. « Relevez-vous et venez. » Elle appela sa camériste, une nommée Ketty, et nous allâmes tous les trois dans la chambre. Là elle se fit déshabiller devant moi, me fixant dans les yeux. Puis Ketty lui passa une chemise et la duchesse de Chevreuse se mit au lit. « Partez. Vous aurez votre mission demain. » Je suivis Ketty vers la porte. « Chevalier! » Je me retournai. Ketty poursuivit son chemin et sortit. « Approchez! » Je me tins, très militaire, près du lit. « Ce quartier n'est guère sûr. Il n'y a ici que Ketty et moi. Montez la garde près de mon lit. » J'acquiesçai d'un coup de menton en bon mousquetaire. Elle dit en riant : « Suis-je pire que Mme de La Puisaye? » Rien n'égalait sa beauté. « Approchez. »

Bien des années plus tard, un duc lui consacrera quelques lignes dans ses Mémoires. Il vantera ses « grands yeux vifs et intelligents que l'intrigue avait si souvent ouverts et l'amour si souvent fermés ». Le pair de France se trompait ou parlait sans savoir. Le plaisir ne fermait pas les yeux de Mme de Chevreuse. Il se doublait par l'observation de celui qu'elle dispensait à ses amants. Voilà tout ce que je dirai de cette nuit de juin 1623. Le lendemain, je portai une lettre à simple cachet de cire non armorié à un homme au fort accent espagnol qui m'attendait, accompagné de douze sbires, au premier pont après Pontoise. Sans que je demande rien, M. de Tréville avait prolongé mon congé.

« En fait, monseigneur, ce sont les femmes qui vous choisissent. Votre sauvageonne, La Puisaye, Chevreuse et maintenant moi... » Taisez-vous, insolent petit page. « Quand tu me traites ainsi, c'est que tu as envie de moi. Viens. Est-ce que Chevreuse aimait obéir? Tu as dit que je lui ressemblais... » C'est en ces instants que je souhaiterais voir vos yeux. Je les imagine bordés d'étoiles.

« Monseigneur m'imagine trop et ne me touche pas assez. » N'êtes-vous pas lasse d'écrire. « J'aime qu'on me dicte. » J'imagine un sourire coquin. « Vous avez raison. »

Cinquante ans après

L'homme en noir rencontré après Pontoise offrait la figure d'un marchand, l'allure d'un abbé et agissait donc en espion. La lettre remise, je m'inquiétai de la suite, quand douze cavaliers se rangèrent devant l'auberge. L'homme en noir sortit. On lui présenta un cheval, chapeau bas, il éructa trois mots dans cette langue aussi rocailleuse que mouillée que je suis aujourd'hui condamné à bafouiller. La troupe se mit au galop. Je comptais pour une guigne. On ne m'accordait que des tâches d'enfant : un pli à remettre, puis disparaître. Comme ces garnements que l'on prend pour commissionnaires sur le pont Neuf en leur jetant deux sols et auxquels on confie un poulet. Moi, on m'avait offert un verre de vin de Saumur, un « Merci chevalier ». Du moins savait-on qui j'étais. Mais comme les petits coureurs de rues de Paris, j'ignorai tout du sombre hidalgo qui servait de courrier. Je le connaîtrai mieux, un demi-siècle après.

Il n'y a pas deux ans, il dînait ici : marquis d'Albuquerque, cousin de Sa Majesté Très Catholique. Une rencontre fortuite, datant de cinquante ans et l'un n'oubliera pas l'autre. Il est mort l'an passé, Madrid en fut endeuillé, illuminé. Il m'a légué le peu qui lui restait. Il s'était ruiné par honneur. Pour des reines, des princesses, pour rien, des vapeurs de bonheur. Et me préféra en souvenir d'une soirée, sur la route de Tours, au bénéfice de la plus jolie des Habsbourg, aux beaux jours de mon val de Loire. Nouvelle rencontre plus tard, quand je frondais et que l'Espagne massait ses escadrons aux frontières sous couvert de venir en aide aux Parisiens et renverser le Mazarin alors qu'elle guignait quelques places fortes et deux riches provinces de France. Albuquerque et moi avions négocié du côté de la Lorraine, moi en sombre abbé, lui en chef de guerre. Moi pour Gondi qui traversait Paris comme une oriflamme, tout camail et rocher dehors, ameutant la populace avant de conter au Palais-Royal comment il l'avait calmée, Albuquerque, lui, agissait pour la grandeur de son roi, et lui conquérir quelques arpents. Lors de ces rencontres, nous n'avions même pas cherché à nous tromper ; il se conduisait en gentilhomme avant que d'être un Grand. Cet ermitage est le sien. Il me l'a vendu. Il n'y venait jamais. Il détestait Saragosse, sec simulacre architectural du désert, coiffé d'une forteresse où s'ennuient des soldats. Que croyez-vous qu'ils surveillent : la vallée de l'Èbre ? Les incursions de gitans et pillards qui enverminent les sierras ? Non, moi. Ce n'est nulle vanterie. Moi et mes petits secrets enfermés dans ce palais, cet autre désert malgré ses cent quarante-trois chambres et son demi-millier de gardes, de secrétaires, de diacres et de domestiques. On y cuit. On y survit. Qu'en pensez-vous, doux scribe? « Je veux l'histoire de l'hidalgo. ».

La troupe partie, je la suivis par curiosité. Par goût de l'intrigue. Vers le sud. Au bout de trois lieues, un carrosse attendait. J'étais caché, très mal, dans des fourrés, mais la nuit m'aidait. Une main blanche dans un éclat de lune glissa hors de la portière sans en relever le mantelet. L'hidalgo, chapeau bas, la baisa et remit le poulet. J'entendis, la nuit est propice à l'explosion des bruits, j'entendis qu'on brisait le cachet, malmenait du papier. Puis, un cri étouffé. On froissa la missive. On cogna la paroi du carrosse, le cocher claqua son fouet, les chevaux repartirent, la moitié de l'escorte l'accompagna. On roulait vers l'est. J'avais le choix. Je choisis la main de lune dans le carrosse de nuit. « N'en faites-vous pas trop, mon duc, mon parrain, mon amour? » Je fais ce qu'on fait à cet âge : on suit une femme en rêvant d'aventures.

On obliqua au sud-est. Mon oncle m'avait appris l'astronomie et à me repérer aux étoiles. Mon oncle! Pourquoi avais-je pensé à lui? Ne se dirigeait-on pas vers Avignon? A trois jours de course. Je pouvais me tromper. Et qu'aurait à voir un vice-légat du pape avec l'intrigue d'une duchesse aux yeux verts et d'une reine espagnole mariée à un roi français? Je suivais une main entr'aperçue. J'allais affronter un danger et mon futur plus grand ennemi.

Le danger résidait dans la main blanche et la dame qui la possédait. J'annonce tout, c'est un défaut, mais j'ai toujours détesté les effets de théâtre, sauf s'ils me servent. Vous ne trouvez pas qu'il y a une vulgarité dans l'effet ? Vous ne dites rien. « J'écris, mon vieil amant, j'écris sous ta dictée. Qu'importe ce que je pense ? » Plus que tout. « Parle de toi, oublie-moi. » Serait-ce Saragosse, ce grand cimetière ocre qui déteint sur vous ? Je vous emmène illico à Séville. « Vous l'aviez promis, mais je n'y crois plus. » Nous partirons demain. « Non. » Pourquoi ? « Parce qu'on risque d'arriver ici. » Le cavalier noir ? « Si vous voulez. » Pourquoi maintenir ainsi sa vie sous un boisseau quand j'offre mon demi-siècle entier ? « Ma vie n'a qu'une importance relative. » Elle est toute la mienne depuis votre arrivée. « Eh bien, mon vieux futur mari, disons que ma vie vient tout juste de commencer, en même temps que vos Mémoires. Vous en savez donc autant que moi. » Mais ce cavalier noir ? « Votre hidalgo me l'a rappelé. » Vous le haïssez. « Non. » Mais vous le fuyez. « Disons qu'il me poursuit. » Et vous avez peur. « Non... Mais il voudra vous tuer. C'est un rebelle, un fou, un bandit. » Que vous avez aimé. « Il m'a plu. Une nuit trop étoilée et irriguée de trop de vin claret. » Laissez-moi la plume, petite fille, vous êtes fatiguée et agacée. « Non... Mais vous vous éparpillez. » Qui galope après vous ? « Du passé. Je n'y échapperai jamais. » Si. En le confessant. En le jetant hors de vous. Ainsi fais-je du mien. « Le jésuite est séducteur. » Vous me blessez. « A peine si je vous égratigne. J'ai faim. » Non, vous vous ennuyez.

Elle n'a pas démenti et s'est réfugiée derrière son appétit. J'ai grignoté durant ce repas silencieux, peu gai. A cette heure, je gribouille au-dessus de mes pointillés, sans l'envie d'écrire une ligne. Elle est ailleurs. Dans ses appartements, décidée à se rhabiller « en fille ». On ne joue plus à ce qu'il paraît, c'est peut-être mieux. Mais je me moque bien du sombre hidalgo et de la main blanche dans un éclat de lune, je guette un pas léger revenant vers ma chambre. Un jour elle partira, comme cela, sans avertir ou sous une fausse raison. Abandon par omission, comme un pieux mensonge. Je le sais.

Il y a quelqu'un dans cette pièce. Une statue muette mais qui respire. Est-ce le drôle qui nous servit la collation? Non, c'est un homme qui a couru. Pourquoi ne l'ai-je point entendu? Le crissement de la plume sur le papier? Le vagabondage de mes tristes pensées? Il m'espionne, me surveille. Il attend. Je n'ai ni pistolet ni épée à portée.

Quand on est enfant, le danger a une odeur, comme l'intrigue, dans mon lointain passé. Un parfum aigre de sueur, de vomi, de sanies. Tous sens aux aguets, je renifle le rance doux de la graisse d'arme. L'homme possède un pistolet. J'entends le son mat d'un fourreau battant une botte : une épée. Cliquetis d'éperons. Sueur de cheveux. Ses pas approchent sans hâte. Il traverse la pièce vers la droite. J'en conclus qu'il évite le soleil de face, la fenêtre étant dans mon dos. Feinte de duelliste. Je n'ai qu'une plume et un coupe-papier. « Une lettre pour vous, monseigneur. L'ordre était de vous la remettre en secret. Puis-je fermer la porte? » Pas une vraie voix, un chuchotis de qui parle derrière sa main ou son chapeau. Je devine le moyen de son intrusion. Dès le départ de mon aimée, il a imité son pas pour pénétrer chez moi. S'il voile sa bouche, il a une main occupée. Si la lettre est dans l'autre, il lui faudra quelques secondes de trop pour saisir une arme. Il faut que je l'oblige à avancer.

Voilà comment l'affaire se déroula. Je ne tendis qu'à moitié mon bras gauche. Il fit un pas. La missive frôla mes doigts. Je l'évitai, lui saisis le coude et tirai. Ma main gauche brandit le coupe-papier. La pointe de la lame fut sur sa gorge. Désormais, il nous était loisible de parler. D'abord savoir qui il était. « Pas de nom, monseigneur. » Cette voix! Celle de mon cher don... « Pas de nom, par pitié! Il déplairait à vos gardes et à vos curés. Cette racaille n'est qu'oreilles et médisance. Vous êtes d'une naïveté. La moitié vous espionne, un quart vous trahit. Vos gardes... » Je les paie bien. « Dieu merci. » Donc ils l'ont vu. « Non. » A-t-il le don de passer par les murailles? « Non, don René, mais par les cheminées. » Je baissai la garde, lâchai le bras, le priai de s'asseoir. Avait-il faim, soif? J'indiquai où l'on trouverait des fruits et un flacon entamé. « Et un reste de poulet. » La voix était plus guillerette.

Je touchai le cachet de cire, trop lisse. Mes doigts n'y rencontraient pas la moindre armoirie. Connaissait-il l'expéditeur? « Non. » Le contenu? « Non. » Attendait-on une réponse? « Oui, monseigneur. » Qu'il devait rapporter à l'expéditeur. « A un mousquetaire français, neveu de M. Le Tellier, qui attendra mon retour, chaque soir à dix heures, en un lieu fort précis. » Que je dois ignorer. « Que tous doivent ignorer, sauf les deux parties du rendez-vous. » Vieux protocole de Mazarin, mais l'Italien est mort. Qui était donc son héritier? Je restai à tripoter le vélin. Aucun parfum. Petit sursaut de mémoire jusqu'à la jeunesse de la reine Anne. Ses messages à Buckingham, ou bien un pli remis, il y a si longtemps à Mme de Chevreuse, puis à moi, puis à un hidalgo puis à une main blanche comme lune. Nous approchions du nœud de l'intrigue : comment lire ce que l' « On » m'adressait? Le messager avait-il le droit de connaître le message. « Pas sous peine de mort. » Je retâtais le papier. La pliure en biseau! Comme il y a un demi-siècle! La lettre était pour Aramis; on lui demandait de reprendre du service. On faisait toute confiance à ma mémoire, ce qui était flatteur. La pliure en biseau est un code. Était, devrais-je dire. Impossible d'ouvrir le poulet et de le refermer en remettant les plis à leur place exacte si le porteur a succombé à la curiosité. Le messager qui se reversait du vin (tintement d'un gobelet) était resté discret, la sensibilité de mes doigts l'innocentait. En ai-je porté de ces lettres « biseautées » comme des cartes de tricheurs!

Pour Mme de Chevreuse, pour la reine Anne, puis pour les frondeurs. C'était bien à Aramis qu'on s'adressait, pas à « monseigneur ». Et on avait dépêché d'abord un mousquetaire. Ce mousquetaire était parent de M. Le Tellier de Louvois, lui-même de la parentèle de Colbert dont la fille portait aujourd'hui le titre de duchesse de Chevreuse. Le nom seul importait et non point la personne. Un mousquetaire portant un pli d'une Chevreuse, « On » s'amusait à brosser mon portrait de jeunesse. Je devais ouvrir la lettre, et la lire par les yeux de mon scribe préféré.

La lettre était lourde. Trop. Je fouillais ma mémoire. Je frôlais une nouvelle fois le cachet. Large, épais, signe de danger. Avait-« On » fait confiance à mon doigté ou voulait-on me piéger? « Peine de mort », avait dit le visiteur. Sanction de toute curiosité. Ou bien la réponse devait-elle être la simple annonce de mon décès? Un cachet à l'italienne. Une ampoule de poison volatil enfouie sous la cire. Une bouffée, un cadavre. Je ne pus m'empêcher de rire. Cela n'était plus d'époque! L'expéditeur pariait sur ma méfiance, ma mémoire et mon grand âge. Si j'oubliais cette méfiance-là, tant pis pour moi, je signais mon inutilité. Cette lettre avait-elle voyagé en un quelconque étui? « Dans un coffret de bois doublé de velours. » Pour éviter toute mortelle anicroche due à un heurt. Pouvais-je toucher le coffret? Le messager fourragea dans son manteau et posa avec précaution quelque chose devant moi. Voilà donc le vrai message. « On » n'ignorait pas ma cécité. La lettre était un leurre et un avertissement. On n'y avait rien écrit. Ses plis, son cachet étaient le mode d'emploi. Depuis Gondi et la Fronde, je n'avais rien rencontré d'aussi compliqué. « On » risquait le paroli sur mes réflexes d'intrigant. Un bois doux et lisse pour le couvercle, l'intérieur était tapissé d'un molleton de velours. Je le frôlais le plus légèrement possible. De l'avantage d'avoir caressé la peau des femmes. Pensée de colère : ce piège aurait pu tuer ma filleule, la préférée. Notre minuscule fâcherie l'avait sauvée. « On » avait pris beaucoup de risques. Mais qu'était le message ? Et où se dissimulait-il ? Le velours n'était que du velours. A vouloir revivre ma jeunesse parce qu'on me visitait en secret, que j'étais amoureux d'une jeune beauté, mon esprit bouleversé ne battait-il pas la campagne ? Don X ne mangeait plus, ne buvait plus. Exécutait-il l'ordre d'assister à ma découverte du message ? « Oui. » Avec un rapport circonstancié si l'aventure tournait mal ? « Oui. » Je ne rêvais donc pas.

Le coffret me livra son secret gravé dans le bois, sous le velours. Le fond se détachait grâce à deux boutons qui en assuraient l'aspect matelassé. Mon doigt reconnut le dessin en suivant les aspérités : deux L dos à dos et entrelacés : Louis. On me parlait au nom du roi de France. C II, couronne royale, croix chrétienne. Charles II, roi (d'Espagne), mort. Le jeune souverain était fragile mais vivant, que me chantait donc ce rébus ? Nouvelle couronne fleurdelisée et surmontée d'une sorte de poisson. Un dauphin ! Combinaison possible : le roi d'Espagne mort, la couronne doit revenir à un Dauphin (ou prince) de France. Des lettres suivaient. Mon doigt les déchiffra une à une : A.M.D.G. « Ad Majorem Dei Gloriam ». La devise de la Compagnie. Un jésuite donnait son accord ou ordonnait. Je songeais au vieux père La Chaise. Nous nous étions fréquentés. Puis trois lettres encore : I.E.I. Acronyme des dernières recommandations du fondateur, le pèlerin, Ignace de Loyola : Ite et Inflammate. « Allez et incendiez ! » La ligne était terminée. En dessous un simple R. Suivi d'un 2 mal formé. Je touchai ce chiffre. Je compris. Le faux 2 était un point d'interrogation. On attendait ma réponse. Je pris mon coupe-papier et griffai dans le bois tendre : P.A.C. « Perinde ac cadaver ». Principe d'obéissance ultime, mon acceptation. Je remis le velours en place. Rendis la boîte mais gardai la lettre et l'enfermai dans un tiroir secret. Peut-être un jour servirait-elle, la vieille « mazarinade ». Qui avait signé cet ordre ?

Quelque chose me manquait bien plus qu'un nom. Une personne. Disparue depuis des heures pour des raisons d'habits et non revenue alors que je viens de narrer péniblement cette étrange entrevue sur mes feuilles pointillées. Boudez encore quelques minutes, madame de N*. Le temps que je prenne ma décision : dois-je vous cacher cette visite ou vous la conter ? Néanmoins, dès notre prochaine rencontre, je vous avouerai que, bientôt, nous paraîtrons à la cour d'Espagne. Vous y serez présentée dans le plus grand apparat.

N'est-ce pas une nouvelle qui voudrait que l'on ne boudât plus? « Qui boude? » Il est dit qu'aujourd'hui, je n'entends personne entrer chez moi. « Puis-je lire? »

Vous m'avez menti, vous n'êtes pas en fille. « J'ai préféré rester garçon. Votre visiteur m'a donné du " caballero " quand je l'ai croisé. » Vous l'avez croisé? « Oui, quand il a tenté de se dissimuler derrière la statue d'Hercule qui orne votre corridor. Je l'ai salué comme si de rien n'était. J'ai pensé à quelque rendez-vous politique. Je n'avais guère tort. J'ai jugé plus prudent de garder le pourpoint puisque toute l'engeance ici est mâle. Votre visiteur si discret eût pu se formaliser de rencontrer une femelle. » Vous avez vraiment peur. Nous partirons pour Madrid. Vous n'y risquerez rien. « Mais vous, vous riquerez tout. Vous allez intriguer. » Fronder un peu, ou faire de la diplomatie. « J'adore votre esprit. Je veux bien reprendre la plume. Retrouvons l'hidalgo et la main blanche et finissons-en. » En finir? Mais, belle vicomtesse, vous le constatez, ma première intrigue en simple pion de jeu de dames n'est pas finie. Un demi-siècle après, elle me poursuit et je reprends du service. « On applaudira bien fort l'inusable Aramis. »

C'est donc vers Avignon que roulait le carrosse escorté de sa douzaine de spadassins armés. Ce surarmement me servait en m'indiquant la position du véhicule et de son escorte au simple cliquetis des épées et des mousquets. On m'empruntait guère les voies les plus directes pour atteindre le

Comtat. Remarquable organisation : les étapes étaient prévues hors des postes traditionnelles. Blanche-main et ses sbires relayaient dans les châteaux. Moi, je dormais dans les granges, pour éviter les auberges où rôdait certainement quelque espion venu s'assurer qu'aucun curieux ne s'intéressait à un tel charroi. Dans les villages je me renseignais sur le nom du seigneur, voire des abbés qui donnaient asile aux conspirateurs. J'acquis une belle liste d'adresses utiles en cas de fuite imposée lors d'une prochaine intrigue. J'ignorais que celle-ci durerait jusqu'au bord de la mort, me dénicherait en pleine décrépitude, aveugle et qui plus est amoureux fou.

« Amoureux fou ? De qui ? De moi ? J'ai le sentiment d'être rayée du canevas de votre comédie, de votre passé dans lequel vous galopez tant à l'aise. » Cette humeur est nouvelle. « En effet, mais elle est vraie. »

Nous avons été interrompus par un de mes espions. Le poursuivant de Mme de N* traverse la Biscaye. Toujours de noir vêtu, il brûle les étapes. Il piétinera le pavé de ma cour avant deux jours. Je sentais, sous mes semelles, vibrer le parquet et le parquet disait à la plante de mes pieds que ma filleule maîtresse tremblait. Ce n'était pas un bon jour pour dicter et nous frôlions la querelle à chaque mot car elle avait peur. N'en concluons pas que Louise Charlotte de N* soit du genre craintif, c'est un bel exemple de courage et de vérité. Il m'incombe simplement de la protéger et de lui rendre une confiance évaporée. Son affection pour moi et je n'ose dire son amour qui me semble plus de tête que de passion, gîte encore dans son corps délicieux, mais des sédiments se sont amoncelés et l'ennui a mué ces couches tendres en une impénétrable argile. A moi de creuser et de trouver les mots qui l'aideront à briser sa gangue.

Voilà une conjonction de soucis. D'abord m'acheminer vers la cour où un enfant règne ou croit régner sur les Espagnes quand toute l'Europe attend son trépas. Sa succession tient déjà du jeu de pharaon. Un parti parie sur un archiduc, un fils de l'Empereur, un autre sur un petit-fils du roi de France, le duc d'Anjou. Et on me mandate, moi, le frondeur, l'exilé, le jésuite, pour préparer ce dernier couronnement. Les guerres n'ont pas hâte de cesser entre les versants des Pyrénées, mais on oublie, à Paris, à Fontainebleau, à Marly, ou à Rome, qu'il n'est plus désormais de d'Artagnan pour réduire les places fortes et morigéner les têtes couronnées. La fidélité impliquerait que je tinsse à la fois le rôle de mon défunt ami et celui d'Aramis. Être d'Artagnan, Aramis et Grand d'Espagne tout à la fois, ne sera guère aisé. Et me déchire. Le vieux corps suivra-t-il un cerveau qui se doit de recouvrer sa vivacité d'il y a mille ans? Si seulement, on se décidait à me parler. Car une autre tâche me touche de plus près et galope dans l'urgence. Un cavalier porteur d'un secret, d'une revanche, d'une colère, peut-être d'une vengeance. Et, près de moi, une alliée muette et secrète. Une alliée? Et si elle hésitait encore entre cet inconnu et le vieux duc d'Alameda. « Vous marmonnez, monseigneur, quand vous écrivez seul. » Je suis vieux, même quand je me choisis jeune. Les pauvres pages actuelles sont à l'image de mon esprit : j'hésite. J'hésite entre la narration de la poursuite de la main blanche au carrosse, la dissertation sur la situation actuelle de l'Espagne ruinée par la trop grande abondance d'or et d'argent venue des Amériques et enfin la révélation du secret qui vous apeure. Vous êtes un merveilleux désordre.

« On se croirait, mon parrain, au nœud de ces tragédies modernes qu'on donne à l'hôtel de Bourgogne. La règle exige qu'on y laisse agir la raison de la langue française et la violence du Destin en un seul lieu, en un seul temps. Mais avec une triple action tissée en écheveau sur tant d'années, vous êtes loin des canons à la mode. » C'est que nous sommes en Espagne, où le soleil tape trop fort et où la rigueur n'est réservée qu'à l'étiquette d'une cour amidonnée. « Faites votre choix ; il vous faut décider. Je propose des journées ordonnées et des nuits de désordre. » On dirait que l'humeur s'est retissée de velours. « Parce que, moi, j'ai choisi. Encore une qualité que je partage avec Marie de Chevreuse, n'est-ce pas? Votre esprit me flatte à toujours me comparer à votre belle duchesse, qui, je l'avoue, me plaît plutôt, mais le mien s'insurge de n'exister qu'en fonction d'un souvenir, si soyeux soit-il. Mon mouvement d'humeur n'est, à un demi-siècle d'écart, qu'une rivalité de libertines. Allons et dites un peu à quelle autre de vos catins titrées appartenait la si célèbre, si fameuse, si rabâchée, si inévitable blanche main? »

Je surpris la propriétaire des doigts d'albâtre lors d'une halte imprévue. Dans la vallée de la Dore, en monts d'Auvergne. Le paysage est sauvage dans ces régions, refuges de faux sauniers, de brigands, bientôt de protestants réfractaires. Les routes étaient mal entretenues, les auberges rares, les villages escarpés. Les paysans à demi bêtes se dissimulaient au bruit de nos galops et au brinquebalement des armes. Soudain, je n'entendis plus rien. Puis me parvinrent des éclats de voix. Je mis mon cheval au pas. Une ornière, un roc affleurant en ce pays de laves, de granite et de volcans morts avait froissé une roue et tordu un essieu. J'avais quitté le chemin pour les collines environnantes, restes usés de montagne. Pied à terre, mon cheval occupé à brouter derrière un bouquet d'arbres, j'observais la scène. Du carrosse sortit la dame qui ne craignait plus qu'on la découvrît dans ce désert. Je la reconnus : Mme du Vernet, une des favorites « en second » de la reine avec Mme de Guéménée, inscrites au rôle de son cœur juste après Marie de Chevreuse. On aurait juré, si elle n'avait porté sa robe de voyage, qu'elle sortait de son carrosse comme du lit. Une longue natte blonde pendait dans son dos à hauteur de ses reins. On la disait férue de latin et on contait qu'elle traduisait parfois, à la lecture de la Reine, certains vers de l'*Art d'aimer* d'Ovide, en cachette car le Roi ne les eût point tolérés. Si nous allions en Avignon, près des légats de Sa Sainteté, une latiniste, même profane, aurait son utilité.

Les valets, le cocher et trois hommes de l'escorte s'activaient autour de la roue déjantée. Je prédis une bonne heure de labeur. Le temps pour moi d'aviser une conduite. Je risquais d'être repéré bien avant Avignon. Ainsi à La Chapelle-d'Anguillon, surpris par la brièveté de l'étape, j'avais dû traverser le village dans un furieux galop, comme un courrier, afin qu'on ne puisse, dans la poussière soulevée par mon cheval, et sous mes vêtements couleur de feuilles mortes, reconnaître un mousquetaire. Maintenant, il me fallait oser. Si j'apparaissais comme par hasard près de son équipage, Mme du Vernet, me sachant serviteur de la Reine et ami de la duchesse de Chevreuse, se contraindrait à un bon accueil. A moins qu'elle ne me fît assassiner. Le risque était faible. Je tirai mon cheval par la bride au mépris de son repas, et nous descendîmes du talus. Bien cachés car, Dieu merci, la route n'était que méandres et virolets. Je remontai en selle, pris le pas, puis le trot, puis de nouveau le pas. Ayant mangé je ne sais quelle herbe, ma monture avait à la bouche une curieuse bave vert pâle, qui passerait pour l'effet d'un long galop, dont son cavalier le reposait. Je fis un signe de croix avant la dernière courbe du chemin. Encore quelques enjambées et les gardes de Mme du Vernet me découvriraient.

Ils me découvrirent dans l'immédiat. Je me retrouvai au centre d'un cercle de six cavaliers noirs, dont l'un saisit les rênes de ma monture, un autre me tenait dans la ligne de son pistolet et les autres dégainaient l'épée. On exigea mon nom, « de par la Reine ». Je donnai du chevalier d'Herblay. On me mena vers le carrosse où Mme du Vernet s'était réfugiée. Un de mes gardiens chuchota par la portière, alors que les autres me maintenaient à distance. Sur un signe de l'informateur on me poussa jusqu'au carrosse, dont la roue avait presque retrouvé son état premier. Une voix sortit de la voiture : « On me dit que vous êtes le chevalier d'Herblay. » Je confirmai. « N'est-ce pas le nom d'un mousquetaire du Roi qui sert sous un sobriquet ? » Aramis, madame. « Ces deux noms appartiennent à ce que certaines de mes amies nomment également leur ami. » Je saluai chapeau bas à balayer toute l'Auvergne. « Et où allez-vous, monsieur ? Auriez-vous abandonné la casaque ? » J'avais congé de mon capitaine, ce qui était vrai, pour visiter un mien oncle cardinal, ce qui pouvait ne pas être faux, qui résidait en Avignon, affaire vérifiée, et qu'on m'avait dit malade, mensonge parfait. « Curieuse route pour se rendre de Paris au Comtat. » J'avais dû opérer un détour, pour le service de la reine Anne. On ne m'étriperait pas car sonna un léger rire derrière les mantelets.

Alors que j'étais entouré de sbires dans un lieu assez peu fréquenté pour qu'on m'y égorgeât à l'insu du monde, une pensée folle mais vraie me chuchota que depuis mon enrôlement dans les mousquetaires, je soutenais plus de duels dialectiques avec de jolies femmes que l'épée à la main contre des ennemis. A quelques charges et autres broutilles près, le service, de militaire, devenait galant. Au moins ce changement d'affectation éloignait-il l'ennui, lieutenant-général de toutes les garnisons.

Courtisan et courtisanes

Ce que le monde juge babiole est vrai labeur : devenir courtisan n'est pas un mince emploi. On galvaude ses heures, on mange ses biens. On peut perdre la vie ou la liberté, son synonyme chez les âmes bien nées. J'étais donc courtisan. De la dernière branche : coursier, messager, espion, valet d'intrigue. « Bah, je fus bien une courtisane, et le mot, au féminin, implique plus de vices qu'au masculin. » Mais non, vous êtes libertine, emploi tout philosophique. « Aviez-vous ce sourire devant la du Vernet ? » En moins ébréché. « Il est ravissant. Et dut chavirer la blonde nattée qui vous pria de partager son carrosse. » Vous m'attribuez trop de dorures. « Mon parrain, je n'ignore point combien vous aimez les femmes. » Je n'en aime qu'une qui reste, elle, fort discrète sur ses propres conquêtes tout en m'ordonnant de conter et décompter les miennes. « Je cède, je séduis mais ne conquiers pas. Je n'ai aimé qu'un homme dans ma vie. Un autre m'a plu. Et vous, maintenant. » Le voyage à la cour de Madrid changera peut-être ces humeurs sombres. Quoique j'en doute. Le jeune roi est entouré d'une meute de Grands avides de devenir « validos », favoris, la plus haute caste de la courtisanerie, et d'épuiser les caisses de l'État. Mais ma filleule y resplendira et transformera la meute en portée de caniches.

« Je n'irai pas à Madrid. Je n'irai pas à la cour. » Pourquoi ? « On jurerait que vous avez oublié ce qu'est la vie. » Je suis ermite. « Vraiment ? Grand d'Espagne, ambassadeur, espion de la monarchie française et je le soupçonne de Sa Sainteté, maître occulte de la Compagnie de Jésus, libertin, oui, vous êtes un libertin, amoureux un peu, surtout flatté par la jeunesse de votre maîtresse. » Et ? La péroraison ne se termine pas là. « Non. » Alors installons-nous mieux, s'il vous plaît, et que je prenne une plume neuve, je vais avoir à noter et à ne pas oublier.

« Parfois, vous êtes un enfant et je m'étonne de vous trouver si haut en richesse et pouvoir. A l'heure actuelle, où vous êtes si fier de reprendre un service d'intrigant auprès du roi le plus puissant d'Europe, que croyez-vous que l'on pense de vous ? Vos gens vous jugent dépravé, digne du bûcher. Dans les chancelleries, on compulse les archives, les dossiers où votre nom apparaît. On vous sait vieux et aveugle, certes. Riche, soi-disant retiré, occupé à écrire en latin, en français ou en espagnol, quelque court traité sur un point de saint Augustin. Pour le délassement. Mais on s'interroge sur le partage de votre solitude avec une jeune catin. On doutera d'abord qu'elle soit votre filleule puis la parenté s'avérera. On n'en criera que mieux au scandale : de plus, vous la vêtez en garçon. Quelle aubaine pour les auteurs de mauvaises chansons ! On se renseignera plus avant sur celle qui partage vos fantaisies : une provinciale d'antique noblesse mais de médiocre fortune. Les idées communes fleuriront : la donzelle clôt une bonne affaire en se glissant dans le lit du barbon. Vous oubliez comme les cours sont vulgaires. On déliera les langues, on commentera, on racontera, on inventera ceux à qui elle aura, naguère, accordé ses faveurs. On les trouvera. Voilà, à leurs yeux, toute notre union. De notre attachement, ils ne veulent rien connaître, il les choquerait par sa force, sa vérité. Ils sont mesquins. Ils sont sales. Seuls nos rapports de lit amuseront par leur violence, leur désordre et notre plaisir. Vous les croyez secrets mais, ici, on ne cesse de nous épier. De dénombrer nos soupirs ou nos cris. On lorgne nos ébats, nos moments intimes comme on nous écoute quand vous dictez et vous savez combien cette douce activité d'écrire à plusieurs mains est aimablement branlatoire. Ne vous récriez point. A Madrid, on attend un vieux duc et sa putain de Paris. » Encore ce vilain mot ! « Tu l'aimes dans ma bouche, quand ma bouche s'exécute à l'illustrer. Moi, c'est son sens qui me plaît. Ne nous mentons pas, nous nous connaissons trop. Que nous disons-nous, à mi-voix, au plus fort de nos étreintes ? Troubles désirs et brûlantes vérités. Voilà, monseigneur, quelle sera notre vie à Madrid. » Vous venez d'avouer, madame, que cette vie vous plairait.

Elle est venue s'asseoir sur mes genoux. Elle ne porte que ses bas. « Vous ne m'avez jamais décrite dans nos mélanges. J'essaie pourtant d'y paraître belle et si vous ne me voyez pas je sais que vous dénichez plus de vérité sur mon corps, ses rougeurs, ses brûlures que n'importe quel amant voyant. Voulez-vous que j'écrive quand vous me besognez? Perdre la moitié de la tête et garder l'autre pour s'observer est d'un charmant intérêt. Décrivez donc, je tiendrai la plume, vous aurez les mains libres. Dictez et ne parlez pas d'amour. Vous aimez trop être amoureux de moi. Ne parlez que de nos immenses envies, nos défis. Êtes-vous devenu muet? A vous, s'il vous plaît. » Je voudrais qu'elle s'ouvre encore, et qu'on la voie dans son beau métier. « Et quand on m'aura vue? » N'aura-t-elle pas quelque autre envie? « Certainement, mon amour. » Je croyais le mot interdit. « C'est que vous me pénétrez et cela m'émeut. Mais qui d'autre me baisera encore? » Qui elle voudra. « Non, dites-le-moi. » Le messager, peut-être, il semble qu'il plaisait. « Il me croit garçon, la vérité nécessiterait qu'il me sût fille. » J'adore son rire. On le rattrapera. « Ai-je l'air assez en train? » Je le jurerais. « Sonnez vite, qu'il me voie en l'état. » L'état permet-il qu'elle écrive encore? « Oui, tout, tout. » Que veut dire tout? « Comment tu me prends en ce moment, ce que nous disons de nos vices et de nos délices ».

Écrirait-elle la suite de mes aventures sur la route d'Avignon? Nous y avons abandonné Mme du Vernet. Elle et son message espagnol, elle et ma première mission d'espion. « Elle et sa longue natte, elle et ses seins blancs ; vos deux intimités dans ce carrosse, assis à vous frôler, vous toucher. Avoir envie l'un de l'autre. Vous vous désiriez n'est-ce pas ? »

Elle offrait de beaux seins que caressait sa natte dénouée. Une bouche petite mais charnue, un cou long, des épaules rondes, des yeux étirés et rieurs. Des pieds menus. « Vous la prenez à travers moi. » Je l'amusais. Avait-elle deviné mon stratagème ? J'étais niais malgré mes allures de spadassin. Les femmes m'ont toujours intimidé. « Et si nous parlions de cet oncle que vous allez visiter avec tant de détours », me dit-elle. Elle ne me croyait pas, la belle Mme du Vernet, puisque je lui assenais la vérité. Je compris qu'elle pensait que je la poursuivais. Échauffement de jeune homme intrigant, énamouré, un peu au fait de minuscules secrets, soupçonné d'être un amant de Chevreuse, et donc du parti de la Reine, troublé par les belles dames dont celle-ci s'entourait. Dans son esprit je la poursuivais pour la séduire et non connaître le contenu de certaine lettre curieusement pliée. Jouait-elle les coquettes ? Elle attendait que je remplisse mon emploi de galant. Ma prudence tenait de l'hésitation : j'étais en sueur, état que je hais. Des rigoles dévalaient ma poitrine sous le justaucorps. Le soleil tapait sur les mantelets de cuir qui interdisaient la fraîcheur du vent et le carrosse était un four. La suivante s'éventait machinalement dans un demi-sommeil à peine feint et je remarquai une rosée sur le front et le cou de Mme du Vernet. Je regrettai le grand air et mon cheval, au moins dans le galop est-il toujours un souffle qui assèche. Ici, je cuisais dans mon jus. Ce qui pue.

On avait dressé à madame un portrait parlé de mon oncle le vice-légat, mes précisions lui firent pointer une ravissante oreille. J'avançais avec méthode, persuadé que trop de détails dénonceraient une leçon apprise par cœur et, partant, ma fausseté. Pourquoi les femmes trouvent-elles les menteurs séduisants? J'étais fort capable de mentir, plus par goût de l'invention que par celui de la tromperie; mais là, à peine exagérais-je, plus par affection pour mon oncle que par volonté d'embellir.

Mme du Vernet était une sotte. Tout juste capable de porter un pli d'un point à un autre. Cela aussi avait été ma mission mais je n'étais pas escorté de douze sicaires, on m'accordait au moins une confiance. Je me déclarai supérieur à la belle dame et ses sbires. Sentiment à camoufler à tout prix. Quel jeu restait-il? Le soupirant timide? A vomir! Mais comment connaître le contenu de la lettre à pli biseauté? Devais-je séduire? J'ignorais comment on séduisait. Mes bonnes fortunes m'avaient choisi, vous l'avez trompeté. On en découvre des choses dans un carrosse surchauffé. J'optai pour un comportement de banal courtisan et utilisai mes rudiments trop vite appris.

D'un léger mouchoir, Mme du Vernet se tamponnait le cou et la gorge. Vague parfum d'herbes sèches. On me parla, je répondis à peine. La bouderie est séductrice. Elle exaspère mais interroge. Avais-je assez remercié qu'on m'offrît place dans un carrosse? On me dit qu'il s'agissait d'égoïste agrément. J'étais de bonne compagnie selon une amie chère de la Reine. Je me masquai en modeste et rougissant. Toutes les dames auraient aimé m'avoir pour garde du corps. Le corps près de moi méritait mieux que mon escorte. On daigna sourire encore. Je m'ennuyais ferme. La suivante laissa échapper un ronflement. Je promis pour l'étape de dormir en travers de la porte de madame, comme je l'avais vu faire à plus noble que moi, au bivouac, en travers de la portière de la tente du Roi. On s'en déclara flattée. Je papillonnais et n'entreprenais point. Cessez de glousser. Dans ce carrosse balourd, j'espérais l'étape, pour être enfin débarrassé de l'obligation de madrigaliser.

L'étape eut lieu, chez M. du Hallier, maréchal de L'Hospital. Mme du Hallier relevait de couches. Elle avait une petite fille de trois mois, qu'on appellera plus tard Mlle de Romorantin. Mme du Hallier était ainsi constituée qu'elle aura huit enfants et tous de pères différents. Elle ne connut le bonheur d'être mère que dans l'adultère. Le bambin, Mlle de Romorantin, lui venait du cardinal de Lorraine. Forte d'avoir donné naissance à une fille de sang princier, Mme du Hallier recevait en altesse. La qualité de ses amants déteignait sur elle. Aussi la table fut-elle bonne, le couchage délicieux. La chambre qu'on m'attribua donnait plein sud et se trouvait dans l'aile opposée à celle de Mme du Vernet. Situation que je jugeai reposante. Le loisir de réfléchir à l'aventure et à la conduite à tenir m'endormit en moins d'une demi-heure.

Je fus réveillé par un bal de fantômes. Le bruit ne fut pas grand, mais l'inquiétude suscitée par les mensonges débités gardait une part de mon esprit aux aguets. Et puis le parquet avait grincé sous ses épais tapis de laine. Pourtant les pas se faisaient menus. Menus mais nombreux. On marchait dans ma chambre à la lumière de deux flambeaux. Si je ne crois pas aux fantômes, je les crains. Ces esprits s'affichaient peu terrifiants : cinq jeunes femmes avançaient vers moi en portant des plateaux d'argent. Jeunes, bien faites, dans les transparences des tenues de nuit. On disposa les plats sur mon lit. Des blancs de volaille, du faisan, un bas-rond de gibier, car la Sologne était proche, un plat de fruits et des carafes de vin dont les gemmes allaient du rubis au topaze. Alors, la reine de cette douce horde de revenants daigna entrer. La maréchale de L'Hospital m'offrait un médianoche.

Mme du Hallier savait qu'une princesse n'est jamais nue même vêtue de sa seule dignité. Elle portait une chemise et un surtout léger. Elle avait tiré une longue natte d'un châtain profond, imitant Mme du Vernet qu'elle imaginait du dernier bien avec le modeste chevalier. Je n'avais pourtant rien laissé entendre de semblable. Elle s'installa près de moi et les accortes fantômes nous servirent. Elle leur distribua des douceurs et, « pour ne pas les gêner », elle ordonna qu'on tirât les courtines du lit qui nous devint une agréable tente de bivouac.

Mme du Hallier aimait les enfants. Fort satisfaite de son premier essai, sa toute minuscule fille était en effet ravissante, elle avait décidé d'en avoir un autre avec un sang plus jeune que celui de Mgr de Lorraine. J'étais ignorant en mécanisme féminin et croyais qu'au retour des couches, une femme est bréhaigne pour longtemps. Je servis le plus copieusement et le plus chaleureusement mon hôtesse, tout heureux de jouer cette nique à la du Vernet. A l'aube, ma chambrette ressemblait à un harem peuplé de servantes assoupies et de maîtresse languide, abandonnée autour d'un jeune sultan. Mme du Hallier, dès le soleil pointé, me réclama encore un peu de vigueur et sut m'en redonner. J'entendis des ris, des soupirs, on me dit que c'étaient nos servantes qui jouaient entre elles comme nonnettes. Et de son pied nu, ma maîtresse écarta les rideaux de notre tente légère pour que nous bénéficiions de leur vue. « Décrirez-vous les charmantes tribades ? » Non, ma douce amie. « Mais le souvenir de cette nuit vous rend vigoureux ce matin. Que ne me faites-vous à moi aussi un enfant ! » Je n'en fis pas à Mme du Hallier. Elle frappa dans ses mains et les servantes se levèrent des tapis et coussins. Elle désirait voir sa fille. Mme du Hallier en était folle. Et me chuchota qu'elle souhaitait offrir à sa « princesse » un frère « mousquetaire » dans les neuf mois. Elle rêvait d'un monde d'enfants rois nés du plaisir d'amour et non des contraintes conjugales. On lui apporta sa merveille qu'elle débarrassa de ses affûtiaux, qu'elle lava, baisa, en chantonnant et coucha entre nous pour lui enseigner « la douceur des peaux ». Mlle de Romorantin ronronnait. Elle me sourit alors que je lui baisais le bout du nez. Je fondis. Mme du Hallier embrassa un homme à qui souriaient les bébés. Les suivantes avaient applaudi l'exploit. Mlle de Romorantin rit trois fois pendant que nous la bichonnions.

Au soleil levé, Mme du Hallier décida qu'il était temps d'écouter la messe et de demander à Dieu Sa Grâce pour nos péchés. Elle s'absolvait de celui de la chair puisqu'elle le commettait dans le but d'engendrer des chrétiens pour chanter Sa Gloire. Mademoiselle fut confiée à une suivante. Savez-vous que, quand elle atteindra ses seize ans, le comte de Bussy sera fort amoureux d'elle? « Roger de Bussy-Rabutin? » Celui-là. Pourquoi riez-vous? « Il fut de mes amants. » Je comprends qu'on l'ait élu académicien. « J'adore quand nos péchés cousinent, mon parrain. » Galopons vers Avignon.

La messe fut dite dans la chapelle attenante à ma chambre, comme si l'urgence de la confession ne permettait pas d'attendre le franchissement d'un couloir. La maréchale de L'Hospital quittait le lit de son amant pour le prie-Dieu.

Dans le monde d'espionnage de Mme du Vernet, il n'était guère de secret. L'aventure du médianoche fut éventée avant la fin de l'office. Et l'on était parti quand je demandai après la comtesse. Ne restait qu'un mot à peine griffonné : « Adieu monsieur l'homme sans foi. » Mme du Hallier me pria de rester une journée de plus, puisque, en cavalier, j'irais plus vite et rattraperais l'escorte. Je comptais bien échapper à ladite escorte, l'éviter en prenant une autre route car je me doutais que les spadassins de la du Vernet ne me feraient pas le même accueil que la veille. J'eus raison. La suite le montrera en Avignon.

J'y arriverai douze heures avant Mme du Vernet bien que, après hésitations, mais mené par la faiblesse de mes reins, je me fusse encore attardé un jour et une nuit auprès de Mme du Hallier, de sieste en dîner, de dîner en souper, de souper en médianoche, de médianoche en messe de pécheresse. Elle m'en remercia par un flot de lettres de recommandation pour une foule de seigneurs dont les châteaux me fourniraient autant d'étapes. Je me mis en selle. Je partis sans me retourner.

Je sais, je sais depuis longtemps mais à l'époque, cela m'échappait comme bien d'autres choses, je sais que dès ce jour, dans le galop vers Avignon et mon oncle, se préfigura le grand tournant de ma vie. On imagine que le cavalier ne pense pas. Que ses seules préoccupations le portent vers son assiette, l'allure de sa monture et son but. Rien ne rêvasse ou ne philosophe plus qu'un cavalier. Son corps lié à son cheval devient vite une mécanique qu'il ne surveille plus. La chair de l'homme et de l'animal savent quand il faut abandonner le grand train et se mettre au pas, reprendre le trot, se ruer au galop, s'attarder à un nouveau repos. Le cerveau, lui, s'occupe ailleurs.

Et mon cerveau brodait des dentelles plus compliquées que le point de Bruges du col de M. de Tréville, qui les étalait à foison d'un air satisfait. Souvent mon écheveau s'emmêlait, mais il restait toujours un fil à tirer. Le souvenir des deux dernières journées m'interloquait. Souvenir ou fantasmagorie? Mon oncle m'avait gavé de latin, de grec, voire de rudiments d'hébreu. Toutes ces écritures composaient une étrange mythologie. N'avais-je pas participé à un rite païen, malgré la prière dans la chapelle au matin? Mme du Hallier ne jouait-elle pas une Cérès moderne? Ne s'était-elle pas servie de moi comme d'officiant pour un culte de fécondité en désirant si fort et de manière si douce et si violente que je lui ensemençasse le ventre? N'aurait-elle été qu'un fantôme né de mon désir ignoré de la du Vernet? Mais un fantôme se rend-il à confesse? Offre-t-il une chair si chaude, octroie-t-il des plaisirs d'une telle solidité? Non, quoi que j'aie pu en penser lors de l'arrivée des suivantes en chemise portant les plateaux du médianoche, je n'avais pas eu affaire à des esprits malins. Toutes étaient de belle et ferme chair et Mme du Hallier la première. Mais sous le sourire, la natte, l'abandon et l'offrande, le partage des jeux du marmot qu'elle prenait joie à allaiter, comme une paysanne, Mme du Hallier me sembla un peu sorcière. Certes sous le vocable – souvenir délectable et cruel – de sorcellerie, on engouffrait ce que les mœurs, l'Église et le commun ne comprenaient guère. Mon oncle préconisait que certains savants, et cela arrivera à MM. Galilée et Gassendi, auraient des comptes à rendre de leurs découvertes dues à la seule intelligence et non à un pacte avec Satan. Et quand je récitais mon grec, souvent il m'interrompait pour me montrer tel trait de sagesse des temps païens. Il donnait en exemple une secte chrétienne dont le nom m'échappe et qui rangeait Platon parmi les saints. Alors Mme du Hallier était platonicienne, païenne et chrétienne, sainte charnelle vouée à la fécondité désirée quand tant de femmes et de la plus haute noblesse fréquentaient de puantes officines et avalaient des horreurs afin de l'éviter. Et Marie l'Égyptienne, la plus sainte des saintes au désert, n'avait-elle pas été putain à Alexandrie?

L'Égyptienne. Ne l'avais-je pas surnommée ainsi, ma sorcière, ma sauvageonne au teint mat, ma jument des ébats? N'étais-je pas en train de galoper comme au temps de ma folie à travers les halliers? Le nom même de la maréchale de L'Hospital. Ne courais-je pas me réfugier chez l'homme qui fut mon second père? Pour tout lui avouer et pour qu'il m'explique tout. N'étais-je pas espion, comme dans ma prime enfance quand je rôdais au manoir, écoutant, lorgnant la cour de ma mère, comme je fais de celle de la Reine. La du Vernet ne me haïssait-elle pas comme ma génitrice m'avait détesté? Au galop vers Avignon, mon enfance me retombait sur le dos. La vie me parut un cercle d'événements revenant à date fixe avec de modestes variantes à digérer. Il est curieux de constater qu'aujourd'hui, ma filleule, alors que j'ensemence peut-être votre ventre puisque je m'y déverse, un nouveau retour se déploie. « Arrêtons. Reposons sur le lit. Vous m'avez inondée et moi, j'ai trop joui. » Vous flattez. « Dans ce domaine, jamais. Mais quel dommage que vous n'ayez pas appelé. » Nos fantômes nous ont servi de figurants.

Monsignor Giulio Mazarini

« Vous avez une mise de luthérien et une mine de débauché. » Le sourire qui fendait le visage rond du petit homme en pourpre et son accolade crissante de moire démentaient la gronderie. « Venez-vous en ambassade? Non, vous seriez en grand appareil. En espion? Vous auriez plus franche allure. Donc mon neveu, dois-je croire que vous me rendez visite par simple affection? A moins que vous n'ayez un service à quémander qui ne souffrirait le truchement d'aucun messager mais nécessiterait le tête-à-tête... » J'avouai qu'il ne me déplairait pas de me confesser. « Tout beau, se confesse-t-on si facilement à Son Excellence éminentissime le vice-légat? Mais il vous est loisible de vous confier à votre oncle. Qu'on vous installe d'abord et qu'on vous vête, vous dînerez au palais ce soir. »

Mon oncle n'habitait pas le palais des Papes mais un hôtel charmant, cachant son immensité derrière une façade simple mais élégante, à deux pas du verger d'Urbain V. Je ne possédais que peu de linge et ma seule casaque dans mon léger portemanteau. Trois heures après un somme réparateur, j'étais craquant de brocart, velours, dentelles et soieries. « Vous voilà convenable. Nous avons deux heures devant nous pour bavarder. D'abord, que pensez-vous d'Avignon ? »

Ville blanche et sale, soleil trop écrasant et cinq putains croisées dès le passage des portes, reconnaissables aux œillades, et aux chaînes d'or de leur cheville droite. « Avignon est une Rome en réduction. Elle ne compte que sept bordels. Avez-vous mon neveu tant de goût pour les catins ? » Seulement si elles portent des armes ducales. « Avignon n'est ni Rome ni Paris, et sent sa campagne. Oh, on y trouve une vingtaine de maîtresses de prélats assez titrées. » » Et les siennes ? « Je suis vraiment chaste, mon neveu. Mais si ces affaires vous taraudent, je vous présenterai à une ou deux marquises qui n'hésiteront guère à cocufier leur monsignore. » La conversation s'engageait. « Est-ce à ce sujet que vous quémandiez une confession ? Un curé suffirait. Si je respecte mon vœu de chasteté, je m'avoue tolérant pour les tentations de la chair. Qu'est-ce donc, mon enfant, qui vous amène à moi ? »

Je contai. Le congé, l' « amitié » de Mme de Chevreuse, la protection de la Reine, son service commandé, l'hidalgo, le pli biseauté – il leva un sourcil – et Mme du Vernet. Mon oncle écoutait en buvant comme un oiseau, par à-coups légers, du vin frais de Bandol allongé d'eau. Il se racla la gorge et me dit : « Je crains que tu n'aies encore quatorze ans, monsieur le mousquetaire amant des duchesses et favori de la Reine. » Je rougis. « J'aurais dû m'occuper de toi. Si je te rachetais à Tréville pour la garde pontificale... » J'ai trop voulu être mousquetaire. « Pour le paraître, friser sa moustache, la tienne n'est guère fournie, mon petit, battre les cartes, lancer les dés, boire des vins d'Anjou et séduire les suivantes d'une reine qui s'ennuie. Joli destin pour un garçon qui a tant étudié. A cette heure, vous devriez être ambassadeur ou commandant des gardes. Vous voilà à peine espion. Et en rupture de service. Désemparé. La vie ne vous a donc rien appris. Ni la mort de cette personne que vous disiez aimer. Allez-y, il n'est pas de honte à souffrir. Mais vous m'excuserez de ne pas trop vous consoler, j'ai quelques soucis de politique. » Dans lesquels entrerait certain pli biseauté? « Exactement mon enfant. Savez-vous que vous appartenez au parti espagnol de la cour. Que ledit parti a son relais en Avignon. Que Sa Sainteté lui fait bonne figure et j'en fais autant malgré que j'en aie. Un jour ce Comtat reviendra à la France. Nous avons eu déjà des échauffourées. On nous piquote à Carpentras, on nous pille à Cavaillon. Des estafettes s'aventurent jusqu'à L'Isle-sur-la-Sorgue. Sous ce roi ou son successeur, on nous envahira, nous assiégera, nous affamera, tout dépendra de qui commandera l'attaque. Luçon ne nous aime guère après nous avoir flattés pour atteindre le pouvoir. Dieu merci la Reine le hait. On le dit empressé quand il la voit et, elle, caustique quand elle lui parle. Un mousquetaire paraît bien frêle entre ces deux volontés. Vous allez reprendre la route et vous assagir. Obéir. Vous battre ou vous ennuyer selon le temps et le service. Je ne vous renvoie pas mon neveu, je vous demande de décamper. Avez-vous besoin d'argent, vous en aurez. Mais d'abord à la messe, c'est l'heure des vêpres. » La messe? je lui contai Mme du Hallier. Il rit. « Une pieuse païenne. J'ignorais cet avatar du libertinage. Les guerres de religion ont éloigné ce pays entier de la foi. Il ne doit y rester de véritablement croyant que Sa Majesté. Comme je suis le seul dans mon enclave. Et nous devons comploter l'un contre l'autre. Dieu se montre taquin avec ses vrais serviteurs. Je vous souhaite un beau bâtard. Je lui trouverai une rente. » On entra, on annonça une messagère de la cour de France. « Voilà votre du Vernet. Passez dans ce cabinet. » J'allai me cacher. L'entrevue traîna une grande heure, je n'en saisis pas un mot. J'avais néanmoins coupé aux vêpres.

« Mon neveu, voilà une femme qui ne vous aime guère. » Simple jalousie de favorite d'une reine qui s'est vu préférer une maréchale de province. « Vulgaire et fat. Mon Dieu, quelle engeance rencontre-t-on aujourd'hui chez les mousquetaires! Mon neveu, vous m'agacez. » L'humeur se couvrait. Elle m'étonna de sa part et m'inquiéta, pour lui : mon excellentissime et éminentissime oncle connaissait donc de si lourds soucis. Il supportait à la fois l'Espagne, le Pape et le Roi de France plus un neveu survenu comme un démon épuisé, qui lui contait ses sornettes d'écolier avec faux fantômes, belles écervelées et rites païens priapiques. Je lui demandai de pardonner mes insolences. « Va, va. Méfie-toi de cette femme, c'est tout. Entre elle et toi, la Reine choisira toujours Mme du Vernet. » L'honneur ou l'habileté exigeaient-ils que je demandasse mon pardon ou une pénitence à la natte blonde frôlant des seins d'albâtre? « Elle vous tuerait. Gamin! Il suffit de vous dire qu'elle vous hait pour que vous la désiriez. » Le prince de l'Église ne connaissait pas que les âmes, il savait aussi sonder les reins.

Je coupais également au dîner au palais. Mon oncle évitait que Mme du Vernet me rencontrât et ne tenait nullement à ce que j'écoutasse la conversation; déduction simple puisque ce renoncement survenait après la lecture du message à pli biseauté. Je dînai seul et bus trop. Le vin et la volonté d'étonner mon oncle me bâtirent un plan fou.

Je quittai l'hôtel par une fenêtre d'angle afin qu'aucun garde ni aucun domestique ne me vît sortir. Je rôdai jusqu'aux escaliers du palais des Papes. M'installai dans une encoignure de l'autre côté de l'esplanade pavée. J'avais repéré l'attelage de la du Vernet : quatre de ses argousins vêtus de noir l'entouraient. L'un d'eux traversa la place vers une taverne. Mon premier mouvement fut de l'occire, de prendre ses vêtements et sa place. Je le suivis. Il commandait des bouteilles de vin sur le compte de Mgr Mazarini, recteur à la vice-légature. C'était donc chez ce monsignor que logeait celle que, maintenant, je désirais. Oui, c'en est ainsi de l'humaine nature. Mais où habitait ce

Mazarini? L'argousin me regarda. Il ne me reconnut pas sous ma riche vêture et mon nouveau chapeau rabattu sur les yeux. J'arborai également une démarche plus hautaine. Je m'installai près de la fenêtre d'où je pouvais surveiller la place. L'argousin repassa devant moi, je le suivis des yeux jusqu'à ce qu'il rejoignît ses compagnons. Ils partagèrent le vin, sans conciliabule aucun. Il n'avait donc pas feint son indifférence. Sinon les sbires se seraient précipités pour m'égorger. Je bus mais guère, car mon état eût été trop dangereux. Je m'enquis avec un fort accent italien du palazzo Mazarini. Il s'élevait près d'une des portes. Je grimaçai intérieurement : donc près d'un poste de garde. Je devais inspecter les lieux. J'achetai une cape pas trop mauvaise chez un fripier.

L'hôtel était modeste mais farouchement gardé. Les spadassins de Mme du Vernet étaient des nains à côté des sbires de Mgr Mazarini : des colosses sans lard, un bataillon de Porthos. Voilà bien l'allié qu'il m'eût fallu. J'étais trop malingre devant ces titans, un fétu. Un fétu entêté. « Ayez la force de l'herbe. » N'était-ce pas un vieux précepte du temps de mes écoles? Eh bien, ma brindille se jouerait de cette compagnie de chênes.

Aucun chagrin, aucun doute ne résistent à une heure de marche. Je repris le chemin du palais, attendant que de ma foulée jaillît l'idée. Elle ne jaillit point. J'examinai, de loin, les carrosses. Celui de la du Vernet m'était familier, ainsi que celui de mon oncle. Je cherchais à deviner celui du Mazarini. Le surdoré ou le très sombre ? J'imaginais l'animal, que je ne connaissais pas, grisonnant, claudiquant. Quelle curieuse tournure d'esprit en faisait donc pour moi un boiteux? J'errai en tout. Brillèrent des flambeaux. Un groupe de gentilshommes se pressait au bas de l'escalier. L'occasion : je me mêlai à ces courtisans, ces quémandeurs de faveurs. Mon oncle passa sans un regard. Suivirent d'autres ensoutanés, puis Mme du Vernet serrée de près par un homme qui paraissait mon âge malgré sa tenue de prélat. C'est vers lui que coururent les solliciteurs. J'en conclus qu'il était le seigneur de la ville, la troupe de paons ayant négligé mon oncle. Ainsi découvris-je le Mazarini. Il proposait sa voiture (la plus sombre, la moins armoriée) à Mme du Vernet qui, mutine, l'invita dans la sienne. Il accepta, toujours entouré de la nuée de mouches en quête d'honneurs, de passe-droits ou de prébendes.

Enfin l'idée surgit. Dans la bousculade, personne ne s'aperçut que je montais dans le carrosse du monsignor. Fouette cocher. J'étais assis sur le sol et non sur les sièges, afin que personne ne m'aperçût de l'extérieur. Si on me trouvait, les colosses de l'escorte me tueraient. En sueur, j'espérais que le dicton disait vrai : la fortune sourit aux audacieux. Elle riait, cette nuit-là, à gorge déployée puisque je pus, dans cet équipage, pénétrer dans l'hôtel si bien gardé. Et maintenant?

Merci mon enfance sans amour et solitaire. Merci ma douzaine d'années à rôder de pièce en pièce sans éveiller le moindre intérêt. Une fenêtre entrouverte, deux couloirs dépeuplés, un coup d'œil de chat-huant pour reconnaître une lumière nouvelle dans une chambre et je sus où monsignor menait la comtesse. Merci les recoins, les statues, les encoignures et les immenses chandeliers, les plantes dans les grandes barbotines. J'évitai domestiques, gardes nonchalants, paresseux occupants des lieux. La porte était là, qu'ils avaient poussée. Encore trois secondes de chance, mon Dieu, s'il Vous plaît. Dieu m'accorda une bonne heure. La porte prochaine donnait dans un réduit servant d'oratoire et attenant aux appartements de la du Vernet. Un simple rideau l'en séparait. Dans l'ombre je pus observer et écouter.

L'hôtel ressemblait au carrosse : modeste d'apparence à l'extérieur, quasi voluptueux à l'intérieur. Du minuscule oratoire je découvrais une chambre d'un goût parfait. L'homme était riche et en jouissait. Les tapis venaient de Perse ou de Chine, on trouvait aux murs tendus de soie un *Vertumne* et une *Pomone* de Léonard de Vinci que je retrouverai plus tard aux murs du cardinal de Richelieu. On se serait cru chez mon oncle. A ceci près que chez mon Éminentissime parent, rien ne se remarquait alors que chez le monsignor, tout sautait aux yeux. Le lit était immense. Mme du Vernet s'y assit et lança ses mules. Mazarini se défit de sa pourpre. Sous la soutane, un chevalier. Léger pourpoint, chausses, bas, avec aux pieds encore ces curieux souliers de moire des ecclésiastiques de haut rang. Il riait, bien cambré. Plus d'homme d'Église mais un grand seigneur.

« Quel ennuyeux dîner ! » lâcha la du Vernet. « Ennuyeux, allons donc, l'Espagnol n'a cessé de vous courtiser.

– Olivares ? Il courtiserait quiconque porte des seins.

– Nul n'ignore que vous les offrez à l'envi, sauf les aveugles.

– Merci d'être jaloux, mon ami. »

Diable, ces deux-là étaient amants. Mazarini sourit. « Vous étiez splendide, madame, même le vice-légat n'avait d'yeux que pour vous. S'il est chaste, il est fort amateur d'art.

– Quel drôle de petit bonhomme. Tant de rondeur dans tant de rouge, on dirait une pomme d'api.

– Ne l'aviez-vous pas visité cet après-midi ?

– Si fait. Et vous savez pourquoi. Il m'a reçu fort galamment mais je sentais qu'il se défiait de moi. Et ne m'a pas encore donné de réponse au courrier de la Reine.

– Son Éminence est prudente et vous pas assez. On ne prononce pas ce nom.

– Même chez vous ?

– Même chez moi, les règles en politique ne supportent aucune exception.

– Au diable la politique, voudriez-vous me délacer ? »

Mazarini délaça. Mme du Vernet ôta le filet de perles qui enserrait ses cheveux, un peigne de nacre, secoua la tête et la lourde natte glissa lentement le long de son cou, de son épaule, jusque sur son sein. Elle était en chemise et jupon.

« Le diable n'est guère à invoquer dans le Comtat. Il y possède déjà assez de palais.

– Seriez-vous son locataire, monseigneur le Recteur ?

– Non. Je ne suis que le serviteur du vice-légat, un modeste représentant de Sa Sainteté.

– Vous finirez pape !

– Il faudrait d'abord que je fusse prêtre. Désirez-vous un fruit, du vin frais ?

– Drôle d'homme d'Église qui détourne la conversation dès qu'on aborde la religion. Je veux bien du vin blanc allongé d'eau... Merci mon ami. » Elle baisa l'anneau à la main qui la servait. Mazarini ne prit que de l'eau. « N'avez-vous pas trop chaud ? » Il sourit et ôta son pourpoint. « Et puis vous êtes bien loin. » Il s'assit sur le lit. « Puisque vous voulez m'ignorer, allons, parlons politique. Combien de temps dois-je attendre la réponse du vice-légat ?

– Je ne pensais pas à cela.

– A quoi donc, mon Dieu ?

– A Olivares avec qui vous fîtes la coquette.

– Être jaloux un instant était charmant, vous voilà pesant. Allez, c'était par politique, ne devons-nous pas nous rallier l'Espagne ? Je vous servais comme je servais la... la Dame que vous savez. Avez-vous confiance en Son Éminence Pomme d'Api ?

– Son Éminence m'a nommé recteur.

– Et pour lequel de vos talents ?

– D'abord il ne me juge pas sot. Ensuite, il m'a avoué que je ressemblais à un sien neveu. Pourquoi riez-vous ?

– Parce que c'est vrai. »

Elle avait raison. Même taille, même moustache, même démarche. Mais le nez de Mazarini était plus fort que le mien, sa volonté plus affirmée, sa cruauté plus visible. Le Roi, Mazarini et moi étions nés la même année, pourtant quelle différence entre le gamin camouflé dans l'oratoire et le galant alangui sur le lit d'une favorite de la Reine. Est-ce pour cela que quinze ans plus tard, je serai son ennemi et fronderai contre lui ?

« Vous connaissez ce neveu ?

– Il a voyagé avec moi dans mon carrosse. Il est mousquetaire. Nobliau des pays de Loire. Joliment tourné, capable de trousser un compliment ou une servante d'auberge.

– Et pas une comtesse ?

– Ne soyez pas jaloux de celui-ci. Quoique j'aie cru un instant qu'il en mourait d'envie. Ne vous renfrognez pas. Je le déteste. Bien que, dit-on, Mme de Chevreuse ait eu mille bontés pour lui. »

La vipère ! Je décidai de trouver un moyen de nous venger, moi et la rieuse Marie.

« Chevreuse, reprit Mazarini. Voilà une blondeur qui a du poids. Et ce garçon est dans ses jupons. Et neveu du vice-légat. Et dans le corps des mousquetaires du Roi. Toute cette addition le rend précieux. Pourquoi dites-vous le détester ?

– Disons qu'il m'a manqué.

– Dans votre carrosse ?

– Non.

– Alors ? Qu'a-t-il fait ou que ne vous a-t-il pas fait ?

– Vous lui ressemblez vraiment, Pomme d'Api a raison. Car je commence à détester vos questions.

– Voilà quelqu'un d'intéressant. Un homme qui ose me ressembler, à qui je dois, par intermédiaire, mon poste de recteur, offert par son oncle le vice-légat, et qui plaît tant à ma maîtresse qu'elle le déteste de l'avoir négligée.

– Qui vous dit qu'il me plaît?

– La rougeur de votre joue, de votre cou, de vos épaules et, là, de votre sein. La flamme de vos yeux quand vous pensez à lui.

– Je le tuerai.

– Attendez que je sois vice-légat. Dans six mois.

– A la place de Pomme d'Api?

– On le rappelle à la Curie.

– Grand bien lui fasse.

– Il pourrait être pape si meurt le Pignatelli. On ne tue pas, madame, un neveu de papabile. Conservez votre haine, mais dans la glace, ne la montrez pas.

– Encore un peu et vous me demanderez de le glisser dans mon lit.

– Éventualité qui ne vous déplairait pas.

– Après tout pourquoi pas? Il va arriver chez son oncle ces jours-ci. Monsignor le jaloux nous surprendrait et ferait tuer l'intrus. Et je serais vengée. »

Elle était sotte. Sotte et désirable. Il la tolérait pour raisons diverses : le plaisir et l'utilité. Je voyais derrière mon rideau comme il répondait machinalement aux agaceries de sa maîtresse, l'esprit galopant ailleurs, loin devant, loin des niaiseries. Et elle le croyait jaloux! Le futur Mazarin déployait un vrai talent de comédien. Cet homme me plaisait. Mon oncle avait fait le bon choix. Petite douleur : était-ce à cela qu'il eût souhaité que je ressemblasse?

Mazarini regardait la du Vernet. Croyait-elle le mener par le bout du nez? Comme le terme de maîtresse lui seyait mal. Elle n'était qu'une oreille et un porte-voix de la cour de France, plus un instant de détente pour la nuit. Il entreprit de lui verser salaire, de payer son tribut. Bref de paraître l'aimer et d'employer les divers moyens de la démonstration. D'abord, je détournai la tête puis me ravisai : elle aurait une raison secrète mais supplémentaire de me détester.

Mme du Vernet montra de belles qualités d'ardeur et une joie communicative. Monsignor fut vigoureux mais pensif. Il prit son plaisir selon les précautions que lui demanda son amante mais jamais son esprit ne s'amollit. Il utilisait l'étreinte comme un roi utilise la guerre, en ultima ratio, pour réduire la femme à sa merci, non selon les rites sacrés du plaisir mais dans un but de pure politique : la désarmer et l'amener à clore les jeux idiots de la coquetterie.

Il réussit fort bien, mon « double » italien. Ils reposaient. Ils bavardaient. Avec une maîtrise dont je ne saurais retranscrire la fiellerie après tant d'années, il poussa sa belle amante, belle, oui car elle fut magnifique dans les jeux du lit, à lui débrouiller l'écheveau de la cour de France. Il sut tout, partant, moi aussi, sur le parti de la Reine, celui de la reine mère, celui du Roi, et le dernier, le plus à la mode, celui de l'évêque de Luçon, Armand du Plessis, cardinal duc de Richelieu. J'entendis Chevreuse et Tréville, on évoqua Mlle de Hautefort dont le Roi s'était entiché. « Le Roi se consume, dit du Vernet, mais il ne consomme pas. » Mazarini rit. Il évoqua lord Buckingham, Mme du Vernet songeait galanterie, lui pensait Angleterre. Les noms des maréchaux défilaient. Elle narrait des anecdotes, lui jugeait une future guerre. J'avais l'impression que son esprit guidait le mien. J'appris. Je me souvins.

Quand je le rencontrerai bien plus tard, quand j'entendrai les princes le traiter de « faquin », je me tairai devant leur erreur. Je n'en serai pas moins leur allié. Dans le lit de la du Vernet, on aurait déjà pu prévoir son mariage secret avec Anne d'Autriche. Il l'avait dit, il ne voulait pas être pape, il lui suffirait d'être quasi-roi de France, et il le sera. Mon oncle, lui, ne coiffa jamais la tiare. Peut-on dire que Mazarin le regrettera? Ce ne serait pas entièrement faux. Quand il sut bien tout, il souhaita le bonsoir, arguant de dépêches à écrire, de travaux à terminer, d'audience à préparer pour Son Éminence. Je n'arrivais pas à le haïr, il portait un vrai respect à mon oncle. A qui je me promis de raconter toute cette soirée d'espionnage, à quelques détails près.

« Ne reviendrez-vous pas, Giulio? » Il grimaça à cette chatterie. Ces amants ne s'aimaient pas. Et il détestait la manière dont elle prononçait son nom comme il détestait son propre accent italien, fort dilué de français à cette époque, alors que, dans quinze ans, lorsqu'il occupera le pouvoir, il l'accentuera devant la cour, en jouera pour désarmer, flatter, contrefaire le modeste, camoufler sa violence et sa cupidité. Son génie aussi.

Je tremblai car il vint vers l'oratoire, mais ce fut pour saisir une cassette et vérifier les papiers qu'elle contenait. « Je ne crois pas que je pourrai revenir. J'ai du travail pour toute la nuit. » La douceur d'Italie avait fui ; une voix de banquier. Il enfila la pourpre sur sa chemise, moins prélat que seigneur en robe de chambre. Je retenais mon souffle, il était à six pieds de mes bottes. « Si vous avez assez de moi, je puis retourner à Paris vers mon mari. » Elle avait compris. Il se figea, dur et aiguisé, cruel non comme une épée mais comme une dague italienne, celle qu'on plante dans le dos. L'instant d'après il en était le fourreau de velours. Il fit trois pas vers le lit. Je respirai. « Madame, je vous comprendrai : votre mari est un grand seigneur, votre père plus grand encore. Moi, je suis né dans les Abruzzes, j'étais pauvre, j'eusse bien été militaire, mais les moyens me manquaient pour mon fourniment, seul pouvait me sortir des misères le service de Sa Sainteté. » (Le menteur éhonté ! Il était de famille romaine.) « La grâce que vous me faites de bien vouloir me laisser vous aimer n'implique nullement une réciproque de votre part. Je la reçois humblement comme la plus généreuse charité. Quand vous le désirerez, c'est moi qui disparaîtrai de votre vue.

Vous voir ici, dans ce modeste logis que je ne dois qu'à ma fonction subalterne, est tout ce que je puis espérer, sans plus.

– Giulio, revenez. Vous êtes mon prisonnier pour cette nuit.

– Hélas, ma charge est une chaîne que je ne puis échanger contre celles plus douces et désirables de vos bras et de vos cuisses. »

Quel auteur de tragédie il eût fait ! C'était Titus et Bérénice. Un Titus charlatan et une Bérénice débauchée. Était-ce cela la loi du monde ? Ne le savais-je pas depuis mon enfance ? Ma mère n'était-elle pas aussi sottement Bérénice que cette Bérénice-là ? De l'égoïsme en brocart, tempéré par la tyrannie de la chair. Il finit par sortir. Dans le couloir je l'entendis donner des ordres à mi-voix. Il commandait qu'un courrier soit prêt à galoper dans l'heure pour Paris. J'en conclus que la vraie réponse à la missive à pli biseauté partirait par un autre truchement que Mme du Vernet. Giulio Mazarini jouait la partie seul. Et sa confiance en autrui n'allait pas plus loin que le pied de son lit.

Ennemis pour la vie

Il me fallait sortir de cette bastille. Je prophétisai que ce ne serait pas une mince affaire. Je regrettai d'avoir tant bu de vin clairet. Cela donne de l'audace mais peu d'intelligence. Mazarini, lui, n'avait bu que de l'eau, je l'ai dit. Depuis le départ de monsignor, ses couloirs étaient plus achalandés que le Palais-Royal à la vesprée. La maison s'activait la nuit. J'enfonçai le bout du fourreau de mon épée dans ma botte, il n'était pas question qu'il brinquebalât contre quoi que ce fût. Je serrai mon manteau autour de mon corps. Ainsi réduit de volume, il me fallait disparaître à la vue. La fenêtre? Elle n'était qu'une sorte de vitrail plombé. Le couloir m'était interdit vu les manœuvres d'infanterie qu'on y pouvait imaginer rien qu'au bruit. M'en remettre à mon ennemie, me jeter à ses pieds en pénitent énamouré et en passionné repenti? Certes, elle avalait les comédies, j'en avais été témoin, mais en cet instant elle en était gavée. La tuer? J'envisageais cette extrémité lorsque Mme du Vernet entreprit de prier, ce qu'elle fit à merveille et à demi nue, orante à souhait. Voilà bien nos libertines à la mode! Elle était encore plus troublante ainsi agenouillée que pendant ses ébats. Et autant je m'étais complu, avec quelque gêne, à l'épier dans l'amour sans plus ressentir de trouble qu'un spectateur au jeu de paume, autant sa prière me la rendait plus que désirable et vulnérable. Attendre la fin de l'ave ou du pater, la prendre et l'égorger? L'abus de vin portait mon esprit et mes sens au rouge. Mais commettre de tels crimes en terre de papauté! Aujourd'hui encore je crains ce qu'il eût pu advenir si la belle croyante avait choisi l'oratoire, lieu traditionnel de prière, plutôt qu'un coussin de velours brodé aux armes du Saint-Siège et jeté près de son lit, pour s'y agenouiller pendant sa sainte activité. Où me cacher en ce réduit? Dernier regard sur les épaules, les seins et les transparences de la chemise de mon ennemie. L'image était plaisante.

Mme du Vernet cherchait une robe de chambre. En sueur, en peur, je passai ma main sur mon visage. Je faillis m'écorcher le nez avec une bague. La bague de mon oncle. Lorsqu'il pensait que je dînerais au palais, il m'avait ouvert sa cassette à bijoux. Je n'avais pris qu'une bague : en or et frappée de ses armes. Une accalmie se fit dans le couloir, Mme du Vernet se battait toujours avec ses linons et brocarts. Je franchis la porte de l'oratoire, avançai crânement vers deux laquais à trente pas. « Message de Son Éminence pour Monseigneur. » On me regarda de la tête aux pieds. J'écartai un peu mon manteau, tant de velours et de broderies soutenus par mon épée dégelèrent les laquais. On s'inclina, on me précéda, on me mena devant une porte, on m'éclaira. Un secrétaire ecclésiastique apparut à qui je répétai : « Message de Son Éminence pour Monseigneur. » On tendit la main. « Le message est verbatim. » On hésita, j'ôtai la bague de mon doigt : « Portez ceci à Monseigneur. » Une minute après on revenait et s'inclinait : « Monseigneur vous prie d'entrer dans son cabinet. »

Mazarini faisait rouler la bague entre ses doigts. « Vous êtes porteur d'un message de Son Éminence. » Je saluai fort bas et d'une raideur toute militaire. « C'est exact, monseigneur.

– Verbatim ?

– Oui, monseigneur.

– Eh bien dites, monsieur...

– Chevalier d'Herblay. »

Il réussit à dissimuler sa surprise. Il sourit : « N'êtes-vous pas le neveu de Son Éminence ? » J'acquiesçai. « Une telle ambassade me flatte. Couvrez-vous, chevalier, couvrez-vous, s'il vous plaît. Son Éminence m'a souvent parlé de vous. » (Je le savais.) « Voulez-vous un peu de vin ? » (Politesse d'abord travail ensuite.) « Châteauneuf du pape ? Blanc de Saint-Péray ? » J'optai pour le saint-péray. « Je suis heureux de vous connaître, monsieur, heureux et, je le répète, flatté. Dites vite ce message.

– Son Éminence demande à Monseigneur de vouloir bien retenir Mme du Vernet en Avignon quarante-huit heures.

– Mais...

– Quarante-huit heures de plus que prévu. » Pendant une fraction de seconde, il s'était méfié. J'ignorais la durée du séjour de la dame. Il répondit que Son Eminence serait obéie. Son front se rembrunit à peine, il cherchait la méchante raison de cet ordre si tardif et quelle importance cela pouvait bien avoir. Je n'aurais en rien su l'éclairer. Je fis mine de me retirer. « Êtes-vous si pressé, chevalier ? Puis-je vous prier de finir votre coupe et de bavarder un peu en ma compagnie si elle ne vous déplaît pas trop. » J'étais toujours raide comme un garde aux barrières du Louvre. « Prenez un siège, grignotez de ces fruits confits, ils sont un de mes péchés. Comme je vous le disais, votre éminent oncle m'a souvent parlé de l'estime et de l'affection qu'il vous porte. Vous êtes mousquetaire...

– Oui monseigneur, dans la compagnie de M. de Tréville.

– Brave et galant soldat. Intime du Roi. Un corps d'élite. Je vous en félicite.

– Merci, monseigneur.

– Et M. de Tréville vous a envoyé en mission en Avignon.

– Disons en permission. Le service tolérait ce congé et je souhaitais visiter mon oncle.

– C'est d'un bon neveu. Le Roi ne prépare-t-il pas campagne pour réduire les dernières provinces rebelles ? Il doit être douloureux de guerroyer entre Français. »

Son apitoiement sonnait faux, ma réponse prit le tour attendu chez un jeune fat niais :

« J'ai participé à l'expédition de Béarn.

– Et aussi à la bataille des Ponts-de-Cé. Où vous fîtes merveilles.

– Merci monseigneur.

– Abandonnons les titres. Nous avons le même âge et sommes attachés à la même personne à laquelle nous vouons respect et affection : votre oncle, Son Éminence le vice-légat. »

Il me retendit la coupe de fruits. « Êtes-vous arrivé depuis longtemps ?

– Cette nuit. Je n'ai pu visiter mon oncle tout de suite, il soupait au palais.

– En effet. Vous logez chez lui, bien sûr. » J'opinai. « Mme du Vernet loge dans mon modeste hôtel. Vous la connaissez, je crois. » Mentir le moins possible, serrer au plus près la vérité.

« Oui, dans l'entourage de la reine Anne et aussi durant le voyage. Elle m'a obligeamment invité dans son carrosse pour une étape.

– C'est ce qu'elle m'a dit. Dût votre modestie en souffrir, elle s'en avoue enchantée. » Je me contentai de saluer. « Ce lui serait une joie de vous voir ici, mais à cette heure, je crains qu'elle ne dorme. Voulez-vous que je fasse vérifier ?

– Je ne saurais l'importuner. » Il fallait que je rougisse. Qu'il me prît pour un benêt amoureux. Mais je sentais tant de pièges dans ses propos anodins que je pâlis plutôt, ce qui eut le même effet. Au-dessus du sourire des plus engageants, son regard était d'eau-forte et sa mémoire de cuivre. Chacun de mes traits, de mes mimiques, de mes mouvements y resterait gravé à jamais.

« Vous avez sauvé naguère la Reine d'un mauvais pas, je crois.

– Sa Majesté avait glissé sur une pierre moussue au fossé des Tuileries. Je montais la garde près de l'endroit.

– Même les reines font des faux pas. » Nous eûmes un rire aussi feint l'un que l'autre. « Dieu merci les mousquetaires veillent. (Ne pas se perdre dans les doubles sens et ne répondre qu'au premier, le plus bénin.)

– Henri IV a créé ce corps pour cela, répondis-je.

– Pour soigner les faux pas des reines? »

Bien joué, chevalier, il te juge aussi sot que sa du Vernet. Nouveau verre de saint-péray. Ne plus y toucher. Lui l'allongeait d'eau. « Non, monseigneur, pour veiller sur les reines et les rois.

– Et accomplir tous services commandés par Leurs Majestés. Si je n'étais d'Église, j'eusse aimé être mousquetaire. Mais je suis italien et de trop petite noblesse. La casaque interdite, me restait le collet.

– Et la pourpre du recteur avant celle de vice-légat. (La peste soit du saint-péray, ne pouvais-je me taire?)

– Ah, votre oncle vous a dit cela?

– Il n'y a pas une heure que je l'ai appris. » Vérité qui eut un curieux effet. Mgr le Recteur ignorait-il que mon oncle fût au courant? Et mon oncle l'était-il? J'eus envie de sourire, quelques mots de trop venaient de me faire « mazariner ». Il était décontenancé. Mais je me jurai de ne pas renouveler l'expérience.

« Après tout il m'a tant parlé de vous. Je n'osai espérer qu'il parlât aussi de moi, qui ne lui suis rien sinon dévoué.

– Mon oncle aime toute l'humanité.

– C'est un saint. » S'en suivit un panégyrique de celui qu'il laissait surnommer Pomme d'Api par une maîtresse stupide. Je dis en montrant les papiers étalés sur un secrétaire d'acajou que je troublais son travail. Il eut un élégant geste de lassitude. « Vous m'êtes, si vous le permettez, une agréable récréation. Inespérée. L'Église est plus encombrée de bureaux que d'autels. Parlons plutôt de Paris. » Banalité sur la « grand-ville », on frôla les beautés du Louvre, on dansa autour des plaisirs de la cour, on dénombra les ambassades, on décortiqua les bals, on déboucha sur le cardinal de Richelieu, on évoqua milord Buckingham, qui « dans son Londres brumeux rêve encore de Paris ». Sourires fins, comme entre cousins occupés à médire. J'attendis une nouvelle allusion aux faux pas des reines. Mais Mazarini glissait, ne pesait jamais. Je pensai que j'étais capable de guerroyer contre lui mais non de jouer aux échecs. Dans vingt ans, pourtant, je l'affronterai dans une rude partie provoquée par Retz, le Parlement et les princes. Et cela bien que la reine Anne aura eu raison de lui offrir le ministère après le refus du père du coadjuteur, le préférant au duc de Beaufort et à cette bête mitrée d'évêque de Beauvais. Mais on ne se refait pas et je m'y lierai d'amitié avec le jeune Nicolas Fouquet.

Il chanta son bonheur d'être en Avignon

« presque en France ». Je lui avouai connaître un peu l'italien. « Et les docteurs de Padoue? » Les maîtres libertins? « Mon oncle tint à ce que je les étudiasse pour pouvoir les réfuter.

– Il vous dit en effet frotté de théologie. (Flatterie.) Le libertinage a été dévoyé par des seigneurs hédonistes. Tout comme, à l'autre extrémité, la Sainte Inquisition par des prêtres fanatiques qui ne comprennent pas leur siècle. In medio stat virtus, déclamait le poète Horace. Mais le ciel pommelé de Paris porte trop au plaisir et le soleil d'Espagne frappe trop fort sur les crânes tonsurés. (L'Espagne, maintenant.) Sombre royaume pour une si grande lumière.

– Royaume très catholique comme ses Rois.

– La France est très chrétienne comme Sa Majesté. Quel terme est-il préférable, chevalier?

– Ils plaisent l'un et l'autre à Sa Sainteté.

– Abandonnez la casaque, vous êtes né diplomate. » Et il rit. Il me fallait rompre. Il tissait un filet dont je ne comprenais pas le point mais je savais que tout n'était que digression et diversion.

« Il me faut d'abord apprendre la guerre, pour savoir l'éviter.

– Comme l'amour, chevalier, comme l'amour. Hélas, il reste pour moi science interdite par le dogme. Pourtant on en parle tant. Êtes-vous amoureux? La cour de France et tout Paris ruissellent de beautés. Mme du Vernet m'en conte quelques historiettes. Si je n'ai pas le droit de pratiquer, du moins puis-je écouter. Alors, chevalier, êtes-vous amoureux? » Je rougis cette fois sans le vouloir.

« Il se pourrait. Mais elle est mariée.

– C'est un embarras. Mais il me semble que la mode du temps... »

Même le geste de sa main, un envol de colombe, était séduisant. Il me reversa du saint-péray. Je continuai : « Une grande dame... Si j'osais...

– Oui ?

– Je vous le confierais. Les secrets sont lourds.

– Admettons un secret digne d'une confession.

– Le péché est trop délicieux. Pour m'en repentir, j'attendrai. »

Il n'offrait plus un sourire, mais des dents sous une moustache. Cet homme imaginait ce que je désirais. Et je le voyais s'allumer de jalousie alors qu'il n'aimait pas la femme dont il était jaloux. Je marquai donc un point, sans plus me préoccuper de la haine qu'il me porterait à jamais. Mes allusions nées de l'évocation d'un nom prononcé par lui frôlaient une de ses possessions. Allait-il me questionner plus avant ? S'il était jaloux et sûr de ma réponse, il le ferait. Il me tendit encore des fruits, il les regardait fixement, comme pour y injecter le venin de ses yeux. Je me servis. « Mais on dit, monseigneur, que vous n'êtes pas prêtre.

– En effet. Je ne suis pas ordonné. Mais appartenant à l'Église, je suis tenu d'en respecter les règles, qui sont égales aux vœux. Donc le silence sur ce qui m'est confié. »

Ferré le poisson italien, il y revenait. Lâcherai-je un nom ? Celui qu'il espérait et redoutait ?

« Bah ! Qu'importe ! Je sais qu'elle se joue de moi. Je ne suis qu'un caniche qui l'amuse, un passe-temps, un ruban de plus sur ses robes. Un sujet à historiettes. » Il détesta son propre mot dans ma bouche. Mon intonation avait souligné la citation. J'exhalais un soupir contrit : « Ces dames de la Reine s'ennuient-elles à ce point pour ainsi tout s'échanger ?

– Même leurs amants ?

– Hélas, oui. »

On frappa. Je compris malgré le chuchotis que le courrier de Paris était prêt à chevaucher. J'en profitai pour me lever. Monsignor commanda une escorte et quatre flambeaux pour me raccompagner chez Son Éminence. En marchant, je songeais que la nuit s'annonçait agitée au palazzo Mazarini.

Mon oncle ne dormait pas. Averti de mon absence, il m'attendait. Je lui contai (presque) tout. Son rappel à la Curie : il en était informé. La vice-légature à Mazarini : il l'ignorait, mais jouerait son rôle. Les quarante-huit heures de délai exigées par ma seule invention pour Mme du Vernet. « J'imaginerai. » Il m'observait, le front plissé. « Vous connaissez le jeu de paume ? Alors mon neveu, soyez la balle. Parti de Paris vous touchez Avignon. Que fait la balle ? Elle rebondit. Demain vous rebondirez jusqu'à Paris. Je ne veux plus vous revoir ici avant que je vous appelle. »

Je conclus, malgré l'affection qui me poussait vers lui, que mon oncle se montrait bien girouette. Mon neveu vous serez abbé, je devenais capitaine, on me rappelait à l'ordre, je devenais mousquetaire, je devais dîner au palais des Papes, je m'enivrais seul, et voilà qu'on me renvoyait. Je lui faisais mauvaise justice ; chaque fois mon oncle avait changé d'avis comme on change l'amure d'un bateau pour éviter le gros temps ou les écueils. La lettre à pli biseauté jouait son rôle dans mon renvoi vers Paris. Il ne souhaitait pas que mon nom y fût trop longtemps associé. L'Espagne et le Pape y partageaient un peu le monde. Sa Sainteté désirant quelques arpents de plus pour ses États, vers le sud et les Deux Sardaignes, l'Espagne un peu de Béarn et des attaches sur le Rhin qui protégeraient l'Empire des appétits du nouveau ministre tout-puissant de Louis l'Hésitant. De quoi, pour moi, avoir la tête proprement tranchée par la hache de Monsieur de Paris.

Je ne revis jamais mon oncle ; six mois après il mourut. On l'a dit empoisonné. La preuve manquait, mais la légende me servait. On ne cessait d'assassiner qui m'aimait. J'en acquis une importance inespérée. Et une fortune. Mon oncle me laissait le tiers de ses biens, le reste enrichit une université. On m'envoya aussi sa Bible et une partie de sa bibliothèque. La lettre qui m'avertit du décès était signée Giulio Mazarini. Elle était courtoise sans plus. Mme du Vernet et son mari se retrouvèrent exilés sur leurs terres ; à la demande de la Reine et sur un coup d'épaule de Luçon. Quelque chose avait déplu. Une mission avortée, chuchotait-on. Mme de Chevreuse sourit et, devant moi, jugea : « La sotte marmotte, que le lit a trahie. » Je n'en obtins pas plus d'explication.

Je repartis en guerre. Plus tard, je conterai de

ma veille près de la du Vernet et de ma ressemblance avec son amant, devant d'Artagnan. Il s'en servira auprès de la comtesse de Winter, jusque dans sa couche, en se faisant passer pour le comte de Wardes. Elle tentera de le tuer. Mon ami aura honte de sa conduite au moins dix jours durant.

« Êtes-vous fou, monseigneur mon amour, d'écrire si tard ? » Ma belle épuisée est éveillée par le bruit du papier gratté. Qu'elle dorme, je ne suis qu'insomnie. « Venez près de moi, j'ai froid. Qu'écriviez-vous donc si âprement ? » Rien, de la politique.

L'abbé et le lieutenant

Tréville et Athos et Porthos, Chevreuse et Guéménée, d'Harcourt et La Puisaye et la Reine et le Roi, les fossés des Tuileries et l'hôtel de la rue de la Harpe, plus quelques ombres dans la rue aux Ours. Dans Paris, rien n'avait changé. Au registre des nouveautés, deux seules silhouettes. Le cardinal, Armand du Plessis de Richelieu, dont l'ombre s'étendait sur notre coterie, sur la cour, la France et le Roi. Un géant dans un petit corps, une volonté à laquelle nous cherchions à échapper. Dans nos rangs, un titan débutant, efflanqué, moustachu, brun de peau, nerveux, famélique et insolent comme un écolier, Charles de Batz de Castelmore d'Artagnan. Pour un Gascon, c'était modestie de n'enfiler que trois noms à son lever.

Un lion et un enfant, voilà le changement dans l'habituelle litanie de troubles de Rouen jusqu'en Provence, d'Aunis en Aquitaine, dans le Roussillon et les Cévennes. Le Roi et son ministre pacifiaient la France, bousculaient les protestants, leur laissant, comme l'exigeait la mémoire du feu roi Henri, la liberté de leur culte. Le Roi et ses soldats se battaient contre des princes, les Rohan, les Soubise. Nous suivions, nous ferraillions, montions aux premières lignes. Aux heures de paix, un duel nous remettait en train. Mais ces affaires-là étaient vues d'un mauvais œil par le nouveau ministre. Des Français s'entre-tuant devant les Habsbourg applaudissant comme à la comédie, et qui grignotaient nos frontières, prêts à avaler quelques places négligées dont les noms reposaient sous certain pli enfermé en Avignon. Et que je taisais.

Mon oncle mort, je ne confiais rien à personne sinon à ce brelan d'amis et aux belles dames de la coterie de la Reine. On ne pouvait plus qualifier cette engeance de parti, l'ombre du cardinal avait tout rétréci si l'on mesurait à son aune. D'Artagnan m'amusait mais je m'en méfiais. Si Athos me perçait à jour, toujours avec indulgence et affection, le Gascon me surveillait et me jugeait. Il avait un œil d'aigle des Pyrénées et fourmillait d'inventions quand nous étions désargentés, c'est-à-dire chaque jour que Dieu nous octroyait. En cas de disette prolongée, Athos se retranchait derrière un rempart de flacons vides et décrétait : « D'Artagnan aura une idée. » Le Gascon répliquait : « Et Aramis une duchesse. » J'écrivais un poulet. Des pistoles répondaient. D'Artagnan tomba amoureux d'une lingère de la Reine et épouse d'un riche aubergiste, Mme Bonacieux. Un souvenir me pinça l'âme, mais je m'abstins de geindre. Son prénom lui seyait : Constance. Elle était de notre cabale à la fois espagnole, ultramontaine et anglaise. Quel fouillis! La Reine avait une tête têtue, mais manquant de sagesse et d'ordre. Nous n'étions qu'un ramassis de mécontentements. Nous vibrionnions, nous n'agissions pas, dans un désordre d'idées et de contrordres. Mais quel sourire à la bouche de Mme de Chevreuse! Comme elle s'amusait! Cela me suffisait et mes amis m'aidaient en soupirant. Cela les délassait. Comme d'estafiler un peu la peau des gardes du cardinal. L'intrigue nous servait de jeu d'échecs, le duel entretenait nos muscles comme la courte paume. Le Roi nous grondait par-devant, nous récompensait dès que le cardinal tournait le dos. M. de Tréville nous protégeait, nous félicitait et nous invitait à souper. Alors nous mangions à notre faim. L'héritage de l'oncle avait fondu comme savon en lessive. Athos était ruiné, Porthos à peine voleur. D'Artagnan ignorait jusqu'au son du mot argent. Moi, je pensais à Mgr Mazarini qui explorait l'Église pour y trouver de l'or et en entassait dans ses caves des tonneaux entiers. Ma casaque bleue à croix d'argent me plaisait mais une bonne soutane et un gracieux collet offriraient un autre rapport. Le temps n'était pas encore prêt pour que j'abandonne le service. Et puis j'avais enfin des amis. Chacun risquant cent fois d'être tué, chacun tenant au bout de son épée la vie des trois autres.

Nous eûmes des coups d'éclat à nous mériter un duché-pairie et des coups bas à nous valoir le cachot. Nous restâmes pauvres et mousquetaires. Porthos calculait la rente d'un mariage à une belle dot. D'Artagnan rêvait au bâton fleurdelisé de maréchal de France. Athos ne désirait rien même pas le lendemain. Moi, dans le désordre où je nageais comme poisson en eau vaseuse, je notai les foucades de Gaston d'Orléans, les informations lâchées par Marie de Chevreuse dont j'étais encore un peu l'amant et bientôt l'ami car la belle duchesse avait ce talent que tous ses amants restèrent ses amis. Les sottises de la Reine qui dut avoir de bien mauvais professeurs pour une infante car elle n'en gagna aucun esprit politique. Le Roi l'eût-il aimée mieux, ceci pour la défense de notre souveraine, qu'elle ne se fût point entichée de n'importe quelle idée soufflée par un visage plaisant ou un rire de femme, ou par un ministre anglais. Je notais, je notais et cachais ces minuscules écrits sous le tablier de ma cheminée. Au-delà de tout espoir, cela me servira. D'abord brimborions d'intrigues, ils prirent du poids pendant quatre lustres jusqu'à me sacrer évêque, puis bien au-delà.

A cette époque de soldat je n'étais encore qu'un petit chevalier assez ingénieux pour plaire aux grandes dames, mais guère plus digne de leurs caresses que les carlins qui leur jappaient aux mules. L'époque, ses remuements, les morts, les naissances, les nécessités firent le reste, aidés par une sombre volonté qui me tenait lieu de squelette. Le charmant René d'Herblay, le gracieux Aramis s'assombrissait et ne riait plus que certains soirs dans un hôtel de la rue de la Harpe ou à l'auberge en roulant les dés avec trois compères guère plus gais, à l'exception de Porthos qui demeura la joie des anges sous ces ciels d'encre.

Nous connûmes toutefois des divertissements. On assiégea La Rochelle. Milord Buckingham fut chassé de Ré. Nous y gagnâmes une folie vaniteuse en déjeunant sous la mitraille au bastion Saint-Gervais. Son Éminence tint à nous saluer, ordonna qu'on brode les lis sur notre linge de table troué de balles et nous pria à souper. Puis M. d'Artagnan fut fait lieutenant, au plus près de la chambre du Roi. La fête que nous offrîmes à notre ami fit grand bruit. Bien plus que l'affaire des ferrets d'une reine amoureuse, connue d'un petit cénacle. Elle nous endetta à jamais. C'est Porthos qui remboursa grâce à une veuve qu'il épousa pour ses vastes terres, ses écus et autres dépendances. Son vieux procureur d'époux s'était furieusement enrichi des chicanes des autres et les biens de la dame de notre immense ami pesaient en métal précieux plus qu'un évêché. La procureuse valait une principauté. Porthos nous installa, nous dota comme nièces à marier. Alors, Athos redevint comte de La Fère et s'alla boire ses vins en Touraine. D'Artagnan frisa ses moustaches dans les antichambres. Qui voyait le Roi, le découvrait à deux pas. Moi, je fis mon petit Mazarin, je choisis le collet; sans abandonner ni mes bottes, ni l'épée.

Tout avait mal tourné. Marie, ma folle Chevreuse, complota trop haut : contre Richelieu; avec Gaston, avec des princes, avec une partie du Parlement, il ne s'agit pas moins, pour ma douce amie, que de l'assassiner. A son habitude, Monsieur vendit la mèche. Chevreuse fuit vers la Lorraine. Je me tins coi. Monsieur fut exilé à Blois. On décapita le comte de Chalais. Richelieu tomba malade. Nouvelle offensive de Monsieur, de la reine Anne, de la reine mère. Le Roi feignit d'accepter de renvoyer son ministre pour concéder à Monsieur le rang de lieutenant général du royaume. La cour triompha durant trois heures et le Roi maintint le cardinal. Qui ne pardonnera jamais aux « dupés » de la journée. Le maréchal de Marcillac eut la tête tranchée. Gaston et sa mère retrouvèrent Chevreuse en Lorraine. La reine mère poursuivit jusqu'aux Pays-Bas. J'étais en un couvent jésuite à Noisy à perfectionner mon latin et ma théologie, bien m'en prit. Je rencontrais parfois M. de Tréville qui musardait ou brodait odes et sonnets, d'Artagnan assurant le service. On m'oubliait. Tout était parfait; mon oncle m'eût conseillé d'agir ainsi. A la manière de monsignor Mazarini.

On faisait le vide autour de la Reine. Restaient la fidèle Guéménée, trop pieuse pour comploter, la duplice La Puisaye, la cupide du Vernet rappelée d'exil, mais sans son mari, et quelques oiselles de moindre envergure. Tout ce qui n'était pas exilé était acheté par Son Éminence ou par le Roi et espionnait. Dieu fit venir Mme de Longueville. Une Chevreuse bis en moins rieuse, en moins folle, en plus brune. Dans l'ennui des suivantes, il lui fallut un dérivatif. J'étais en habit d'abbé. La maréchale de L'Hospital vint à Paris, la colère du Roi contre son mari s'étant estompée. Nous nous revîmes. Mon petit collet lui plut ainsi que mes bas noirs. Tout était de soie. L'Église m'offrait quelques revenus déjà. Elle me confia les secrets sur les travaux de son ventre. Cinq enfants. Et parmi son élevage de pucelles, quatre étaient maintenant femmes dont deux fortement ensemencées. Malgré mon habit pouvais-je collaborer à son grand œuvre d'amour et de repopulation d'un royaume que les révoltes endémiques avaient décimé ? Je n'avais pas encore reçu les ordres. Ma chasteté n'était point ordonnée non plus et connaissait des libertés dont j'usais selon le besoin. Sans jamais la moindre once d'amour, ce qui laissait toute licence au plaisir. Elle m'offrit soit son ventre soit la pureté des deux « demoiselles » restantes de sa suite. Soit, et elle eut un joli sourire, « tout le paquet ». Le futur abbé opta pour la gracieuse maréchale, qu'il n'avait su, en terre solognote, rendre féconde en deux jours. La courtoisie et une vraie tendresse respectueuse me poussaient à ce choix. La maréchale avait une belle maturité. Un été de moissons, à blé dru, un ventre de Beauce, des mamelles dignes du temps de M. de Sully. Mme du Hallier était épanouie tout en gardant une minceur adoucie par un léger embonpoint et le splendide double hémisphère de ses seins. Si je la servais chaque jour, elle me jura une fidélité d'un mois, personne d'autre, même son mari ne l'approcherait, mais je lui consacrerais mes nuits ou mes après-midi, ou « tout le paquet ». Je promis et je tins. L'ardeur rieuse de la maréchale me changèrent des étreintes d'hygiène. Elle ne put résister à l'envie d'afficher son « abbé ».

La Reine blêmit un peu, le Roi grogna, Son Éminence mâcha sa moustache, Mme de Longueville rougit d'abord, sourit ensuite et décida de m'enlever à la fière maréchale en une semaine. Cela lui prit trois jours et elle m'afficha tout autant. Je reparus et redevins en cour. Le cardinal daigna m'accorder trois mots. J'écrivis pour lui dans *La Gazette* de Renaudot. Je reçus douze mille livres de pension et un compliment. Dans les antichambres, je croisais d'Artagnan. Je l'invitais à souper. Malgré sept cheveux blancs en plumet, il était encore jeune (deux ans de moins que moi) et bientôt se reprit à rire. On se moqua de Tréville, qui papillonnait et versifiait à tort et à travers, affichait une vie dévote tout en courtisant marquises et comtesses souvent, duchesses parfois. Il assiégeait Mme de Longueville et lui dédiait force bergeries dont elle me donnait lecture avec un ton à mourir.

« Et vous d'Artagnan?

– Moi, mon frère, mon ami, je survis. »

Ses amourettes résidaient rue Tiquetonne, chez la belle Madeleine, à l'auberge de la Chevrette où le lieutenant capitaine des mousquetaires gris occupait un étage. Il était un des rares soldats du temps à toucher ses gages. Nous les transformions ainsi que ma pension en bouteilles, chapons, jambons, pâtisseries. En cadeaux pour l'autre ou pour nos belles amies. « Dois-je vous appeler mon père, monsieur l'abbé? me demanda-t-il un soir très arrosé. – Nous n'avons eu qu'un seul père, il se nommait Athos. » En l'honneur et pour la santé et la longue vie du comte de La Fère, nous commandâmes du vin d'Espagne. Il en raffolait. Puis nous bûmes au riche Porthos, enterré en un château du côté de Bracieux et qui obtint le tortil de baron de Pierrefonds. D'Artagnan me présenta Madeleine, pleine de grâce avec dans l'œil une lumière de malice, de tendresse et de coquetterie. Je le traînais au jeu chez Mme de Longueville. Sa casaque fit florès. Deux semaines durant, ces dames ne portèrent que du bleu et de l'argent. On inventa même une coiffure « à la mousquetaire ». M. de Tréville fut à la fois fier et jaloux. Mon ami, le seul demeuré à Paris, reprenait goût à la compagnie, à la vie. Il sifflotait des marches, battait la charge avec ses doigts sur les tables de marqueterie, trichait aux dés. Bref, nous nous aidions à rajeunir mutuellement. Ils furent tranquilles et moelleux, ces mois passés ainsi.

Si la Reine que nous avions sauvée, moi, d'un fossé, lui du déshonneur, nous négligeait, le Roi au contraire nous faisait bonne figure. Il ne savait vivre sans son lieutenant. Le cardinal nous tenait pour de gracieuse compagnie. On nous vit de plus en plus chez lui. Le Roi le lui reprocha : « N'avez-vous pas, mon cousin (si la Reine avait eu en Chevreuse une sœur, le Roi sacrait Richelieu son cousin, manière d'agrandir la famille royale sans plus songer à procréer), n'avez-vous pas assez de soldats ni assez d'abbés que vous empruntiez mes préférés ?

– Aucun des miens n'égale en qualité ceux de Votre Majesté. » Nous étions enveloppés d'une rumeur d'admiration et d'envie. On nous flattait, on nous voulait partout.

Dirais-je que ne plus intriguer me reposait et me rosissait l'humeur? Mais Mme de Longueville conseillait la Reine près de laquelle elle prenait la place de Chevreuse. Et Son Éminence fit venir près de lui, dans ses bureaux, un fin Italien qu'il nous présenta comme étant Mgr Jules Mazarin. Nous jouâmes avec lui au lansquenet. Il gagna. Et à ce moment seulement, me regarda dans les yeux, ce qu'il avait évité jusque-là, pour me dire : « Chevalier, pardon, monsieur l'abbé, je crois que j'ai gagné. » Il outrait de façon risible son accent transalpin. Il m'avait reconnu, m'observait, me jaugeait : pouvais-je lui nuire? Pas encore. Et puis l'amitié apparente que nous portait son protecteur, l'homme le plus puissant de France, lui interdisait toute hostilité. « Il triche de façon habile, mais de manière éhontée », me dit d'Artagnan en me raccompagnant aux guichets du Louvre. Je le savais. Ce qui m'inquiétait plus était qu'avec Longueville en effervescence et l'arrivée de l'ancien recteur puis vice-légat d'Avignon, maintenant francisé, les « affaires » allaient recommencer. Je me remis à l'étude des textes de l'évêque d'Hippone. Pour le reste, on verrait.

On vit. Mazarin fut du conseil six mois après. J'y avais un ami, Nicolas Fouquet. Le versant face d'un écu, Mazarin en étant le côté pile : celui où est frappé le nombre de francs. Je contai mes rencontres avec l'Italien à d'Artagnan. Il rêva autour de Mme du Vernet puis me jura d'avoir à l'œil le prélat. Et Dieu sait si l'œil de mon ami était vif. Mais Mazarin était patient, prudent, jouait les humbles devant les grands et mettait sa force et sa violence en réserve de sa volonté, immense. Il apprenait comment on gouverne un royaume, comment on s'emplit les poches des finances de l'État, comment on achète les hommes et les femmes aussi. Il n'aurait pu avoir meilleur professeur que Richelieu. Moi, je m'enjésuitais.

Grâce à mon supérieur et au Provincial de France, je rencontrai Mgr de Gondi. Un de nos futurs grands frondeurs. J'habitai au fin fond de Noisy, il y logeait à l'entrée dans un hôtel de l'évêché. Mme de Longueville allait souvent s'y reposer. Elle était un peu de sa parentèle. Paul de Gondi, ou comme l'on dira bientôt M. le Coadjuteur, trouva une charge pour mon valet Bazin sombré dans la dévotion; le meurtre du piqueux lors de notre départ taraudait encore sa conscience. Il l'avait bel et bien étranglé pour l'achever. Il devint sous-diacre à Notre-Dame et me tint, par fidélité, au fait de tous les événements parisiens.

Au fond de Noisy, à l'orée de la forêt, ma chambre de théologien envahie des livres d'Augustin, de Thomas d'Aquin, de saint Anselme, des vies de saint Jérôme, donnait sur le sud, le soleil et surtout la campagne. Un léger bond et j'étais dehors sans que nul le sache. La chambre était confortable. On y trouvait un crucifix mais aussi deux panoplies d'armes, en souvenir de ma première fonction dans la vie, une Madeleine repentante dont les traits rappelaient, le sourire en moins, Marie de Chevreuse (les vipères de la cour disaient qu'elle avait posé pour un peintre bellâtre italien) et une madone plus ancienne, au sein découvert pour allaiter l'Enfançon, et aux pieds nus. Nous avions discuté, une soirée durant, un père et moi sur ce grave problème : la représentation des plus fidèles servantes du Christ, sa mère et la prostituée visitée par la grâce, l'expression même de leur sainteté pouvaient-elles passer par la figuration de la beauté profane des appas de leur sexe ? Ma réserve de vin aida à la vigueur des arguments de la dispute et au compromis final qui fut signé à l'aube.

Il est à noter que la longueur de ce débat d'art sacré connut maintes digressions. Ayant quitté le port sur le visage radieux et charmant d'une pénitente, le sein pur et les chevilles fines et orteils élégants de la Vierge, des alizés gonflés par les vins d'Espagne et d'Anjou nous virent aborder les rivages de la Chine et de ses mœurs et ceux des grands fleuves d'Amérique, Amazone, Orénoque et Parana et les croyances enfantines et graves de leurs habitants aux peaux cuivrées et nues. Le RP d'Olivares était un farouche voyageur. Son cuir tanné par les embruns, les tempêtes et les forts soleils de l'hémisphère austral lui fabriquait un masque plus âgé que ses trente-cinq ans. On eût dit quelque moine chevalier de Palestine, au temps des croisades et des royaumes francs de Terre Sainte, un peu ascète, un peu ruffian. Il était surtout un fabuleux conteur. Son bagout et son sens de la métaphore qu'il acclimatait aux nécessités philosophiques et rituelles du lieu avaient attiré au sein de l'Église apostolique et romaine bien des Indiens Guaranis et bien des paysans, voire des lettrés ou mandarins du grand Empire Céleste. Une armée d'épées, de canons et de cavaliers n'avait pas réussi par la force ce qu'il obtint en conquêtes par son seul verbe. Au bout de quelques quarts d'heure de sa conversation vous n'aviez qu'une idée : embarquer pour un de ces bouts du monde que, lui, connaissait par cœur et, surtout, admirait, qu'ils fussent peuplés de sauvages peints mais vivant en entente avec leur monstrueuse forêt ou d'esprits déliés jusqu'à la fourberie, vêtus des soies les plus fines, dans des palais légers, selon des traditions au protocole trop complexe pour nos âmes barbares. Chaque fois, je me promettais d'aller jusqu'en Chine. Et puis le quotidien brisait mon rêve et mes grands voyages s'entreprenaient de nuit, quand je m'échappais de Noisy pour rejoindre Paris, habillé en cavalier. Au retour, je l'invitais de nouveau pour imaginer ces pays. Il aimait le contenu de ma cave, et moi sa conversation. De là vient certainement mon goût de l'insomnie.

Afin d'éviter toute confusion, je précise que le RP d'Olivares n'a aucun cousinage avec son homonyme le ministre d'Espagne. Il était apparenté à don Francesco de Mello, le futur vaincu de Rocroy. Fort digne seigneur qui recevait alors, via Avignon, des messages bien traîtres pour le roi de France et émanant de l'écritoire de la reine Anne.

Je le connaîtrai et le pratiquerai sous la Fronde par Mme de Longueville. Il était aussi de la correspondance de Cinq-Mars que j'ai côtoyé et me sembla un gai compagnon. Quand j'aurai quarante ans, le Roi laissera décapiter ce favori, son Grand Écuyer. J'en profiterai pour voyager. En Espagne et en Flandres. Il se faut méfier des colères des rois quand elles touchent leurs amis et qu'on a quelque amitié aussi pour ces amis-là. Ce jeune Monsieur le Grand était un impatient.

Chaque jour la santé du cardinal empirait. Pourquoi alors vouloir l'assassiner quand Dieu, tout doucement, le tirait à Lui par ses bras décharnés d'homme ne se nourrissant plus que de bouillon? Encore une faute de Monsieur. Gaston d'Orléans méritait peut-être d'être frère de roi, mais pas héritier. Dieu l'avait prévu. Quinze ans après le drame du fossé des Tuileries, qui me valut faveur et défaveurs, la France aura un dauphin. Louis XIII s'étant enfin et pour au moins une nuit approché de la Reine, que Mme de Chevreuse ne pouvait plus pousser à ses dangereux jeux de garnements.

Je vais un peu vite sur ces vingt années d'abbé pour moi et de lieutenance pour d'Artagnan, mais que conter sinon une sarabande répétitive de fêtes, soupers, discussions? Et deux ou trois intrigues si mal menées qu'elles se terminèrent toutes par exil et décollations.

J'apprenais aussi l'obéissance, cette fameuse obéissance « perinde ac cadaver » définie par Ignace de Loyola. J'y trouvai une vertu et, curieusement, une liberté. Et puis mes nuits, de neuf heures du soir au service de matines, n'appartenaient qu'à moi, qu'on y parlât de Chine avec d'Olivares, qu'on y banquetât avec d'Artagnan, qu'on la consacrât aux « nouvelles » de Paris avec Mme de Longueville qui mettait toujours plus de vingt lieues entre elle et son vieux mari et moins de cent pas dans Noisy entre elle et moi. On jouait chez Mgr de Gondi. On parlait beaucoup, et parfois on eût pu craindre que la foudre enflammât la maison si Dieu avait été à l'écoute ou moins préoccupé en d'autres lieux plus importants qu'un palais de futur cardinal. Quoique encore simple chanoine de Notre-Dame, Paul de Gondi portait à l'annulaire gauche un camée, anticipation d'un anneau épiscopal. Il avait grande démangeaison de nous le proposer à baiser. Je m'enquis auprès de lui du signor Mazarini. Je fus surpris de voir à quel point il pensait que l'homme ne représentait rien. Certes, le coadjuteur souffrait d'une terrible mauvaise vue qu'il camouflait quand toute la société la connaissait, mais curieusement sans moquerie. Je lui servirai, plus tard, de guide dans Paris insurgé. Engoncé dans son carrosse il fendait la foule portant des flambeaux et œuvrant à l'édification de barricades, tant il était incapable de reconnaître un escadron de mousquetaires à dix pieds de lui et se serait jeté tout camail volant au vent au cœur de l'ennemi. Bref, pour l'instant, il ne voyait rien en Mazarin. Il me parut inutile de le détromper. En revanche j'évitai à d'Artagnan de telles errances. Lui, il surveillait l'Italien. Comme il me surveillait. Il l'avoua un soir après une question à bout portant et peu dans mes habitudes. « Pour vous protéger, Aramis, vous êtes parfois si entreprenant. » Mon sobriquet de mousquetaire, et non du cher abbé, le lieutenant s'empêtrait dans une pudique sincérité. « Et si nous avions quelque duel pour nous délasser?

– Vous ne pouvez vous battre, avec ce collet.

– Voyageons. Sollicitez un congé. Je vous enseignerai l'Italie.

– Le voyage est prévu; vers le Milanais, le Montferrat, la Savoie.

– Emmenez-moi. Comme directeur de conscience, comme espion, comme écuyer.

– Vous voilà bien belliqueux, monsieur l'abbé. Que dira votre provincial?

– Le jésuite est furieusement bourlingueur. Et l'Ordre aime savoir. Ne saura-t-il pas mieux en ayant sur place deux oreilles et deux yeux?

– Et une bonne épée?

– Et puis je conterai vos hauts faits et vos victoires dans *La Gazette* de M. Renaudot.

– Et si nous sommes vaincus?

– J'atténuerai la défaite.

– Vous êtes plus militaire aujourd'hui que de votre époque mousquetaire.

– J'appartiens à un Ordre qui se nomme Compagnie et se place sous l'autorité d'un général.

– Votre dialectique vaut vingt pièces d'artillerie. Si j'étais roi, je vous ferais cardinal et maréchal.

– Faites-moi simplement du voyage. En Savoie, au Montferrat, en Piémont, peu m'importe.

– Nous tenterons d'arranger cela.

– Si vous songez à essayer, autant dire que vous avez déjà réussi. Je prépare mon bagage. » Un Gascon ne résiste jamais à une flatterie.

Trois mois après, le cardinal lui-même sous accord du provincial de France me nomma aumônier général de la cavalerie. On m'ordonna prêtre en urgence dans la chapelle de Noisy. Assistèrent à cette cérémonie quatre princes du sang, huit ducs, treize duchesses et cinq ambassadeurs dont celui d'Angleterre, celui de Suède, celui du prince d'Orange et le nonce apostolique. J'eus droit au port de la cuirasse par-dessus la soutane. Et des plumes noires sur mon chapeau offert par d'Artagnan avec un pectoral d'argent digne d'un évêque. Mgr Mazarini m'offrit une paire de pistolets de Florence. L'ordre m'interdit toutefois de tuer d'autres chrétiens, de quelque nation qu'ils fussent. Tant pis, je priserai au moins l'odeur de la poudre qui imprègne plus longtemps que celle de l'encens.

Nous partîmes. Ce fut merveille pendant tout ce temps que d'admirer d'Artagnan occupé à commander la charge comme on commande son souper.

Les ordres de la solitude

C'en était fait de moi, et je l'ignorais. Je me pavanais dans l'état-major du Roi, une cuirasse luisante sur le collet et l'habit noir – comme le cardinal en arborait une semblable sur ses moires écarlates –, la poitrine barrée de l'écharpe de soie blanche de colonel; j'y avais droit comme au temps de mes trois ans. Je me pavanais et j'ignorais, j'ignorais, je ne rabâcherai jamais assez mon ignorance, que ma vie était finie. Ma vie? Non, ma jeunesse. Je l'avais enterrée sous les cierges, les ciboires et les sermons. Perdu pour le monde qui tout à coup n'était plus qu'un vaste siècle de gardes, d'ennui, de beuveries, de galanteries et de coups d'épée. Autant de chemins de traverse semés d'embûches qui me manqueraient dans les trois jours. Confluant en une longue avenue droite et brumeuse, sous un ciel gris-noir comme une soutane, où les seuls divertissements seraient les orages.

Il n'y eut donc en Piémont que le plaisir de voir combattre d'Artagnan. Il ouvrit la brèche du Pas de Suse comme un nouveau Moïse devant une mer Rouge bâtie en forteresse. Il guida les pas du Roi sur les fascines et au-delà des chevaux de frise, pataugeant en terrible laboureur dans la boue jaune car il plut ce jour-là, une petite averse froide. En cinq heures Suse tomba, le Roi fut le premier sur les remparts, d'Artagnan lui ayant orné le chemin, le bordant de cadavres de mousquetaires, de gardes et de soldats de Mgr le duc Emmanuel de Savoie. La France en acquit Pignerol, redoutable forteresse. Je servis une messe devant Sa Majesté encore bottée et crottée et tout l'état-major et sanctifiai ainsi cette horreur fortifiée, cette bastille montagnarde, cette prison en nid d'aigle, où croupit aujourd'hui le dernier de mes amis vivants, Nicolas Fouquet, sur ordre du fils du Roi qui nous l'a gagnée.

Je regrettai mon couvent si libre de Noisy. Je m'en ouvris à d'Artagnan dont un côté de la moustache avait roussi, un officier du prince Emmanuel l'ayant visée d'un peu près avec son pistolet.

« Bah, Aramis, vous êtes toujours cavalier. La brillance de votre cuirasse était un pur signe de ralliement. J'ai même craint un instant que les canons de Savoie ne vous prissent pour cible.

– C'était, mon ami, pour éloigner leurs mauvaises gueules de vous. Vous me paraissiez trop affairé pour être dérangé par un boulet. Mais vous leur avez vite intimé silence.

– Je l'ai dit : vous étiez trop exposé.

– Oui, mais interdit de charge. Pourquoi n'ai-je pu vous accompagner ? Nous aurions bavardé un peu dans cette mousqueterie.

– J'avais plus à hurler pour commander qu'à converser.

– Mes yeux vous auraient gardé de droite et de gauche, et puis j'ai deux pistolets fort beaux dans mes fontes et qui n'ont encore jamais prononcé un seul mot de feu. Des puceaux... Vous étiez un fou blanc bien isolé sur cet échiquier. Il vous manquait deux tours : Porthos et Athos. Et moi, fou sur ma diagonale noire. Savez-vous qu'en Angleterre, les fous des échecs sont nommés des évêques ?

– Le violet vous siérait. Mais dans cette mêlée, vos prières m'accompagnaient.

– Prières inquiètes.

– Bah ! fou blanc, fou noir. Ils ne peuvent être sur les mêmes chemins sans qu'on ait triché.

– Nous sommes ensemble, d'Artagnan, mais chacun de nous est seul, n'est-ce pas ? Une vitre nous sépare.

– Une grille de confessionnal. Un jubé. Je suis dans la nef, et vous dans le chœur, cher Aramis. Plus près de Dieu. Vous êtes Son ministre et assurez le service divin pour sauver les âmes. Je suis de service auprès d'un roi pour tuer les corps et libérer lesdites âmes. Notre paire réussit encore à s'affirmer complémentaire.

– D'Artagnan, vous aurez toujours l'esprit aussi philosophe que mousquetaire.

– Non, ami, car je vieillis.

– Voilà bien un désastre auquel je travaille chaque jour à éviter de penser. Merci de me ramener aux saintes et douloureuses vérités.

– Nous sommes tristes, je crois.

– Cela tient à la victoire, qui tient du plaisir. Qui est fugace et, lorsqu'il s'efface, reste la tristesse.

– Post coitum animale triste?

– C'est moi, d'Artagnan, qui suis censé parler latin.

– J'en ai retenu mes rudiments en vous fréquentant. Je vous propose un péché commis de conserve.

– Un péché?

– Capital. Celui de gourmandise. Dans sa subdivision de l'ivrognerie. Nunc est bibendum.

– Bonum vinum laetificat cor hominis. (Ecclésiastique XI, 20.)

– Aramis, vous savez la Bible comme un vrai huguenot. Que boirons-nous?

– Il existerait quelques crus convenables à des gosiers de gentilshommes en Lombardie. Athos me l'a enseigné, naguère.

– Diable de comte, il était, à ce sujet, une véritable encyclopédie. Il a beaucoup et longtemps étudié. Ne distingue-t-on pas ce qui passerait pour une auberge, derrière ces cyprès? »

Ce furent les dernières bouteilles vidées de conserve. J'en ai oublié le goût. A l'ultime flacon, la nuit tomba pour dissimuler notre ivresse sinistre au reste du camp. L'honneur était sauf pour un aumônier général et un héros lieutenant. La vraie solitude m'enveloppa, comme un froid surgit non du vent neigeux venu des Alpes mais de mes glaces intérieures. Pourtant sous ma cuirasse, je suais. Je n'appelai ni page ni diacre pour m'en défaire. J'avais une tente de colonel, un lit de campagne aux fines couvertures, une lampe, une table, un minuscule autel. J'enviai la paille où ronflait d'Artagnan. Je pensai à notre fondateur biscayen, don Inigo de Loyola, qui lui aussi avait manié l'épée, puis choisi la misère des va-nu-pieds, l'étude, les douloureux triomphes de l'esprit, et dont l'Ordre avait conquis le monde et inquiétait la Papauté. Je n'étais qu'un hobereau ayant des rentes, avec juste assez de foi pour servir une messe. Assez de fidélité pour ne pas trop mépriser son Roi. Assez de force pour haïr le Mazarin. Assez d'intelligence pour admirer son ancien ennemi, Richelieu. Tous mourraient.

La mort rôdait dans cette nuit alpine. On entendait des râles quand le vent venait des plaines. J'espérais que d'Artagnan rêvait de maréchalat, de duché-pairie, d'honneur, de gloire, de beautés masquées pour des rendez-vous secrets. Mais il me semblait comme moi : peu doué pour le bonheur. Notre voie serpentait ailleurs. Existe-t-elle seulement quelque part cette voie? Un leurre uniquement destiné à perpétuer une espèce désespérée.

J'avais tout pour devenir un saint, je m'éveillai incroyant. Cela ne m'épouvanta pas. J'obtins mon congé. Richelieu mourut, le Roi peu après. Mazarin triompha. Je voulus choisir la contemplation. Mais ce fut le monde que je dus contempler. Il se montra remuant. Je vis donc Gondi, le chanoine au camée, enfler jusqu'à devenir cardinal de Retz et mentir à son seul profit comme un colporteur de bimbeloteries. Je vis les princes cabaler, se chamailler, se trahir, s'éparpiller. Je vis Turenne les bousculer au faubourg Saint-Antoine. D'Artagnan l'y aida. Je vis Mademoiselle tirer le canon de la Bastille, je vis Condé arrêté, Beaufort embastillé. Je frondai et réussis à libérer ce duc franc idiot. Je ne frondai que pour me dégourdir. J'y entraînai Athos. Fréquentai encore des duchesses. Fis, selon le on-dit, un bâtard à Mme de Longueville et dont le nouveau roi sera le parrain. Je devins l'ami de Fouquet à qui appartenait toute la Bretagne. Il m'obtint la crosse d'évêque de Vannes. Je bénis tout ce que le royaume comptait de conjurés. Et devins riche à la Mazarin. Je possède encore en terre bretonne des marais salants qui me rapportent bien leurs vingt mille livres par an. Car toutes les six heures, l'Océan travaille pour moi. Bientôt, je fus à la tête de six millions. Je les risquai pour sauver Fouquet, que d'Artagnan eut l'ordre d'arrêter. Mon amie Marie de Rabutin-Chantal épousa le marquis de Sévigné et jugea le capitaine d'Artagnan bien galant pour un policier. Ce même d'Artagnan me laissa échapper de Belle-Isle assiégée. Porthos y mourut. Athos était déjà enterré. Le roi Louis XIV grandit, enfla, prospéra, guerroya, transforma la noblesse en volaille de basse-cour, moi je m'habituai au lent vieillissement. En exil, ici, en Espagne.

Toute cette vie qu'un historien détaillerait en douzaines de volumes me paraît, aujourd'hui, d'une offusquante vanité. Pour un secret terrible, qui tenait à la naissance du Roi, on me fit Pape Noir. Successeur de don Inigo, devenu depuis longtemps saint Ignace. J'étais ce « général »-là, quand d'Artagnan n'était pas encore maréchal. Pour ce secret terrible, dont j'avais su les prémices dans une autre lettre biseautée due à la plume de Marie de Chevreuse, un prince fut contraint de porter un masque de fer, à cause des retombées de ce secret claquemuré dans le ventre d'une reine que nous avions tant servie et peut-être un peu aimée. Le Roi avait un jumeau. Toute l'Europe le taisait. A cause de Mazarin, seul détenteur du secret, volé, arraché à une reine et dont il se servira pour forcer Anne d'Autriche à l'épouser en secret. Je ne suis plus que le seul à en connaître. Anne, Marie, Mazarin sont enterrés. Seul demeure Louis, et moi. Moi, qui cultivais déjà mes oranges dans le jardin derrière la fenêtre ouverte sur cette nuit. Du moins, à l'époque pouvais-je encore en admirer les couleurs, les jeux d'ombre et de soleil qui ocellaient mes allées. L'odeur amère de la camomille s'en est enfuie, comme si Dieu avait décidé, à son tour, de me renier.

La décision est là, au bout de ma plume qui court les chemins tracés à la pointe d'une épingle. La décision est là et n'attend que mon vote : je n'ai plus aucun besoin de poursuivre ces Mémoires qui ne servent à rien, ne disent rien, ne sont que l'adoration de ce que j'aurais pu être et n'ai su réaliser. De l'onanisme pour orgueil déplacé, pauvre piécette de cuivre qui brille comme l'or mais déjà dévaluée.

J'écrivais pour elle, qui dort, rêve peut-être, croit m'aimer. Me quittera. Mais quels secrets lui livrer qui auraient encore quelque importance? Ils sont rouillés, comme ma cuirasse d'aumônier. Ils sont rongés comme le cercueil de mes amis. Ils ont existé, certes. Et n'ont rien produit : même mes bâtards ne sont pas confirmés. Ils ne sont que les gardes de ma solitude. Geôliers complaisants d'un cachot aveugle. Geôliers paresseux qui n'ont même plus le goût de me torturer. Toute honte bue, dit-on? La cruche est vide depuis longtemps et la lie a séché. A peine si parfois elle pue comme une poussière de mauvaise terre mal cultivée.

Dieu en qui je me vantais de ne plus croire, il n'y a pas trois pages, me condamne au plus indifférent des temps : à ne conjuguer que le présent. Eh bien, je vais m'en accommoder.

Je ne connais sans doute qu'un seul regret : mon enfance. Par chance, elle ne fut pas heureuse. Des remords? J'y ai cru, en commençant à noircir ces feuillets. Les remords sont fils de l'action et du péché. Mais chez moi, ce couple fut plus infécond qu'il ne me paraissait. Un espoir? Il dut m'être nécessaire, ce soir-là, chez un baron désargenté mais muni de bons vins, comment se nommait-il, là-bas, de l'autre côté des Pyrénées? D'Espenousse, oui, c'est cela. Ce soir-là, quand touchant une main de jeunesse occupée à dîner, je sus, sans le voir, que cette jeunesse était brune et que j'allais l'aimer. Un sursaut encore de la vie? Une montre qui reprend son mouvement après des années de sommeil. Mais quelle heure peut-elle indiquer après tant de retard sur le temps écoulé? Pas la mienne. La sienne, seulement, celle de l'adorée. A qui j'ai fait mille promesses non tenues. La mener à Séville, l'embarquer pour l'Italie, dans mon gentil palazzo; lui éviter cette cage qu'est Madrid, où je dois pourtant maintenant la mener. Pourquoi? Un nouveau rêve, une nouvelle mission? Vétilles, stupidités, trahisons obligées que cette glu de politique, que cette vengeance qui me brûle encore et dont je veux marquer, blasphème et lèse-majesté, l'épaule d'un roi comme celui d'un condamné.

Non, vraiment, elles ne concordent pas, nos petites étoiles de temps, les miennes et celles de ma filleule qui se veut ma maîtresse. Les mathématiciens disent aujourd'hui que les étoiles sont peut-être mortes quand nous en admirons l'éclat. Tant pis, rien que pour la beauté, la jeunesse qui sommeille, je ferai encore semblant demain, puisque ce qui demeure, vibre dans mon cœur, est chaque jour, chaque instant, l'amoureuse inquiétude joyeuse de sa présence, de son présent. Moi, je sais que jusqu'à cette soirée, ce dîner, qui nous fit nous rencontrer car nous étions l'un et l'autre égarés, hors des chemins connus, moi, j'avais perdu mon temps. Je ne dispose plus que de celui qu'elle m'offre en partage, généreusement.

Après la toilette

« Vous avez encore caracolé et négligé conquêtes et hauts faits. » On s'embourbait dans ces années à cheval entre une jeunesse vieillissante et une maturité naissante. Il fallait tirer le carrosse de la vie des fondrières d'un siècle qui ne fut qu'un sentier serpentant entre les fourrés des intrigues d'où émergeait le granite des guerres et que j'ai préféré fuir dans la réclusion, dans la pompe, sous la mitre, dans cet ordre secret, admiré, interdit dans tel pays, pourchassé dans tel autre, craint dans celui-ci, détesté partout, sauf peut-être en Chine, ou chez les Indiens des Amériques. L'Europe, elle, ne fut que champ de bataille, haines religieuses et dynastiques. Les humeurs guerrières m'avaient abandonné. Caracolé, dites-vous ? Non, expédié, ce qui n'eut aucun intérêt puisque déjà enterré dans les tombeaux de mes amis. Un roi d'Angleterre qu'on n'arriva pas à sauver de la hache du bourreau alors que pour la première fois depuis vingt ans, nous nous étions enfin retrouvés, alliés comme devant. Bien triste matin que cette aube de Whitehall, bien gris triomphe que celui de ce M. Cromwell, un parvenu autodéclaré Lord Protecteur qui ruina, brûla, notre chère et catholique Irlande au nom d'une liberté qui n'était que la sienne. Caracolé! Comme vous y allez. Il me fallait rattraper mon âge, douce amie, ces temps derniers, vous m'aviez rendu trop jeune.

Ne serait-on pas habillée en dame, ce matin? J'entends bruire les dentelles et les soies, des froissements d'or et de pierreries et pas un seul cheveu ne semble échappé du filet de perles. Me dira-t-on les couleurs? « D'été. Blanc, jaune, et autres pastels. Il ne compte aucune soie, mais des linons et du lin. » Diable, alors, je deviens sourd. Non, les bas, eux, sont de soie et crissent au frottis des cuisses. « Monseigneur, en effet, le bruit doit provenir de ces environs. » La gorge est-elle offerte? « Pour la cour de France juste assez, beaucoup trop pour l'Espagne, je le crains. » On l'a poudrée, mon nez n'oserait me tromper. Si vous saviez mon malheur au moindre rhume, je ne comprends plus la moitié du monde. « Le petit monde que je suis vous est archi-connu. Le cou et la gorge sont poudrés. » Tilleul? « Il en est un soupçon dans le mélange. Et de vanille aussi. » Le mamelon peint? « Rehaussé d'airelle, comme les lèvres. » Mon jardin est à la disposition de sa beauté. Une amertume de camomille transparaît maintenant. « Pour le brillant et les reflets du cheveu. » Amertume douce et pure de Dieu. « Je ne comprends pas. » Une pensée vagabonde sans intérêt. La taille est-elle serrée? « Un carcan. » Donc les hanches s'épanouissent. « Le jupon est très fin, la jupe évanescente. » Tout œil sauf le mien devinerait des merveilles. « Êtes-vous vraiment aveugle ou est-ce que vous jouez? Parfois, je doute... » Je suis trop vieux pour mentir.

Elle mange un fruit. Une poire? « Oui. Pourquoi écrivez-vous la nuit? Vous vous cachez de moi, monseigneur le non-menteur? » La belle cachette! Elle lit tout au matin. J'aime écrire; aventureux combat contre l'obscurité avec comme alliée ma plus vieille amie, l'insomnie. Et puis ma vie passée mérite à peine d'être chevauchée ainsi : au petit trot sous la lune, comme une escouade de vétérans de retour au camp.

« Je me suis éveillée deux fois et vous ai contemplé. Peu avant l'aube, vous vous êtes assoupi. Je vous ai couvert d'une courtepointe et, sans bruit, j'ai gagné ma chambre et entrepris une toilette de dame et non plus de cavalier. Puis, je suis descendue au verger. Comme votre ermitage est tranquille au soleil levant! La lumière y est douce, elle dore les murs, vernisse les feuillages, transforme chaque fenêtre en un casse-tête d'arc-en-ciel. Les parfums dansent la gavotte, on passe de l'un à l'autre comme autant de cavaliers. Puis la chaleur l'envahit sans s'annoncer et l'on court vers le refuge de l'ombre. On frissonne presque en franchissant votre porte, tant on croit avoir échappé à un chaudron où mijote une compote de fruits dont votre verger s'est sucré. » Le soleil est un grand pâtissier : vous fleurez le macaron.

L'épaule est d'amande et sa peau toute nue. Est-ce aussi la mode à la cour de France? « On y prône la vertu mais Sa Majesté et les princes y imposent une mode plus délurée. » Nous la lancerons à Madrid où elle est plus amidonnée. Il vous suffira d'y paraître, je ne donne pas trois jours que l'on vous copie. « Vous évoquez beaucoup Madrid, ce matin, le départ approche-t-il? Avez-vous quelque projet secret? » J'en ai un, il est vrai. « Dû au messager? » Qui le dépasse et de loin, va au-delà des querelles de rois. « Votre rire n'est pas joyeux, il résonne comme un coup de mousquet. » Ma filleule, vous exagérez. « Qui défendez-vous? » Vous, l'honneur et la paix. J'ai traversé tant d'intrigues et trop de guerres. Aujourd'hui, les forces sont trop inégales entre Louis XIV et Charles II d'Espagne. Nous y rétablirons un peu de justice. « Nous? » Ma filleule par sa beauté et la mode importée, moi par quelques conseils.

Quel est ce vacarme? Pourquoi martyriser ainsi tapis et parquets? « Il semble qu'on attend là-bas quelque chose de moi. » Ma mission est pour le futur, pour des jours que je ne verrai pas. Et qu'est mon futur, en cet instant? Quelques heures de plus avec ma filleule. Pour le reste, à Madrid, il y a beaucoup à repriser et je me sens plus tailleur qu'ambassadeur. « Et vous ne me dites rien. » Je préférerais avoir été, ce matin, votre lingère. Je vous avouerai tout, vous le savez bien. « Avouer? Il y aura donc du péché. » J'entends votre sourire à cette idée : un péché se confesse et s'absout. « Il faudra que je vous confesse les miens, puisque vous êtes prêtre. » Ne le rappelez à personne, on y pense si peu. « Je me confesse d'une manière charmante à ce qu'il paraît. Je l'ai pu constater à l'intérêt que les bons pères, voire des évêques, portaient à la narration de mes fautes. Jusque dans les détails. » Madame, l'Enfer vous happera si je n'y veille. Mais auriez-vous tant péché depuis votre arrivée? « Rien qu'avec vous, mon parrain. » Et durant le trajet? « Vétilles vénielles. » Et depuis votre dernière confession? « Voyons, elle remonte à six mois... Il y aurait à dire. » Dans la journée, je vous octroierai un confesseur. Jeune et bien tourné. « Pour me tenter? » Résister sera votre pénitence et votre contrition.

« Pas de Mémoires aujourd'hui? Vous ne dictez pas? » Nous en serions encore aux rébellions et aux guerres. « Mais aussi à l'amitié de M. le lieutenant d'Artagnan. » Laissons-le se reposer. Gardons-le vivant et victorieux. Si nous continuons, nous aboutirons certes à sa gloire de comte et de maréchal mais aussi à sa mort. Elle sera due à l'artillerie d'Espagne. Je préfère qu'il demeure tel que je l'ai aimé : pauvre, hardi, buveur, menteur, mais vivant. Voulez-vous, quand le soleil baissera, que je fasse atteler et que nous roulions dans Saragosse? Je vous tiens trop enfermée ici; vous n'êtes plus une invitée mais une prisonnière. « Je ne me suis jamais autant amusée. » Joli macaron, vous mentez. « Pour quelle raison? moi qui aime tant tout avouer. A quelle heure dois-je paraître à confesse? »

Nous donnerons d'abord une fête. Un péché ou

deux pourraient s'ajouter au lot des derniers mois et gâcheraient le travail absolutoire de l'abbé que je vous destine. « Je crois que vous comprenez tout de ma vie. Jamais vous ne jugez. Vous seul êtes digne d'être mon directeur de conscience et non n'importe quel abbé, si séduisant soit-il. » Séductrice mais fidèle, alors? « Je fais mon possible. Mais vous le savez mieux que moi, ayant plus vécu. » Mais peu aimé. « La fête n'est qu'un tête-à-tête. Saupoudré de vice, le plus délicat et goûteux des épices dans la cuisine du lit. Une fête que rien ne peut contrecarrer. Aussi pourquoi en ordonner une où afflueront fâcheux et gêneurs? » Parce que sa renommée ira jusqu'à Madrid car on galopera pour aller y conter votre beauté.

Notre arrivée là-bas sera précédée de la plus glorieuse ambassade : on m'enviera à mort et me craindra un peu. J'irai présenter mes devoirs au Roi et lui demander de vous accepter à la cour. Ses seize ans ne pourront refuser. De plus, son principal conseiller, le « valido » du moment, le comte d'Oropesa, vise le poste de Premier ministre. Grâce à moi, il l'obtiendra. Bien que le tenant, don Juan d'Autriche, soit un bâtard du feu roi Philippe IV; mais il a eu la triste idée de le voler à l'inquisiteur général, le RP Neidhardt, un jésuite de mes vrais amis. Don Juan est faible et incapable, nous en ferons deux bouchées. « Vous avez dit le Roi débile... » C'est la cour qui le dit. A chaque cloche sonnant le glas dans Madrid, les Grands se réveillent en supputant la mort de Charles. Je le crois plus solide qu'il ne paraît. Sa fatigue, du moins son apparence, vient de sa volonté, qu'il a forte, toute bandée vers sa survie. Surtout, je lui défends de mourir avant moi et mon projet abouti. « Et ce projet? » D'abord me venger du roi de France qui m'interdit toujours d'aller visiter Fouquet à Pignerol, ensuite sauver la monarchie espagnole. La vengeance naîtra dans ce berceau rugueux qu'est Madrid, et l'inconfort même l'endurcira.

Ne craignez rien de la dureté madrilène. Nous vivrons dans un hôtel charmant et frais, dont le jardin est admirable et que j'ai acheté il y a deux ans à un jeune Grand devenu brigand par révolte autant que par ennui et qui se trouve être le neveu d'une canaille avec laquelle j'entretiens, pour affaires, de rares rapports courtois. « Comment se nomme cet intéressant personnage? » La canaille a nom don Salluste de... « Non, le brigand. » Don César de Bazan. Vous le croisâtes ici et il vous plut tant qu'on songea à le rappeler, un après-midi de dictée échauffée. « Protéger un brigand? Monseigneur, vous aurez la tête coupée. » Elle est trop vieille, le spectacle ne vaudrait pas un maravedis. A peine pèserait-elle sur le billot.

« Monseigneur, tu es vraiment un tentateur. Me proposer un brigand et un abbé sous prétexte de combattre un ennui que jamais je ne ressens. » N'a-t-elle pas envie de variété dans le divertissement? « Avec toi. C'est tout. » Aujourd'hui, car certaines nuits, toutefois, sa bouche formule d'autres vérités. « Pour l'instant, ma devise est : A jamais! » Merci, j'étais jaloux. « D'un passé enfui?

Je n'aurais pas dû vous avouer ces anciens temps. Dont je me suis évadée près de vous, qui dépassez toutes mes espérances. Au diable les brigands séduisants et les abbés Adonis. Je leur préfère mon vieil amant. » L'avenir tranchera.

Tous les feux d'une fête

Nous descendions au jardin, précédés de douze flambeaux. J'écoutais la rumeur qui enveloppait notre couple apparu sur l'immense perron comme bateleurs sur une estrade ou comme des césars lors d'un triomphe; les deux scènes sont plus que voisines. J'entendais les éventails des dames frissonner pour dissimuler leur rougeur, leur envie, leur dépit ou leur haine devant la splendeur généreuse de ma maîtresse. J'ouïssais les plumets des chapeaux balayer les herbes de mes pelouses et les graviers de mes allées. Je craignis qu'on ne finît par applaudir. Ils préférèrent danser.

Sous trois jours, tout Madrid saurait comment le duc d'Alameda donnait des fêtes « à la française » quand les armées à fleur de lys enlevaient aux restes de l'empire de Charles Quint une autre parcelle de Flandres et quelques évêchés en bordure du Rhin. Par vanité? Par provocation? Ce n'était que par amour inquiet et débridé. Athos aurait souri avec une sévère indulgence, d'Artagnan froncé un sourcil, Fouquet m'aurait proposé l'or qu'il n'avait pas et Porthos aurait soupé. Un buffet dans chaque bosquet, des bœufs et moutons en broche dans chaque clairière. Des quatuors ou sextuors de violes de gambe dans les kiosques et sur les parterres. Je nous en éloignai d'abord, car je ne prise guère la musique de ce temps. Trop maussade et répétitive. Un rabâchage rauque comme un catarrhe de vieillard. Et puis l'aimée n'avait nulle envie de danser, ni de quitter l'appui de mon bras. Cette timidité cachait-elle une menace décelée par ma belle maîtresse et que je ne pouvais voir ?

Toute la noblesse d'Aragon défilait dans mon parc. Certains me boudaient, d'autres ne venaient que par crainte diffuse : j'étais encore en titre et en nom, membre du Conseil d'Inquisition, second conseil du royaume. Je passais pour adresser mensuellement des missives et recommandations à la cour de Madrid. Imagination outrée : deux ou trois fois l'an eût été plus vrai. Parmi cette noblesse combien d'espions ? Ils ne méritaient aucune importance. Dans toute fête il entre le butor, l'hypocrite, l'envieux, le sournois, l'indiscret. Dieu merci, on rencontre des gens venus pour jouir du moment. Il existe aussi la catégorie des effarouchés. Qui voient le scandale partout. Mais le scandale se lit dans les yeux, et je ne pouvais dénombrer les scandalisés ; à peine une voix un peu sèche, pincée comme les crincrins des bosquets, suggérait-elle que ma conduite et l'exhibition de ma « filleule » donnaient à penser. « On me regarde plus comme une putain que comme votre héritière ou la future duchesse d'Alameda », chuchota-t-elle dans un de ces sourires que j'entends sans les contempler. On peut être l'une et l'autre, par ma foi. « Quelles horreurs me dites-vous là ? » Elle prononça le mot horreurs comme si elle dégustait un fruit bien mûr. « Qui est cet homme qui vient de nous saluer ? » Le marquis de Villajota. « Ses yeux m'ont déshabillée. Pourquoi ricanez-vous ? » Il se veut plutôt bougre. « En Espagne ? ce serait le bûcher ! » Il suffit d'être Grand et discret. Et puis, peut-être a-t-il compris en vous admirant que ses mœurs habitaient la mauvaise aile du palais. On dit le roi entiché de lui, car il est fort drôle et cruellement médisant. Il sera le premier rapporteur de cette fête et de votre harcelante séduction à Sa Majesté. Dans deux jours, vous serez célèbre dans Madrid. On y va s'impatienter de vous espérer.

Elle n'a donc pas quitté mon bras. N'a bu que le jus de mes oranges pressées. A souri, a bavardé. N'a jamais dansé ni branle ni pavane. Puis a avoué : « Ils nous haïssent. » Pas tous, m'amie, pas tous, la majorité seulement. « Ce sont de faux prudes. » Non, m'amie, de vrais prudes mais qui rêvent de débauches. L'Espagne est un carcan. Si son supplice préféré est le garrot c'est que toute la vie des sens y est prise à la gorge. « Et ma gorge est des plus offertes. » J'ai pu constater le mamelon apparent. « Selon votre volonté. » Pour que cette nuit s'enchante de la douceur de sa peau et s'y tiédisse en la frôlant. Elle est tiède d'ailleurs et le vent ne tolère qu'une brise venue du désert, une caresse. Que les flambeaux... « On en voit des milliers. » Que les flambeaux ne soient disposés que pour dorer, enflammer sa provocante beauté. « Monseigneur, tu t'exaltes comme un homme ivre. »

Comment lui dire que, avec la cécité, mes sens ne pouvaient s'enivrer que de senteurs, dont elle composait des concerti remarquables ; de goûts, et celui de sa sueur ou des replis secrets de son corps me comblait ; de touchers, et qu'était-il de plus doux que le duvet de sa nuque ; de sons avec les mots dont les plus inconvenants étaient mâchés comme pulpe de fruits dans sa bouche ? Ses chuchotis de désirs fous à mon oreille dans l'abandon. Et ce soir, ils avaient ce ton. Pourquoi le lui dire puisqu'elle n'en ignorait rien ?

Je fais figure de libertin, de libéral, d'avocat du diable ou plutôt des pauvres diables qui ont eu le courage moral de se dévergonder. On me tolère car je fus Préposé Général de la Compagnie. « Je n'arrive pas à vous imaginer abbé. » Bah, je suis d'abord français, un peu philosophe, assez intrigant, plutôt comploteur et fort pardonneur pour les péchés d'autrui. Et puis cela m'amuse de les agacer. N'oubliez pas que je suis membre du Conseil d'Inquisition, en passe d'entrer au Conseil d'État. « Pourquoi cette fête où vous vous ennuyez ? » Pour vous montrer à eux et vous faire découvrir à quoi ressemble ce que vous rencontrerez à Madrid. « Reste avec moi. » Pourquoi ? « J'ai peur de moi. »

Qu'elle ne craigne pas Madrid. La cour ressemble à un défilé militaire ou une assemblée de jésuites. Tout y est de rouge et de noir, avec ors et diamants. Mais on y chante aussi, dans les rues, on y joue, on risque sa vie face à des taureaux. On y écrit des poèmes et des romans sombres et drôles, pleins de chevalerie. On y peint superbement. Du moins dans mon souvenir. On y assassine. Mais tout se fait, s'accomplit dans l'ombre, le secret, le cabinet, la chambre. A cause du trop fort soleil, peut-être. On y rit et bavarde à la messe, mais les processions y sont de terribles épreuves, des marches à l'enfer. C'est un pays auquel il faut s'habituer. Je n'ai pas encore su l'aimer. Peut-être sera-t-elle plus douée; si elle reste. « Pourquoi ne resterais-je pas? » Je ne sais pas. Une idée triste, due à cette sinistre musique venue de France et qui geint aux recoins du jardin. « Tout Paris s'en régale. » Je préfère son goût des robes décolletées. « Vos yeux ne peuvent en profiter. » Mes oreilles, si. Il suffit d'entendre les mots de qui vient nous parler, les hommes en ont la gorge serrée. Et mon nez me dit le reste. Je sens le parfum de ses seins. « Je suis presque nue. »

« Avez-vous remarqué que, depuis un long moment, on s'écarte de nous? » L'étiquette! Nous conversons, on n'ose nous interrompre. Au premier sourire au hasard, nous serons entourés d'une meute. « Si nous essayions? » Qu'elle essaie.

Ce fut la ruée. Rentrée, dans mes appartements, elle en riait encore. Nous avions même rencontré une esclave amérindienne, dont le grand-père fut prince et dont le corps était couvert d'or et de pierreries; elle portait paraît-il un magnifique pectoral précieux. Non habillée à la mode d'Aragon ni de Castille, mais à celle de son monde, celui que nous nommons nouveau et dont les richesses surexploitées ont ruiné ce pays. « Elle était immensément belle, me dit mon aimée. Avec qui était-elle, j'ai oublié? Don Gousman. » Don Guzman. « Suivi d'un nom imprononçable. » Don Guzman Aixçoberri de Izquaburra, qui fut prince en Biscaye, exilé, conquistador sur le retour, s'est enrichi en piratant un peu, vécut à Hispaniola, subit un grain vers le sud, aborda près du Rio de la Plata, fut poignardé et abandonné par son équipage mutiné, s'en remit, découvrit deux ou trois cités perdues, revint, écrivit un récit de voyage plutôt polisson et rapporta la beauté susdite qu'il ne peut épouser car elle se refuse à devenir chrétienne. J'ai pu, un jour, la sauver de l'autodafé, il m'en montre de la reconnaissance. C'est un aimable conteur : il ment ce qu'il faut pour la beauté de la narration, jamais pour se hausser. Sympathique aventurier, il dîne ici deux ou trois fois l'an. Nous les inviterons avant notre départ pour Madrid, lui et sa princesse-esclave. « Elle est merveilleuse. » Il paraît. J'aime sa voix qui parle si mal le castillan. J'avais un oiseau de paradis, rapporté comme elle des Amériques, il chantait avec les mêmes intonations. « Oui, invitez-les. Je crois en être amoureuse. » Je les inviterai. On en jasera, car les voir paraître dérange. J'ai proposé deux fois le Biscayen pour la Grandesse. Mais le roi ne m'écoute pas toujours. « Il a tort. » Nul ne sait ce qui l'attend. Vous avez dit « amoureuse », vraiment ?

On vient d'entrer dans mon cabinet, pendant ma relation, imprécise, de cette trop longue fête. C'est elle. Son pas est hésitant. « Mon parrain... » Oui, mon enfant. « J'ai menti. » Est-ce l'heure de la confession ? « Je ne vous mens jamais. Je ne mens que par omission. » Qu'a-t-elle donc omis ? « Il était là. » Qui ? « Mon poursuivant. » On aurait dû me le présenter. « Il attend cet honneur. » Où ? « Dans ma chambre. » L'omission était en effet hardie. Est-il déjà au lit ou en sort-il ? « Mon chéri ! » Mille excuses. Eh bien, qu'il vienne. « Je ne veux pas. » Alors qu'on le jette hors du palais ! « Non. » Faut-il nommer des ambassades entre lui et moi ? Je crois qu'il est nécessaire de décider. Est-il gentilhomme ? « Tout comme. Mais détitré, exilé. » Un protestant ? Mon ami don César de Bazan est bien un brigand. Je suis très œcuménique. Amenez, amenez. « Il vient me réclamer. » Il faudra d'abord qu'il vous prenne. Nous commencerons par argumenter avant de nous entre-tuer. « Je n'en ai nulle envie. » De quoi donc, d'une discussion ? « Non, d'un carnage. » Nous verrons.

L'affaire se déroula ainsi.

Le pas sonnait bien. La voix se perchait haut, j'entends qu'elle venait du plafond, donc l'homme était grand. Il me donna du « Monsieur ». Je le lui rendis. Présenta des excuses d'avoir pénétré chez moi sans y être invité. Je répondis que mes fêtes étaient ouvertes. Me complimenta de mon parc. Ce n'était qu'un jardin. Puis il me demanda la main de ma filleule, en raison que je demeurais son seul « parent », j'entendis la dérision dans la prononciation, son seul « parent vivant ». L'adjectif voulait signifier que je ne perpétuerai pas longtemps cet agréable état. L'insolent se nommait M. de Laubrac ou plutôt « Laubrac tout court par la volonté de Sa Majesté et de son lieutenant de police ». Il cousinait de loin avec Bussy-Rabutin. Je ne me souvenais plus de ce qu'elle m'avait dit au sujet de celui-là. Il faudrait parfois que je me relusse, mais comment? Bref, l'ex-vidame, titre aimable porté par mon père, un peu exilé, un peu pourchassé, un peu voleur, peut-être assassin, connaissait une passion, seul luxe des âmes nées, seul bien qu'on n'avait pu lui confisquer. Et cette passion, je la partageais. L'objet de ladite passion n'en menait pas large malgré son extrême courage. Bref, l'ancien vidame de Laubrac, devenu par les circonstances et une certaine fidélité à sa pensée l'équivalent français de mon ami Bazan, me parut digne d'être tué dans les règles s'il s'entêtait dans son projet. Il s'entêta.

On s'ingéniait par amour, dans le cas de ma filleule, par politique dans le cas de la cour de France et de la cour d'Espagne, par hostilité dans le cas du vidame déblasonné à m'empêcher de poursuivre ce que j'ai entrepris depuis des mois : écrire le passé d'abord et désormais le présent.

Après des siècles de somnolence, je vivais, et cette vie neuve et inespérée, un intrus songeait à me l'enlever quand Dieu avait permis qu'elle s'étirât et que deux rois pensaient à s'en servir. Il ne m'était pas question de mourir avant d'arriver à la fin de mes tâches. J'avais encore à faire avec ma filleule, et ne pouvant renvoyer les deux monarchies accrochées à mes basques, j'en étais réduit à devoir expédier l'importun.

La doublement désirée s'en mêla, ce qui ralentit l'affaire considérablement. En effet, elle nous demanda une heure d'entretien à chacun pour éviter l'irréparable. « Qui que ce soit de vous deux qui l'emporte, nous aurons perdu tous les trois. » La raison ne manquait pas de sens mais n'exprimait pas toute la vérité. Étant l'hôte, j'offris le premier entretien à mon visiteur.

Elle revint. « Voilà, je lui ai dit que je ne l'aimais pas. » En était-elle sûre ? « Je ne sais plus. » Silence né de cette honnête ignorance. « Pourquoi une femme ne peut-elle aimer deux hommes ? » Elle peut. Mais le désastre menace. Elle l'a prévu elle-même. « Ne vous battez pas. D'ailleurs, c'est impossible dans votre état. » Rien ne m'est impossible pour elle. « Il est fou, vous savez. Il me fait peur. Il croit avoir des droits sur moi. Il m'espionne, fouille mes tiroirs, questionne mes suivantes. C'est à cause de lui que j'ai quitté Paris. Un homme m'aimait pour qui j'avais de la tendresse et peut-être au-delà. Il a ruiné nos sentiments. » Sait-elle qu'elle me pousse au duel et non plus à l'hospitalité ? « Il m'a assaillie de lettres, de libelles, de dénonciations, de ragots. M'a fait perdre mes amies, mes nuits, mon sommeil, m'a gagné mes premières rides. Il vient de traverser mille lieues pour me trouver car il croit avoir des droits sur moi. » Pourquoi? « Pour le bénéfice d'une nuit que je lui ai accordée. Il m'avait enivrée. Il écrit des textes interdits par les lois, des contes folâtres et coquins publiés à Amsterdam ou à Leyde et qui me sont destinés. Chacune de ses dédicaces imprime mon nom entier. Tout Paris m'y reconnaît. » Tant pis, je ne serai donc pas le premier. « Il veut vous tuer. » Il ne me tuera pas. « Je ne veux pas que vous le fassiez assassiner. » Il n'y aura pas d'assassinat. « Il nous poursuivra partout. » Il ne pourra pas. « Il est fou, vous dis-je. J'ai peur de lui. Plus pour vous que pour moi. » Il ne me touchera pas. « Vous êtes vieux, aveugle, il a quarante ans. Il est vicieux, méchant. » Il vous aime. « Son amour est d'un forcené, pas d'un être véritable. Je l'ai fui. Dieu m'a consolée en me permettant de vous trouver. Et lui m'a pourchassée. » Il faut se calmer. « Il a voulu me prendre. » Et vous avez cédé en espérant me sauver? « Oubliez cela. » Je n'en ai jamais entendu parler. Je suis un sot n'est-ce pas? « Qu'allez-vous faire? » Je ressentis de nouveau le petit gel qui glisse entre les omoplates, le frisson d'une minuscule coulée de neige, annonciatrice du duel.

L'équité m'ordonna de lui offrir une chandelle. Une chandelle et deux pistolets. Nous prîmes pour terrain la grande salle. Chacun assis au bout de la table longue de vingt pieds. La chandelle était au centre. Pour lui, je n'étais qu'une ombre. Pour moi il n'était qu'infimes bruits. Il eut la superbe de vouloir m'accorder le premier tir. Je refusai, il était mon hôte. Il insista. Je nous fis servir un verre de vin de Jerez. Deux de mes gardes assuraient les rôles de témoins. M. de Laubrac choisit un pistolet. Je lui proposai de tirer. Il refusa à son tour. Sa voix me dessina un cadre où le trouver, le mouvement de sa manche sur la table, un léger gauchissement de sa position. Sa botte racla à peine le parquet, donc il se penchait. Je comptai jusques à sept : le temps qu'un muscle bouge, un corps ne peut rester plus longtemps dans une telle tension, les viandes se tétanisent. Un bruissement : je tirai. On ne riposta pas, on cria. Je lui avais brisé le bras droit, au-dessus du coude. M. de Laubrac n'écrirait plus de contes coquins.

Terminons cette épuisante soirée par un conseil utile. Si vous vous battez au pistolet avec un aveugle, évitez de souffler, de respirer. Évitez aussi de boire. Le jerez trahit et accentue l'haleine. J'aurais pu lui fracasser la tête. A l'aube, il roulait vers les Pyrénées dans une de mes berlines, accompagné de mon chirurgien. Ma filleule ignore encore que M. de Laubrac va lui manquer.

Regrets éternels?

Aurais-je dû tuer? Il suffisait d'un mouvement du poignet, une ombre de déviation, un rien, et ce n'était plus le bras mais le visage qui éclatait. Au lieu de la tache de sang sombre sur bois et tapis, un éclaboussement. Terminer dans l'horreur et le dégoût de mon aimée devant une telle barbarie. Mais la peur et le dégoût sont salutaires.

J'aurais dû tuer. J'en avais mille raisons dont les plus fortes étaient les plus mauvaises: la haine camouflée ressentie contre cet homme trop rieur. Et déclencher la sainte terreur, car la peur n'est pas suffisante, dans l'esprit de la dame qui goûte, cette nuit, aux moroses délectations de l'insomnie. Encore une fois, mais au terme de ma vie, j'ai dissimulé ma nature et mes envies qui me brûlent le corps et ce qui me reste d'âme. J'ai terriblement froid quand je sais la nuit tiède. Je porte une vaste robe de chambre, celle des hivers madrilènes, celle de mes longues chasses dans la sierra, d'il y a quinze ans. Désormais, mes glaces sont internes. Et la sublime présence n'arrive plus à les fondre.

Y a-t-il encore une présence? Un printemps qui tire à sa fin. Déjà l'été brûle Saragosse et d'ici, à fenêtre ouverte, j'entends les grincements, les rouages de bois de la machine, objet de culte, d'admiration et là encore d'une crainte superstitieuse des paysans et de mes abbés et diacres, machine qui monte, jusqu'à mon ermitage perché, les eaux de l'Èbre. Elle doit pomper de manière forcenée tant la sécheresse règne sur la région. Mais il y va de la tenue de mon verger et de la verdeur de mon parc, de la fraîcheur de ses bosquets. Quand, à l'aube, mes jardiniers arrosent, il se glisse, dans les premiers rayons frisants du soleil, un véritable potager d'arc-en-ciel nains. Je peux les imaginer, car je suis un grand imaginateur, par nécessité. Mais ce sont les seuls mots que mon insomniaque néophyte m'a adressés ce matin : la description d'un arrosage par une troupe alignée comme à la parade. Depuis, présence rime avec silence. Je tends tellement l'oreille à la traque du moindre soupir, que j'entends la plus petite gouttelette tombant sur l'herbe, glissant sur une feuille jusqu'à la pointe, roulant sans hâte sur la nervure, comme un délicieux supplice le long d'une échine, avant, arrivée au bout du léger promontoire qu'elle courbe un peu, avant d'hésiter et de chuter avec un minuscule clapotis dans la marette éphémère créée par ses sœurs qui l'ont précédée.

Ma terre a soif. Et le seul signe de vie audible est qu'on la désaltère. Raclement des sabots ou des pieds nus dans mes allées. Vent de la sierra, qui se transformera en chaudron dans moins d'une heure. L'air y tremblera au-dessus des rocs, des mirages effraieront les chevaux des voyageurs obligés de s'y aventurer. Les chevaux et les laquais aux visages pétrifiés de poussière qui pensent encore que diables et démons habitent ces longs plateaux arides comme la solitude et la sainteté. Je n'imagine plus, je me souviens de ma première traversée de ce désert ocre surmonté par les immenses déchirures des pics et des chaînes dont certaines coiffées d'un bonnet neigeux quand chacun cuisait au ras du sol. Sierra de Guadarrama : son nom même est rocailleux et empli de cahots. Mais j'avais quarante ans, comme l'insolent que j'ai épargné. Comme lui, je pensais pouvoir tout affronter. De préférence un désert cuit comme l'enfer et dont les rares refuges sont les « ventas », ces auberges de bois surchauffées, de pierres brûlées et que mes accompagnateurs, pourtant très catholiques puisque très ensoutanés, tenaient pour des antres de maléficieux sorciers. La seule sorcellerie qui y règne est le nauséeux ragoût de l'olla petrida et l'aigreur de ces vinaigres qu'on ose baptiser vins, peut-être parce qu'ils ne sont buvables qu'allongés d'eau, comme au temps des légions de Rome ou de cette éponge piquée au bout d'une lance et qu'on présenta aux lèvres crevassées du Christ en croix.

C'est presque blasphémer qu'évoquer cette sainte scène de la Passion, dans l'état d'esprit où me surprend l'aube d'un été tout neuf, dans les bruits et parfums d'un jardin et d'un verger où l'eau abonde, ruisselle, et embue les herbes d'une vapeur rôdant au ras du sol comme une âme damnée. Là, j'imagine encore. Mon âme? Je ne pense pas que le soleil songerait à l'iriser. Elle ne peut se montrer que sous l'éclat froid de la lune au plus profond des nuits. Que m'arrive-t-il aujourd'hui? Je crois que j'aspire au désastre.

Ces trois mois ont-ils existé? Songe de survie, cette gibelotte d'espoir à la sauce trop riche pour mes sens, mon cœur, mon esprit. Venaison qui n'est plus un régime pour mon faible estomac de faux ascète, qui a ravivé mes muscles, du moins l'ai-je cru, et a empoisonné le peu de sagesse qui s'ennuyait à sommeiller en moi. Poison? celui de la folie. Il existe un liquide rouge, en Italie, inventé par un Vénitien, un liquide à la robe parfaite de vin de bonne cuvée, mais dont le parfum rend fou et la première gorgée tue. Ma mémoire en a perdu le nom, pourtant, j'en possède un flacon dans un tiroir secret. Le bouquet de cet élixir dangereux a si bien agi sur moi que la seule chose que je chéris encore est ma folie. Comme une mauvaise reine des contes de fées ou des romans de chevalerie qu'une douce huguenote au sein moelleux me lisait dans mon enfance, elle a exilé à jamais la princesse sagesse, qui rôde en haillons dans des paysages aventureux, arides, menaçants, bien pires que ceux de la sierra de Guadarrama. La retrouverai-je en prenant la route de Madrid et en affrontant, un tiers de siècle après, ce désert? Ai-je une seule chance de la croiser?

L'objet de ma folie rêve, somnole et marmonne

dans son lit. Je suis dans sa chambre car une suivante m'y a appelé. Sa maîtresse souffrait, en proie à des cauchemars lors de ses rares endormissements. Résultats d'une fête ratée, prévue pour la joie et terminée dans un peu de sang. Il fallut mots, caresses, silences aussi, pour bercer ce corps qui se révulsait, se déchaînait autour d'un esprit déchiré, bouillant, fiévreux, éperdu. Voilà ce qu'a allumé un pauvre coup de pistolet dans une salle vide où son écho est condamné à rôder longtemps. Beau résultat de trop d'adresse.

Si je touche le corps suave aux nerfs et à l'esprit endoloris, j'y récolte, sur l'ongle, une aigrelette rosée. Sueur des mauvais sommes. La chemise est humide au ventre, aux seins, les draps tire-bouchonnés, le lit dévasté. Dort-elle enfin? Est-ce dormir que cette crispation du moindre muscle que je frôle, ce frisson sur un corps qui, pourtant, s'offre? Amère offrande dictée par l'abandon sous une torture peut-être souhaitée. Je remercie Dieu de m'avoir crevé les yeux.

Veiller. Attendre. En griffonnant par à-coups. Les mots abandonnés au moindre mouvement qui tord ce corps. Éviter de songer que cette douleur est née de moi. Les suivantes se taisent, ne répondent à aucune question murmurée. Ignorance feinte, dictée? Pourquoi cette idée rongeante, pourquoi la pensée que ce corps se hait, hait sa beauté et jouit amèrement d'un plaisir tourmenté? J'intimai aux femmes qu'on ne touchât à rien : ni chemise, ni drap. Quelque chose naissait dans le lit, et comme toute naissance, il s'en dégageait une vraie souffrance. Et je compris : cette femme s'offrait mais n'aimait plus.

N'écrivons ni niaiserie, ni bêtise, ni apitoiement. L'idée est trop limpide dans son évidence. Il faut préserver son eau adamantine. Elle brille depuis toujours au cœur de la gangue de ma vie. J'ai endossé casaque, cuirasse et soutane, moire et pourpre pour en préserver l'innocente nudité. J'ai pu plaire et séduire, je ne fus jamais aimé. Sauf aux deux foyers de l'ellipse qui enferme toute ma vie : dans ma jeunesse par une sauvageonne assassinée avant d'être baronne, à ma vieillesse par une vicomtesse d'un âge voisin, fière de la sauvagerie de ses désirs. Entre les deux, le vide des surfaces planes de la géométrie. Quelle main étais-je en train de baiser? Celle de mon premier amour, celle de mon dernier qui ignorait encore, dans ses cauchemars, sa décision irrévocable?

Sans mentir, j'ai cru voir, pendant un éclair. Mirage bien sûr. J'avais chaud et on me débarrassa de ma trop lourde robe de chambre. Mais l'effet persistait, sinon dans mes yeux, dans mon esprit. Une fenêtre ouverte sur un jardin d'été. Au loin l'aboi d'un chien énervé par le soleil ou son ombre qu'il tentait de saisir, le remuement des branches et des feuilles. Des figures géométriques se bousculant, s'entremêlant. Et un ciel verni de bleu griffé de rares hirondelles. Image parfaite, du moins crédible, de ce que toute personne dotée de bons yeux pouvait percevoir par la fenêtre de cette chambre des douleurs. Sauf pour les figures géométriques quoique les buis de mon jardin, disposés à la française, forment, m'a dit le comte de Jelón qui se pique d'observer les étoiles et de connaître chaque constellation par son nom, un parfait problème euclidien.

J'ai tremblé pendant quelques secondes de cette image précise et fugace. Simple remembrance ? Douze ans, une mauvaise fièvre. Grelottant dans mon lit des bords de la Loire, aux rives du délire, un matin de juillet, sortant d'un cruel sommeil, la fenêtre de notre manoir, les jappements de la meute de mon beau-père partant pour la chasse, le soleil enluminant le lourd édredon qui m'engonçait dans mon jus. L'esprit apuré par les fièvres ne pouvant imaginer ou construire que les formes les plus simples. Me reviennent les losanges de plomb découpant les vitres en parcelles de verre jaune, bleu, rouge, les couleurs ayant entre elles des rapports d'ordre algébrique qui m'étaient évidents alors mais que je ne saurais plus reconstituer. Ce n'était que cela. Une rébellion du passé abandonné par ma propre volonté en deux traits de plume. Devant la « maladie » d'un corps dans lequel je me fondais encore à l'aube et qui m'éblouissait par son élan charnel et l'indolence, l'absence totale, définitive, de tout sentiment, de toute éthique, de tout don.

Il avait suffi que mes lèvres effleurassent la paume ravissante pour que l'eau du diamant s'en trouvât troublée. Je chassai les servantes. Une voix alanguie protesta : « Non, que Suzanne demeure. » J'ignorais laquelle était Suzanne : « Continuez, mon ami. J'aime sentir une bouche sur mes doigts. Suzanne, aide-moi. » Quelques pas glissants, le froissement d'un tissu sur de la peau. « Merci, ma Suzanne. » Clappement humide, à peine audible d'un baiser suivi du plus discret des chuchotis.

J'étais apaisé et inquiet. Fin d'un amour qui n'aurait aucun droit d'exister mais qu'elle s'était infligé. Dont j'avais profité avec égoïsme alors que je voulais, sincèrement, tout donner. Je donnerais tout, c'est vrai, mais ce ne serait que du matériel : bijoux, or, propriétés, domaines, demeures italiennes, bateaux, pensions, rentes, tableaux, sculptures, soieries, laques, meubles, jades et ivoires de Chine. Mais j'aurais gardé pour moi une immense et aride partie de ma vie, ma portion de désert, de sierra. Égoïsme ? Pas celui du vieillard, mon égoïsme personnel, le ciment de mes faits et méfaits. Cela, non, en effet, je ne saurais le donner. Mon dur petit secret.

Demain je souffrirai comme une bête qu'elle ne m'aime plus. Pour l'instant, je ressens un sournois soulagement. Plein de politesse et d'attentions, immonde. Demain, cela me rendra sauvage, brutal, bestial, terrible, désespéré. Tueur. Demain je l'aimerai comme je n'ai aimé personne, comme je ne l'ai jamais aimée. Je serai un forcené, pis que M. de Laubrac. Cet homme qu'elle a fui et qui pourtant lui est un refuge, un réconfort, une présence éternelle, par sa folie même. Et qu'elle n'aime pas mais à qui elle peut s'abandonner.

— Regrets éternels ? —

Demain, elle comprendra qu'elle ne m'aime plus, sinon par le truchement d'une tendresse quasi filiale. Je dispose d'une carte : mourir d'ici la prochaine aube. Qui donc pourrais-je provoquer en duel ?

L'été après la nuit

« Monseigneur, j'établis mon campement chez vous. » Don César de Bazan s'assoit, un fauteuil couine et j'entends ses éperons écorcher mon parquet.

Clôture d'une journée chargée qui commença après la messe de sept heures, la première que j'ai suivie depuis deux mois. Je reçus d'abord mon notaire, que j'enfermai dans mon cabinet de travail vu le nombre de contrats, de conventions, d'exploits qu'il aurait, lui et son clerc, à rédiger et à recopier. Je mets de l'ordre dans mes affaires. A chaque heure sonnant au carillon de la chapelle, j'ai rendu visite à la fiévreuse gardée par sa chère Suzanne qui lui distribue tisanes et tendresse. Je n'étais guère inquiet, je sais ma filleule de belle santé et cette fièvre ne manquera pas de la quitter. Elle occasionnait seulement un sommeil heurté, peuplé de cauchemars et noyé de mauvaises sueurs. Elle a vomi un peu de lait tiédi. Rien de bien grave, mais je connais peu les maladies des femmes et trop bien l'ignorance des médecins. Juste bons à extraire une balle ou panser un coup de rapière. Encore font-ils plus souffrir le patient que sa propre blessure.

Puis on m'annonça mon ami don Guzman de Aixçoberri de Izquaburra et sa belle princesse. J'avais oublié mon invitation pour le dîner de midi. Je sentis toute la réprobation du monde chez mon majordome à la prononciation de leurs noms. Je le tançai et, pour sa mortification, les accueillis en les embrassant comme des membres de ma famille. Ma filleule avait raison, quand je baisai la main de l'Indienne puis la pris dans mes bras, je sentis combien son corps était svelte, souple, mince, délicieux et sa peau d'un grain fin venu d'un monde moins rugueux que le nôtre qui est si vieux. Je présentai mille excuses pour mon oubli. Ils ne s'en offusquèrent point mais voulurent partir. Quand j'évoquai la maladie de l'aimée, la princesse proposa ses services. Comme tous ceux de sa civilisation elle connaît les herbes et leurs bienfaits. Ces herbes sont un peu sacrées et elle en porte toujours dans un fin étui de cuir ouvragé de perles de couleur. Elle en chauffa deux décoctions dans l'eau d'une carafe et à la flamme d'une bougie. La première, fort brunâtre m'a-t-on dit, fit tomber la fièvre, la seconde, verte, permit un endormissement calmé. Le souffle de la malade reprit un rythme régulier.

La princesse eut le rire clair d'enfant heureux d'un bon tour et chuchota deux mots à l'oreille de don Guzman qui rit aussi et me salua : j'entendis son plumet balayer trois fois le parquet. Se moquait-il ? Je le lui aurais pardonné. Il ne s'agissait que d'un heureux secret. Je m'ouvris à don Guzman de mon idée pour les remercier de leurs soins. D'abord, il refusa. Je lui promis d'en assumer entièrement le péché, voire le blasphème. Lui rappelai la tradition des maranes et des morisques de nos royaumes d'Espagne. Sa belle pourrait rester fidèle à sa religion car Dieu ne se préoccupait guère des rites, pour Lui ne comptent que la foi et la charité. Il y avait sur la table et l'eau et le sel. Et je baptisai la princesse des Amériques, établis un certificat du sacrement frappé de mon sceau. Ce fut la meilleure action que me permirent jamais mes vœux et mon ordination, un matin d'il y a mille ans, dans une maison jésuite de Noisy. Désormais ils pourraient se marier. J'embrassai la nouvelle chrétienne dont l'amant et futur époux avait servi de parrain et mandai le notaire et son clerc. Je dictai une donation entre vifs de ma terre d'Albuferra au bénéfice de la catéchumène, cette terre octroyant la seigneurie par simple possession. Le tabellion hésita mais écrivit. Moi je pensai à une autre sauvageonne, qu'on disait un peu sorcière et qui aurait porté des armoiries couronnées d'un tortil si, un soir, au coin de la rue aux Ours, à Paris, près des Fossés jaunes... Que ce cadeau à une princesse rehausse sa mémoire.

J'eus droit à une bouche fraîche sur la mienne, deux lèvres légères comme un battement d'ailes. Remerciement plus que charmant. Au frôlement de son sein contre ma poitrine, je ne pus m'empêcher d'imaginer son corps nu et doré sous la mince étoffe d'outre-Atlantique qui le couvrait à peine. « Vous êtes un grand séducteur, monseigneur », me dit don Guzman qui ne pouvait ignorer ma rougeur. Et lui un grand vrai gentilhomme. « A vos ordres. » Alors qu'il veille, qu'il demeure jusqu'au matin, qu'il loge en ce palais, le temps qu'il faudra mais qui ne sera pas long. Et qu'il soit à nouveau parrain... Dans neuf mois. Pour cela je prierai Dieu qu'ils vivent heureux et toujours dans cet état d'amour. La porte se refermait sur eux et ce dernier mot, déjà, m'attristait.

Je songeai, rêvassai, revisitai ma malade enfin assoupie et pressai les gratteurs de papier. Ils établissaient rien de moins que le legs de tous mes biens à la vicomtesse de N*. Je mandai mes secrétaires et fis réveiller l'alcade pour servir de témoins.

En fin d'après-midi, on m'annonça un autre visiteur. Jamais journée d'ermite n'avait été aussi remplie. « Monseigneur, me voici. » J'entendis la voix de mon cher don César de Bazan.

« J'ai tué deux chevaux et terminé ma course à pied. » Il choisira ses prochaines montures dans mes écuries. « Merci. » Je suis en période de générosité. Mais pourquoi tant se presser? « Pour vous avertir, monseigneur, qu'on va vous assassiner. » On? « La cour, mon chien d'oncle, les conseillers. » Pourquoi? « On vous craint à Madrid. » Il suffisait de m'exiler. « On craint en vous interdisant la ville de vous voir entrer en rébellion. Vous disposez d'une véritable petite armée. » Moins que l'on croit. « L'important est qu'on le pense. Et puis... » Oui? « Et puis, ce message de France que je vous ai porté, avant d'en rendre votre réponse à un mousquetaire camouflé qui connut quelque désagrément à Pampelune. » Eh bien? « Il semblerait qu'on l'ait découvert et déchiffré. » Diable. L'homme a dû se faire tuer. « Non. On l'a acheté. » Un mousquetaire! « Monseigneur, les temps ont changé. Donc, je campe chez vous; je suis votre garde du corps. » Don César est trop bon.

Il a surtout bon appétit. A l'imitation de saint Porthos, il grignote, enfourne, engloutit cuissots et volailles et boit mon jerez et mon faro, en attendant l'occasion de me sauver la vie. N'ai-je pas dit récemment que ma vieillesse était l'ombre de ma jeunesse? « Ou vous ne mourrez pas ou nous mourrons ensemble », affirme-t-il la bouche pleine. Cela, ami, je vous l'interdis. « Et pourquoi? » D'abord parce que vous n'avez pas terminé votre collation, ensuite parce que vous n'avez pas choisi vos chevaux, enfin parce que je ne le veux pas. « Bien. Je mange donc, d'abord. » C'est cela.

Don César, portez-vous des bottes rouges? « Oui. » N'avez-vous point des broderies écarlates sur votre pourpoint? « Si. » Elles figurent des fleurs que je ne reconnais pas. « Des tulipes, j'ai combattu un peu dans les Pays-Bas et j'en conserve trois estafilades, le souvenir coquin de deux sœurs qui cultivaient cette fleur et quatre pétales séchés. Mais, monseigneur... » Oui, don César, par éclairs, je vois. Dieu s'amuse, je crois. J'ai songé d'abord à des hallucinations, à une fièvre de l'imagination, à un abus de vin, car j'ai passé la journée à boire tout en expédiant force courriers. Mais, c'est vrai, comte de Garofa. « Je ne suis plus comte, on m'a volé ma vie, ôté ma Grandesse et ma Toison d'or. » Vous les recouvrerez.

Il est là pour cela.

« Un miracle, donc. » Pas même une rédemption. Une taquinerie en signe de bienvenue. Une annonce, je n'ose espérer un pardon. « Le Roi ne pardonne pas. » Dieu si. « Qu'écrivez-vous comme un scribe acharné ? » Mon amitié pour vous et deux recommandations, si vous le permettez. « Monseigneur, je vous obéirai. » S'ils l'acceptent. « Ils accepteront, fût-ce au bout de ma flamberge ou devant mes pistolets. » Mon cher comte, car vous allez le redevenir dans moins d'une heure, je vous assigne comme mon exécuteur. Testamentaire. Puis-je avoir un peu de faro ? « Il est très amer. » Comme le savoir, la découverte, les oignons de tulipe, les souvenirs, la poésie française et la fréquentation d'un ami. On veut me prendre la vie, en veut-on à mes biens ? « On demeurera au couvert de la loi. On feindra de vous pleurer. Vos funérailles s'annoncent somptueuses. On y verra le Roi. Et le deuil de la cour durera six jours. » Le septième, comme Dieu, elle se reposera. « Duc, vous êtes doté d'un esprit très français. »

Alors, je vais vous montrer un trésor, quand vous aurez terminé votre souper. Comment est la nuit ? « Parfumée. » Je le sais, la camomille envahit tout, mais encore ? « Je la dirais violette avec deux nuages vert-noir comme des sapins. » Vous décrivez bien. La lune? « Elle se dissimule. Un mince croissant jouant avec les nuées que poursuit le vent. » Une brise. « Qui semble, là-haut, une tempête. » Reversez-moi de cet excellent vin. Je vous léguerai aussi mes caves, pour vos qualités d'échanson. « Monseigneur... » Taisez-vous mon ami, ne le dites pas, je l'ai compris. Je vous ai promis un spectacle quand ce flacon sera tari. Vous disposez bien d'un peu de temps. « Une éternité. » Disons la nuit. Bien choisie, celle de la Saint-Jean. Toute la maisonnée s'amuse, danse et banquette au fond de mon parc. Quelle tranquillité, n'est-ce pas, pour nos affaires?

Le silence est propice aux décisions. Une famille, une vraie, un jeune mari, un vrai. La vie lui sourirait, le monde lui appartiendrait. D'abord, elle me pleurera, bientôt m'oubliera assez pour rire, aimer, élever l'enfant, multiplier les bonheurs autour d'elle. Puis, je deviendrai quelque chose de moelleux et de rieur au fond d'elle, un souvenir, une boule de chaleur. Peut-être m'appellera-t-elle Aramis plutôt que parrain ou monseigneur. Mais, lui ordonner, ordonnai-je encore? lui proposer d'épouser mon assassin?

Voyez. « Elle est très belle et pis que ça. » Je dois mourir dans ses bras, c'est un pacte ancien que nous avons passé. Il remonte au moins à deux mois. « De quoi souffre-t-elle? » D'une mauvaise fièvre née de beaucoup de crainte, d'un peu de trahison et d'un petit duc d'Alameda. Don Guzman m'a glissé à l'oreille ce secret qu'avait compris tout de suite son Indienne. « Vous dites que... » Je dis qu'on peut disposer de ma vie non de mes biens, ils ne m'appartiennent plus. J'ai des héritiers. Mon ami, je vais vous conter un rêve, une forfanterie, un complot, une intrigue, une folie. « Monseigneur, j'adore les belles histoires. »

Imaginez un jeune hobereau pauvre. « Je connais cet état. » Détesté. « Pourquoi pas. » Exilé. « Nous sommes dans le possible. » N'ayant pour vrai parent qu'un oncle. « Il m'est difficile d'y voir un bonheur, le mien m'a pillé. » Le neveu du mien va tout vous restituer. « Monseigneur... » Ne nous attendrissons pas. Il devint mousquetaire, puis aumônier dans les armées, puis évêque, puis jésuite, puis général de la Compagnie, puis ce que vous voyez. Il détestait les rois pour leur préférer les reines. Mais les reines sont des femmes, et les reines sont fourbes et les femmes oublieuses. Connaissez-vous le français? « Mon Dieu, duc, en quelle langue parlons-nous? » Savez-vous pourquoi, en français, amour, comme délice et orgue sont de genre masculin au singulier et féminin au pluriel? « Monseigneur, j'ai lu les livres que les femmes de votre pays osent écrire, ce qu'on ne permettrait pas ici. Amours est féminin pluriel parce que les femmes sont infidèles. » Don César, vous êtes un grammairien comme je les aime.

Mais le terrible « On », l'hydre à mille têtes, vous a ordonné de me tuer. « Oui. » Pour recouvrer votre Grandesse, pour un tas d'or? Pour quoi? « Je ne répondrai pas. » Mon amitié est en droit de l'exiger de vous. « Je ne sais pas si je le ferai. »

Il le fera.

Relevez-vous, j'entends vos genoux, vos chausses sont donc à ce point trouées, j'entends la peau de vos genoux riper sur mon parquet. Le bois en vient de Chine et je tiens à lui, pour la mémoire d'un de mes défunts frères. Vous êtes un brigand, n'est-ce pas ? « Oui. » Je l'ai été. Vous êtes un gentilhomme. « Je l'espère. » C'est prouvé. Je suis duc, vous êtes comte. « Je l'ai été. » On l'est à jamais et je déteste qu'on me répète en se moquant. Sinon, outre mes écuries et ma cave, je vous lègue mes perroquets. J'en ai une volière d'un cent et demi, pris aux filets tendus entre l'Orénoque et le Parana. Pour me tuer, que vous a-t-on promis ? « La restitution de mes titres et de mes biens. » Je vous offre l'usufruit des miens. « Monseigneur, je suis votre assassin ! » Certainement, mais vous y gagnerez d'être l'époux de mon héritière et mère de mon enfant. Don César de Bazan, comte de Garofa, René d'Herblay, duc d'Alameda, marquis de Terruel, comte de Henares, comte de Segorbe, ci-devant seigneur d'Albuferra, quatre fois Grand d'Espagne, conseiller d'Inquisition, ancien ambassadeur de Sa Majesté Très Catholique, espion de Sa Sainteté le Pape, vous propose un marché. « Dites, puisqu'il n'y a ici que vous qui parliez. »

Vous avez vu cette femme qui dort. « Dieu merci, oui. » Moi aussi. Avant ce jour, je ne l'avais jamais contemplée, mais imaginée. J'en ai eu cette nuit un aperçu qui ne m'a point déçu, je me tenais bien en dessous de la vérité sur sa beauté, mais cette fulgurance au fond de mes yeux morts signifie que l'heure a sonné. Mon cher, cessez de geindre. L'affaire est faite. Votre silence a accepté. « Mais vous ne contez pas la fin de votre histoire. »

Le jeune hobereau a eu des rêves, car il mit sa vie durant toute son énergie à demeurer un enfant. « Je le comprends. » Il voulait être pape alors, et, à votre avis, aujourd'hui ? Allez-y, avancez une supposition. « Un saint, un martyr. » Non. Se rendre à Madrid, présenter à la cour la femme aimée. La présenter au Roi. Cette femme que vous avez contemplée, le Roi en aurait fait sa maîtresse. « Charles II est impuissant. » Non, infertile. Et mon fils à moi serait devenu roi d'Espagne. « Un bâtard ! » L'Église eût arrangé cela, par un mariage avec quelque Bavaroise bréhaigne, une princesse d'Empire, encore une cousine. Un peu de sang frais dans une dynastie détruite par les mariages consanguins. « Folie ! » Vous préféreriez un enfant de France, un prince, un bâtard de Louis XIV ? Vous l'aurez. « Monseigneur, votre folie est si folle qu'elle pourrait réussir. Mais elle nécessite votre présence, vos machinations, vos conseils, votre pouvoir de persuasion et, sans doute, beaucoup d'or. » Cela vous aurait-il amusé ? « Plutôt. » Eh bien, remplacez-moi. Épousez-la ou faites-en la maîtresse d'un roi. « Je ne sais pas. » Ne devez-vous pas me tuer ? « Ne parlons plus de cela. » Si. J'entends d'ici don Juan d'Autriche et son laquais, votre oncle don Salluste, hurler dans cette cour de chiens avides : « Obtiendra le titre de Grand qui m'apportera la tête du duc d'Alameda ! » Voulez-vous la suite ? « Non, monseigneur ; votre histoire est amère comme votre faro dont nous buvons trop. »

Don César, elle ne m'aime plus. Elle l'ignore encore. Vous lui plaisez et elle le devinera bientôt. « Elle vous aime. Excusez cette insolence, cher duc aveugle, mais vous ne voyez pas ce que tous constatent. » Tous ? Ceux qui en ricanent et médisent. Mon dos compte plus de cicatrices de railleries que ma poitrine n'obtint de blessures pendant mes campagnes de mousquetaire. « Ne serait-ce pas cet ancien mousquetaire qui a tué quelqu'un avant-hier, d'un coup de pistolet ? » Pas tué, blessé, je suis adroit. Vous préférez le duel au meurtre ? Vous tirerez le premier. « Nous finirons assassinés tous les deux. » Il faudrait au moins, pour la belle endormie, que l'un de nous deux restât en vie. Ce devoir vous revient, vous êtes le plus jeune.

Nous avons terminé le quatrième flacon de faro. J'ai un peu mangé. « Monseigneur, je ne pourrai jamais. » Mais si, mais si, vous verrez. « Défendez-vous au moins. » Défendre quoi ? Ma vie ? Elle est passée. Mon avenir ? Je n'en ai pas. Elle ? Je la destinai à un roi. Mais entre les deux, c'est vous qu'elle choisira. Que faisons-nous, cher César, autour de ces flacons ? Nous lantiponnons. En français, cela signifie s'étirer en bâillant. Nous bâillons, nous nous étirons, nous sommes des serpents fainéants ou, mieux, des lézards car on nous compte quatre pattes. Vous haïssez votre oncle et vous avez une once d'affection pour moi, non? « Si. » Mais vous devez survivre; quel âge avez-vous? « Trente-deux ans. » Quand j'avais cet âge, Montmorency offrait sa tête au billot, j'écrivais dans *La Gazette* de M. Renaudot, M. Descartes composait un Discours sur sa méthode, suivi de ses considérations sur l'optique et la physique. A cette époque, les hivers étaient froids et neigeux, ici, ils sont pluvieux, bourbeux, les printemps s'annonçaient par le jaune des perce-neige et par un tumulte dans les reins. On découvrait ce qu'on avait oublié de voir : une étoile dans un œil au moindre moment de joie, un frisson sur un bras, une chair de poule, ces minimes collines italiennes, avec le mince cyprès d'un duvet, paysage qui change n'importe quelle tempête en douceur, n'importe quelle femme en nymphe de l'été.

Vous ne connaissez pas ces regrets. Vous en côtoyez les bonheurs, mais vous les bousculez. Comme un meuble, un mot inopportun. Ma vie à moi en fut emplie, dans mon enfance, dans ma vieillesse. Entre les deux, ce fut le monde. Sa vanité, bientôt son ennui. Ceux que j'ai croisés ne m'ont jamais rencontré, sauf sur le pré. Je préfère mourir de la main d'un ami, il n'y aura pas de haine. Que choisissez-vous, l'épée ou le pistolet? Boit-on encore un verre? Défendrez-vous mes dernières volontés? Savez-vous la physique? « Fort mal. » Tant pis, mais apprenez que je suis un de ces corps solides chers à Blaise Pascal, qui ne tiennent pas à leur conservation. Je n'ignore pas qu'il s'agit d'un péché. Soyez tranquille, Dieu m'en rendra raison. Voilà, je suis à vous, mais n'oubliez pas, je ne meurs que dans ses bras, donc ne faites pas trop de dégâts : ni la tête ni le cœur. Puis portez-moi près d'elle sur son lit. Elle pleurera, vous la consolerez. « Elle me haïra. » Quelque temps, mais vous lui conterez comment je suis mort en héros. Vous inventerez.

« J'ai une idée. » Vous en êtes capable. « Allions-nous. » Nous sommes alliés. « Vos gardes sont sûrs. » Je les paie assez. « Don Guzman vous apportera ses Biscayens, c'est un homme fidèle, le vieux pirate. Moi, je soulèverai les sauvages de Las Hurdes, ces hommes qui crèvent de faim dans leurs cavernes. Avec un mouton on y achète un mille d'assassins. Jamais l'armée du Roi n'ose s'y aventurer, on les dit cannibales. Moi, ils m'acceptent, pour deux ou trois raisons que je tairais. Et où se situent Las Hurdes ? » Don César, je le sais depuis l'école : en frontière du Portugal. « Et comment le Portugal a-t-il arraché son indépendance ? » Grâce aux Bragance, à l'artillerie et au mousquet. « Monseigneur le duc d'Alameda, avec le régiment des Basques bondissants de Aixçoberri de Izquaburra, avec les bandits de Bazan de Garofa, avec votre garde, avec Jean de Portugal ravi de bousculer du Castillan, avec vos bateaux à Barcelone par où arriveront des mercenaires allemands, provençaux, italiens, nous écraserons Charles et ses séides trop jaloux entre eux. Avec votre or, vous achèterez les hésitants. Qu'en pensez-vous, monseigneur ? N'avez-vous jamais été rebelle ? » Non, frondeur, puis traître, selon le roi Louis. « Un traître n'est qu'un rebelle qui échoue. Une dernière campagne, monseigneur l'aumônier général, une dernière charge, monsieur le mousquetaire. Je serai vos yeux et votre épée, Guzman votre infanterie et vous deviendrez René Ier d'Aragon, de Biscaye et de Navarre que nous reprendrons aux Français. Sa Sainteté se déplacera jusqu'à Saragosse pour vous couronner, trop heureuse d'une telle niche à jouer à Leurs Très Catholique et Très Chrétienne Majestés. Après, nous songerons à nous tailler un morceau d'Amérique. »

J'ai une autre idée. Prenez dans le cabinet, là, sur votre gauche, au troisième tiroir, une lettre aux plis biseautés. Elle n'a jamais été ouverte. Le sceau en est épais et enferme un dangereux secret. « Serait-ce pour ce secret qu'on ordonne de vous tuer ? » Vous la trouvez ? « Elle voisine avec un flacon de belle couleur. » Un vin italien, de Venise. Un souvenir, comme vos tulipes. Apportez le flacon sur ma table, s'il vous plaît. Bien. Avez-vous assez de lumière pour lire ? « Non. » Allez près de la cheminée, on y trouve des chandeliers, puis brisez le sceau.

Ses pas s'éloignent. J'entends le craquement du cachet. Une toux, on suffoque. Le choc d'un corps sur le plancher, aux murs, mes panoplies vibrent et tintent sous l'écho. Un râle. Le poison du Mazarin a agi par-delà le tombeau. Je compte jusqu'à vingt avant de respirer. Vous aviez raison, don César de Bazan, ancien comte de Garofa, elle vous aurait haï de m'avoir tué. Je vous offre le bénéfice fugitif de ses regrets. Pourquoi avez-vous hésité?

Encore un ami perdu. Le dernier à me proposer un rêve. Une guerre personnelle, une conquête. Un royaume à fonder et dont elle eût été reine. On rêve beaucoup la nuit de l'été dans les sombres ermitages. On y boit trop. S'invitent alors les démons des sierras, chevauchant, silencieux et sournois, sur les ailes du vent. Le désert m'envahit, le froid me reprend. Je n'ai plus l'envie de changer le monde.

Pourtant, je songe aux Amériques. Elle pourrait s'embarquer. Guzman et sa princesse indienne l'y guideraient. L'y protégeraient. Et n'a-t-elle pas avoué les aimer?

« Monseigneur, j'ai rêvé. » Ce fut la grande occupation de la maison en cette nuit de la Saint-Jean. « J'ai rêvé de la belle Indienne de votre ami basque au nom imprononçable. Nous étions nues, elle fredonnait des chants étranges dans une lourde forêt. Les odeurs étaient âcres et douces, ses mains comme des plumes sur ma peau. La sienne luisait avec des reflets d'orichalque. Des divinités aux visages peints nous contemplaient à la fois menaçantes et tolérantes. » La nuit de la Saint-Jean, vous dis-je, j'ouvre toujours mon parc aux paysans et bergers de la contrée. Vous aurez entendu l'écho de leurs chants et senti la fumée des brasiers. « Les dieux prenaient parfois le visage de don César ou le vôtre. On y lisait la pire lubricité. L'Indienne s'en amusait avec cruauté et le rêve s'est poursuivi... plus chaudement. » Quand on rit, on est guéri. « Il y eut aussi des horreurs. » Oubliez ces fantômes d'une forte fièvre. « J'épousais un inconnu et, dans l'église ténébreuse, je me rendais compte que j'étais nue ; je hurlai car l'époux inconnu était le Roi. » Vous mériteriez d'être reine. « Dans un coin, vous gisiez, mort. » Eh bien, me voici, encore debout dans l'aurore. « J'ai faim. » C'est une bonne maladie. Et les cuisines, ici, ne s'éteignent jamais. Suzanne vous trouvera un encas. « Vous semblez triste. » J'étais inquiet de votre santé. « Non, votre tristesse va au-delà du souci, elle englobe tout, le palais, le jardin, la ville, la nuit, mon rêve. J'en frissonne. » Un résidu de fièvre, le dernier carré qui résiste avant la fuite. « Vous ne m'avez pas donné de baiser. » Mille pardons. « Les rêves sont des choses étranges. On dirait des lucarnes secrètes, ouvertes sur... je ne sais, un autre paysage, un monde, qui serait à la fois impossible et plus vrai. Au réveil, les traces demeurent comme des égratignures, des écorchures d'enfants turbulents. Je les sens toutes. » Les rêves ne sont pas des lucarnes mais des meurtrières, on y tire des flèches et des dards qui picotent ou blessent. « Leurs empennes, leurs plumes caressent aussi. Quand je me suis éveillée, j'ai regretté de ne pas trouver l'Indienne penchée sur moi. J'aurais aimé me couler dans ses bras. » Elle eût mérité ce remerciement. Nue sous sa robe safran, elle a vaincu votre mauvaise fièvre, avec certains remèdes de son pays. Elle n'a cessé de fredonner dans son langage d'oiseau pour créer ces rêves qui chassent les souffrances en les transformant en visions d'outre-monde.

Lui parler de mes éclairs de vision? Non. Je doute qu'ils soient réels. Car je l'ai « vue » moins brune que je ne l'espérais.

Ah, voici Suzanne et ses bouillons et compotes. « Ne m'avouerez-vous pas votre tristesse? Mentiriez-vous, vous aussi, par omission? » Je pensais aux petites fenêtres des rêves. A ce long été qui va grandir. Au printemps enfui, rêve de trois mois, illusion d'un paradis de jardin et de verger, quand n'existe que le désert depuis trois quarts de siècle. Oui, moi aussi j'ai rêvé et connu d'étranges fièvres. Comment le dire? Et comment avouer que j'ai tendu un piège au dernier de mes amis? Parce qu'il plaisait à qui ignore encore ne plus m'aimer ou parce qu'il rêvait d'une guerre de trop? A cette heure, son corps sert d'appât aux brochets de l'Èbre.

« Quels cauchemars écrivez-vous donc? Vous grattez la page avec rage et dans le plus profond silence. Vous ne parlez plus. » Je remerciai Dieu de sa guérison. « Au lieu de veiller près de moi, vous eussiez mieux agi en allant à la fête. Chez moi, aussi, on allumait de grands feux pour la Saint-Jean. J'empruntais des vêtements à une soubrette et je m'y rendais en cachette sous ce déguisement. Parfois, un gars du pays m'invitait à danser ou bien, pour me plaire, sautait par-dessus les flammes. Ainsi je gavottais avec un berger ou un vigneron fleurant le roussi. » Et après, vous rêviez comme aujourd'hui. « A de beaux vignerons de Chinon? Pas trop, non. Pensez-vous qu'un verre de vin me soit interdit? » Un doigt alors. « De ce flacon. Il a une belle couleur rubis, comme ceux de mon pays. Les vins d'Espagne sont si sombres, si bruns, si noirs. » Celui-ci vous sera pourtant interdit car trop... corsé. « Et vous en avez trop bu. Vos yeux sont en escarboucles et votre haleine en eau forte. Je vous déteste quand vous buvez. Je n'ai jamais osé vous le dire. Mais la fièvre balaie les interdits. »

En effet, le ciel a viré abricot, s'est débarrassé de tout nuage et nous avertit ainsi de notre entrée dans l'ère de la lucidité. Alors il est temps, mon enfant. Regardez-vous, regardez-moi, vous qui pouvez voir, et juger. « Non, non, ne rabâchez pas votre grand âge et votre cécité. Je vous aime mais vous m'agacez. C'est ainsi, un choix. Et pour une fois, un vrai, sans que quiconque me l'ait dicté. » Quelle déclaration! J'en rougis de honte, de plaisir et d'émoi.

« Monseigneur, comment savez-vous que le ciel est couleur d'abricot? Comment saviez-vous que l'Indienne était en jaune? » Nue sous du jaune. Elle s'est jetée dans mes bras. « Quelle chance! » J'invoquerai les puissances de l'imagination. Pendant ces années j'ai tenté de ne rien oublier, de me rebâtir par le tricot des parfums, des sons, un monde de couleurs, même s'il n'existe que dans mon esprit. « Et ce monde vous le cimentez en maçon forcené avec votre plume en truelle et votre rage à touiller les mots. » J'ai décidé d'en terminer. « Tant mieux. Je me suis amusée un temps à prendre votre dictée. J'en garde le souvenir de séances plus brûlantes que les joies octroyées par les plus belles Indiennes du monde et leurs compagnons. Mais je me lasse. Vous ne vivez plus. Et j'ai un terrible besoin de vie. »

Et moi, un terrifiant besoin de sommeil.

Si nous buvions à sa guérison. Puis à l'été baptisé cette nuit. Puis à la vie. A celle qu'elle réclame, à celle qu'elle conquerra. A celle qu'elle possède déjà, dûment enregistrée devant la loi et les notaires. A celle qui niche en elle, celle du prochain duc d'Alameda. Petite bulle d'amour qui se déclarera bientôt. Et que don Guzman, sa princesse, le Pape et toute la Compagnie de Jésus protégeront. Aramis reste homme de précautions.

Buvons donc à la santé recouvrée. Elle, avec un doigt de jerez, moi, avec ce rubis italien qui, je le sais, vaincra enfin mon insomnie. Me permet-on un dernier verre? « Oui. S'il est vraiment le dernier. » Juré. Pourrai-je ensuite m'étendre près d'elle, pour m'endormir dans la soie du collier de ses bras? « A une condition : vous abandonnerez durant l'été plumes et papiers. » Le fond de ce flacon vénitien vidé, je les abandonnerai à jamais.

TABLE

In memoriam 11
Dédicace pour une vicomtesse 17
À notre rencontre, madame 23
L'enfant invisible 31
Intermède au verger 45
Départ pour l'exil............................ 55
Courte adresse à Dieu......................... 69
Comment je devins Aramis 73

1. La sorcière 73
2. Le cardinal 80
3. La rue aux Ours 91
4. La charge............................... 97
5. Un duel 108
6. Les deux mousquetaires 118

La sœur de la Reine........................... 129
Cinquante ans après 147
Courtisans et courtisanes 165
Monsignor Julio Mazarini 179
Ennemis pour la vie........................... 195
L'abbé et le lieutenant 207
Les ordres de la solitude..................... 225
Après la toilette 235
Tous les feux d'une fête 243
Regrets éternels? 255
L'été après la nuit........................... 265

Cet ouvrage a été réalisé par la
SOCIÉTÉ NOUVELLE FIRMIN-DIDOT
Mesnil-sur-l'Estrée
pour le compte des Éditions Grasset
en mars 1993

Imprimé en France
Dépôt légal : mars 1993
N° d'édition : 9084 – N° d'impression : 22953
2-246-42821-1